dtv

Was tut ein junger Mensch, dem der Sinn nach großen Taten steht, dessen größte reale Sorge aber ein hohler Zahn ist? Der durch die banale Welt von 1989 flaniert, schöne, aber unerreichbare Frauen liebt und von der echten Revolution – der von 1789 – träumt? Philipp Worovsky ist ein moderner Taugenichts, der die abgründige Leere seiner Generation und die Ereignislosigkeit mit Ironie, Phantasie und etlichen »Notlügen« füllt. Als er Lila begegnet, die eine Vorliebe für Pflastersteine und klirrende Fensterscheiben hegt, wird er aus dieser Lethargie jedoch aufgerüttelt. Denn Lila erweist sich als Virtuosin in der Kunst, mit diesem ordentlichen, allzu vorgezeichneten Leben einmal gründlich Karussell zu fahren ...

Arno Geiger, 1968 in Bregenz geboren, wuchs in Wolfurt/Vorarlberg auf. Studium der Deutschen Philologie, Alten Geschichte und Vergleichenden Literaturwissenschaft in Wien und Innsbruck. 1996 Einladung zum Ingeborg-Bachmann-Wettbewerb. 1997 debütierte er mit dem Roman ›Kleine Schule des Karussellfahrens‹. 1998 wurde ihm der New Yorker Abraham Woursell Award und 2005 der Friedrich-Hölderlin-Förderpreis sowie der Deutsche Buchpreis verliehen. Geiger lebt als freier Schriftsteller in Wolfurt und Wien.

Arno Geiger

Kleine Schule des Karussellfahrens

Roman

Deutscher Taschenbuch Verlag

Von Arno Geiger
sind im Deutschen Taschenbuch Verlag erschienen:
Schöne Freunde (13504)
Es geht uns gut (13652)
Irrlichterloh (13697)

Ungekürzte Ausgabe
Januar 2006
2. Auflage November 2008
Deutscher Taschenbuch Verlag GmbH & Co. KG,
München
www.dtv.de
Lizenzausgabe mit Genehmigung des Carl Hanser Verlags
© 1997 Carl Hanser Verlag, München · Wien
Umschlagkonzept: Balk & Brumshagen
Umschlagfoto: gettyimages/Tom Le Goff
Gesetzt aus der Minion
Gesamtherstellung: Druckerei C. H. Beck, Nördlingen
Gedruckt auf säurefreiem, chlorfrei gebleichtem Papier
Printed in Germany · ISBN 978-3-423-13505-4

Namen gäbs für dich – viele, viele!

Klarstellung an den Leser, kurz bevor Philipp Worovsky
seinen Roman betritt und wenig später nach links
geht statt wie beabsichtigt nach rechts.

Lieber Leser, heutzutage ziemt es sich nicht, daß es
im ersten Satz regnet, doch sollte der Hinweis, daß
der Regen kein beliebiger Regen ist, als Rechtferti-
gung genügen:

```
 |  |V|O|I|L|A|  |L|A|  |P|L|U|I|E|  |  |  |
 |  |  |  |  |  |  |D|  |E|  |  |  |  |  |  |  |
 |  |  |  |  |W|A|T|E|R|L|O|O|  |  |  |  |  |
|||||||||||||||||||||||||||||||||||||||||||
 |  |  |  |  |  |  |  |  |  |  |  |  |  |  |  |  |  |
||||||||||||||||||||||||||||||||||||||||||||
 |  |  |  |  |  |  |  |  |  |  |  |  |  |  |  |  |  |
|||||||||||||||||||||||||||||||||||||||||||||
 |  |  |  |  |  |  |  |  |  |  |  |  |  |  |  |  |  |
 |  |  |  |  |  |  |  |  |  |  |  |  |  |  |  |  |  |
 |  |  |  |  |  |  |  |  |  |  |  |  |  |  |  |  |  |
 |  |  |  |  |  |  |  |  |  |  |  |  |  |  |  |  |  |
 |  |  |  |  |  |  |  |  |  |  |  |  |  |  |  |  |  |
 |  |  |  |  |  |  |  |  |  |  |  |  |  |  |  |  |  |
 |  |  |  |  |  |  |  |  |  |  |  |  |  |  |  |  |  |
 |  |  |  |  |  |  |  |  |  |  |  |  |  |  |  |  |  |
 |  |  |  |  |  |  |  |  |  |  |  |  |  |  |  |  |  |
 |  |  |  |  |  |  |  |  |  |  |  |  |  |  |  |  |  |
 |  |  |  |  |  |  |  |  |  |  |  |  |  |  |  |  |  |
 |  |  |  |  |  |  |  |  |  |  |  |  |  |  |  |  |  |
 |  |  |  |  |  |  |  |  |  |  |  |  |  |  |  |  |  |
 |  |  |  |  |  |  |  |  |  |  |  |  |  |  |  |  |  |
 |  |  |  |  |  |  |  |  |  |  |  |  |  |  |  |  |  |
 |  |  |  |  |  |  |  |  |  |  |  |  |  |  |  |  |  |
 |  |  |  |  |  |  |  |  |  |  |  |  |  |  |  |  |  |
 |  |  |  |  |  |  |  |  |  |  |  |  |  |  |  |  |  |
```

Das ist der Regen von Waterloo

In schöner Verbindung prasseln Schusterbuben und Kröten aus Gewitterwolken, die kaum eine Handbreit über den Dächern liegen. Die Wolken sind sehr dunkel, nahezu schwarz, aber manchmal, wenn sich das Streulicht in einer Bauchfalte sammelt, schimmern sie verräterisch grau, daß du auf den Schwindel mit dem Cinemascopeformat nicht hereinfällst. So leicht läßt du dich nicht täuschen und schon gar nicht mit Wirklichkeit, die sich den Anschein von Fiktion gibt. Da kann sie nicht mit. Nicht die Wirklichkeit.

Oder doch? Vielleicht gerade sie?

Du kommst aus DANTONS TOD, einem dramatischen Streifen über diesen Revolutionär, der mit Entsetzen Scherz trieb, für den du ungeachtet seiner korrupten Wohlfahrtstätigkeit reges Interesse hegst: DAS IST SEHR LANGWEILIG, IMMER DAS HEMD ZUERST UND DANN DIE HOSEN DRÜBER ZU ZIEHEN! Aber da kann man genauso gut sagen, daß es sehr langweilig ist, einen Roman mit dem ersten Kapitel zu beginnen. Dabei: Hat es einen vernünftigen Sinn, dem natürlichen Lauf der Dinge in die Speichen zu greifen, sich die Finger zu quetschen und doch nicht umhin zu können, an ein bestimmtes Ende zu gelangen?

Also schlägst du den Kragen hoch, schlägst zunächst auch den richtigen Weg ein, nämlich rechts die Barthstraße hinunter, schlägst überdies den Bogen von Dantons Hemd zu den Mädchen mit den geschmeidigen Hüften, zu den Mädchen mit den Spitälern im Leib, die nichts daran ändern können, daß der beste Arzt die Guillotine sein wird, biegst von der Barthstraße in die Reischekgasse, denkst dabei nichts Böses, weil du überhaupt nie etwas Böses denkst, fragst dich vielleicht, wer von den Leuten, die dir begegnen, ein Revolutionär ist oder ein wenig verrückt, als du linkerhand auf dem Vorplatz der alten Brauerei dieses Mädchen siehst, von dem du mit dem ersten Blick weißt, daß es zu der Sorte gehört, die es nur in Romanen oder Filmen mit schlechtem Ausgang gibt.

Aber dort steht sie einmal, mit dem Rücken zu dir, und wirft mit wenig Glück einen faustgroßen Stein nach der offensichtlich letzten Fensterscheibe, die an dem auf Abbruch stehenden Hauptgebäude ganz geblieben ist. Argwöhnend schaust du in die Runde, ob alles mit rechten Dingen zugeht, ob nirgends ein Haken ist. Aber trotz deines redlichen Bemühens kannst du keine diesbezüglichen Anzeichen ausmachen. Alles wirkt sehr überzeugend. Du schaust wieder das Mädchen an, das barfuß ist, das ist dir zuvor nicht aufgefallen, die Schuhe hält sie in der Linken, schaust vielleicht zwei oder nur eine lange Sekunde, spürst sogar nichts Außergewöhnliches, nur dieses Kribbeln von DANTONS TOD in der Magengrube, ein wenig verstärkt, obwohl damit zu rechnen ist, daß der kurze Blick schon bald von einer neuen Wahrnehmung überlagert sein wird. Du gehst vorbei, geschenkt, sagst du mit einer großzügigen Geste und hast den Eindruck von dem, was nicht sein wird, bis auf periphere Reste, die in einem nächtlichen Traum wiederzukehren geeignet gewesen wären, mit bewundernswertem Gleichmut weggesteckt, als dich das Mädchen auffordert, ihr den Gefallen zu tun, die Scheibe einzuschmeißen: Schau, dort oben ist noch eine ganz.

Zwar stimmt, was sie sagt, dessen hast du dich bereits versichert, an den Falschen ist sie trotzdem geraten, denn in solchen Dingen drängst du dich nicht vor. Du drängst dich überhaupt nie und nirgends vor, das gehört zu deiner Strategie, weil du der Auffassung bist, überall in der ersten Reihe zu stehen, trage einem nichts als Ärger ein. Zu versäumen gebe es nichts (für dich der älteste Hut, der einem bei diesem Wetter vom Kopf fliegt), keinen Kometen, der nur alle hundert Jahre für drei Sekunden mit einem glühenden Schweif im Schlepptau auftaucht, keine Sprengung eines Tresors, ob von der Titanic oder aus den unterirdischen Schlupfwinkeln des Al Capone. Ganz zu schweigen von dem faulen Zauber, über den man an jeder Straßenecke stolpern kann.

So sieht sie aus, deine Welt. Besondere Absichten verfolgst du keine, erwartest weder vom Leben viel und schon gar nicht, daß es etwas von dir erwartet. Acht Stunden Schlaf, zum Frühstück eine Tasse Kaffee, und bis zum Abend fällst du nicht aus der Rolle. Da müßte dir, das wäre das mindeste, schon einer dieser Kometen durchs Dach schlagen.

Nach deinen Berechnungen nähert sich der Halleysche der Erde wieder um das Jahr 2060, das wäre DIE Gelegenheit, für die berüchtigten fünfzehn Minuten ein Star zu sein, die jedem, gefällt er sich in seiner Bedeutungslosigkeit auch noch so sehr, wärmstens anempfohlen sind. Immerhin, dies nur, um etwaigen Zweiflern an der bloßen Möglichkeit eines solchen Zwischenfalls von vornherein das Wasser abzugraben, ein italienischer Mönch des 17. Jahrhunderts wurde von einem herabstürzenden Meteor glattweg erschlagen.

1 9 8 9 – ein unerhebliches Jahr. Und von diesem Standpunkt aus entbehrt es nicht einer gewissen Pikanterie, daß deine ruhigen Tage gezählt sind, als du der Aufforderung des Mädchens, näherzutreten, damit sie dir ins Gesicht sehen könne, aus Höflichkeit nachkommst und drei Schritt in ihre Richtung machst.

Dort gerätst du zunächst in eine knöcheltiefe Lache, was schon mal unerfreulich ist – aber nicht, weil die Erde eine dünne Kruste ist und du befürchten mußt, in der Pfütze durchzubrechen, sondern wegen der nassen Socken, die du kriegst, denn Blücherstiefel trägst du ebensowenig wie Wellingtons. Voilà la pluie de Waterloo! Und natürlich sind deine Socken von der billigsten, nur im Supermarkt erhältlichen Sorte, so daß dich ein unter beträchtlichem Ärger gewonnener Erfahrungswert ungesäumt darauf hinweist, daß sie bei Regen nichts lieber tun, als deine Zehen anzuschwärzen – gemeinhin ein ausreichender Grund, mit Vorsicht aufzutreten.

Und hier – beginnt der betrübliche Teil der Geschichte: denn während du fluchend und stampfend über deiner Misere knirschst, erzählt das Mädchen mehr von sich, als dir lieb ist. Sie heiße Lila, Lila wie die Farbe, sei vernarrt in das Klirren von Glas, sie finde es erotisch und besser schlafen lasse es sie auch. Sie habe es schon hundertmal probiert, aber sie: SCHAFFE – ES – EINFACH – NICHT.

Du begutachtest das Fenster erneut. Was das bringen soll. Und darauf sie: Grundgütiger Gott, ich mag es halt, wenn es klirrt. Ist das so schwer zu kapieren?

– Eigentlich nicht.

– Na eben. Du mußt wissen, ich wohne im Turm von der Brauerei, da drüben im zweiten Stock, im dritten der Sohn eines Stadtrats, weshalb wir erst Ende nächsten Monat delogiert werden, obwohl der Komplex im Sommer abgerissen wird. Seit Wochen habe ich Angst, daß jemand die Scheibe einschmeißt, während ich nicht zu Hause bin. Und deswegen sollst DU die Sache in die Hand nehmen. Immerhin ist es besser, auf dem Karussell schwarz zu fahren als ewig anzustehen. Zuletzt kommt dann wer, beehren Sie uns wieder, meine Damen, meine Herren, für heute empfehlen wir uns. Man springt auf, setzt sich hin, wo's einem gefällt. Und springt rechtzeitig ab. So einfach geht das. Manchmal. Eigentlich wollte ich sagen, daß das Karussell nur fährt, wenn man anschiebt. Es fliegt nicht, es läuft nicht. Es geht.

Sie radiert mit den nackten Fußballen an den Schatten einer eichenblättrigen Buche, durch deren Geäst ein Hoflicht fällt. Bückt sich nach einem faustgroßen Stein, wie sie im Dutzend herumliegen. Vor dem Kasten türmt sich jede Menge Schutt, sie braucht bloß hinzulangen.

– Also sei so nett und schmeiß die Scheibe ein.

Während dich Lila erwartungsvoll anschaut, überlegst du, wann du zuletzt mit einem Karussell gefahren bist, überlegst sehr lange und weißt es trotzdem nicht. Irgendwie findest du das bedauerlich, weil du eine Ahnung hast, daß es ein Lachen gibt, das man nur auf einem Karussell zustande kriegt. Auf dieses Lachen bist du neugierig. Aber der Zusammenhang zwischen einem Karussell und dem Stein, den dir Lila entgegenhält, ist dir schleierhaft.

Zumal: Ein wenig groß ist er schon.

– Ach Quatsch. Der ist genau richtig, wie geschaffen für den Zweck. Ich kenn' mich da aus. Im ersten Stock die zwei halbrechts, im zweiten das Fenster in der Mitte, das, in dem noch die Scherben hängen. Und dann noch ein halbes Hundert hinten im Hof. Das hier ist nur die Schmalseite.

Du schaust in alle Richtungen. Dir ist klar, schonungslos klar, daß Lila mit dir rechnet. Du hintersinnst einen Augenblick, daß du auf dem Weg in den REVOLVER bist, wo du nichts weiter tun willst, als das eine oder andere Glas trinken, eine Münze in die Jukebox werfen und die skurrilen Formen der hauchdünnen Rauchgirlanden deiner Gitanes auf ihrer abenteuerlichen Reise zur Decke beobachten. Und diesen Augenblick fühlst du dich trostlos, weil das die einzigen Abenteuer sind, denen du vertraust. Trotzdem nickst du, wenn auch nur andeutungsweise, aber das genügt.

Der Ritter überreicht der Dame sein Herz, die Dame dem Ritter einen Stein.

Kaum anzunehmen, daß der Handel auf deiner Seite halbwegs solide anschlägt – wieder ein trostloser Moment. Aber, wie stets in heiklen Situationen, sagst du bei dir, was in einer heiklen Situation Sieyès gesagt hat: Wenn es um eine große Sache geht, ist man immer gezwungen, etwas dem Ungefähr zu überlassen. Also wiegst du den anorganischen Bestandteil der Transaktion beschwörend in der Hand, legst auch gleich den Schirm beiseite, was zur unmittelbaren Folge hat, daß sich deine Jacke, ein ausgetragenes Erbstück von deinem Vater mit überdimensionalen Schulterpolstern, die dich ecken, sofort bedenklich zu sprenkeln beginnt. Und überhaupt: am Ende des Satzes ist die Jacke wieder monochrom, als Ganzes dunkelgrau.

Aber zu dem Zeitpunkt bist du längst entschlossen, dir das Fenster vorzuknöpfen, trotz allem, obwohl eure Ähnlichkeit frappierend ist – – von sprödem Kitt in einer baufälligen Welt gehalten und ohne rechten Durchblick.

AUFKLÄRUNG tut offensichtlich not.

Du nimmst dein Ziel ins Visier, während Lila ungeduldig auf den Zehen wippt, holst aus, was Lila veranlaßt, auf den Zehenspitzen zu verharren, hebst das Spielbein. Doch beim zweiten Mal geht's besser. Als es klirrt, hüpft Lila hoch, stößt einen Schrei aus, ein geschossenes JEPS! knallt applaudierend die Sohlen der Pumps aneinander. Vereinzelt klimpern Scherben die Hauswand herunter. Mit einem Geräusch, das wirklich nicht zu verachten ist und dich verleitet, einigermaßen zufrieden die Hände an den Hosen abzuwischen. Denn die Nacht ist plötzlich transparent, und ringsum sieht man Auswege aus der Langeweile, von denen nur ihr zwei wißt, Lila und du. Du denkst allen Ernstes, das also ist das Leben.

Eine Gebrauchsanweisung.

Der Regen fällt jetzt dicht und schräg in Strichelform, als setzte er die nötigen Gänsefüßchen an Lila und an dich. Naß seid ihr ja beide schon reichlich. Sie lacht: Jetzt hast du was gut bei mir, sie nickt, nickt nochmals: Willst du die Schuhe? Du kannst sie geschenkt haben. Ich habe mir an ihnen eine Blase gelaufen. Das kommt davon, wenn man von früh bis spät über den Globus tingelt, nur so dahin wie die vom Regen aufgeworfenen Blasen, die über ihr Pfützenmeer Richtung Gully gondeln, was übrigens ein sehr anschauliches Bild meiner derzeitigen Situation ist.

Und da stehst du dann mit zwei so Dingern, schwarzen Damenschuhen von der feineren Sorte, steif und zierlos mit Stöckeln, und überlegst, ob diese Stöckel fünfundfünfzig oder sechzig Millimeter hoch sind.

In diesem Zimmer hier nur Seitenstiche / und von draußen ungefähr-
liche Geräusche.   (Nicolas Born)

Enzyklopädien

Als Lila an ihrem Türschloß herummurxt und verschiedene
Stimmen in deinem Innern lautwerden, die sich bemüßigt
fühlen, dir eine Kehrtwendung am Absatz schmackhaft zu
machen, wäre es höchste Zeit für dich, einzusehen, daß du
dich in eine Unternehmung begibst, die dir nicht bekommen
wird. Denn den Anregungen, die dir auf diesem Weg zukommen, fehlt es nicht im mindesten an Plausibilität.

Charles Maurice Talleyrand=Périgord, Bischof von Autun
und Hinkefuß: Hütet Euch vor zu ungestümer Lebhaftigkeit,
denn jegliche UnOrdnung kann für die Freiheit un=heilvoll
sein.

Napoleon Bonaparte: Die Liebe zu schönen Frauen stiftet
mehr UnHeil, als sie Gutes wirkt.

Philipp Worovsky: Sie ist einige Nummern zu groß für
dich. Bestimmt wird sie dich am Ende der zweiten Runde mit
Kinderreimen auszählen. Bestimmt schlägst du noch in dieser
Nacht dreizehn.

Schlag eins.

Das Stoppschild. Die Verzettelung.

Sowie die Tür ihrem Fluchen nachgegeben hat, dirigiert
dich Lila dorthin, wohin du vorerst nicht gewollt hast – an
einem Stoppschild vorbei, das in Kopfhöhe den mannshohen
Garderobenspiegel ausfüllt und das sie geklaut habe, am Pic-
cadilly Circus oder irgendwo, geradewegs ins Schlafzimmer.

Neben schwarz und rot lackierten High=tech=Möbeln leuchtet dort ein knallig gelbes, übergroßes Bett.

– Das ist mein Wohnzimmer, sagt sie, sagt es auf eine Art, daß es eine Belehrung sein kann, hält gleichzeitig auf den niedrigen Rundtisch zu, schiebt Briefe, Zettel, Postkarten ineinander, die zuvor die ganze Tischfläche einnahmen. Sie niest, zieht die Schultern hoch und dämpft ein zweites Niesen mit der Armbeuge ab. Wie man sein Leben nur so verzetteln kann, sagt sie zu sich und fegt das Papierwerk mit einer plötzlichen Armbewegung vom Tisch, streckt fragend die Arme aus, hört auf das Knistern und Rascheln des Papiers, das am Boden noch eine Weile Leben behält.

Schlag zwei.

Das Foto.

Als das Papier in einen stabilen Zustand zurückgetreten ist, hast du dir bereits den Mut genommen, dich nach einem Foto zu bücken, das auf dem Gesicht zu deinen Füßen lag. Ohne Zweifel Lila, zwischen Sperrmüll auf einem ausgedienten Fernsehgehäuse ohne Bildröhre sitzend, mit ausgewachsenen Dauerwellen und achtzehnjährig und älter, jünger, vom Foto herunter kannst du das, obwohl du, um die beiden zu vergleichen, ein verstohlenes Auge auf die gegenwärtige Weltgestalt des Mädchens wirfst, nicht so genau beurteilen. Sie gefallen dir, jede für sich, sehr=sehr=sehr.

Das Foto steckst du in die Tasche. Das vermagst du. Aber Lila schenkt großzügig Rum ein, da muß man noch abwarten. Was weiter geschieht? Ihr trinkt euch zu.

Schlag drei.

Der Mond und der Lippenstift.

– Kannst du mir eigentlich sagen, sagt sie, warum der Mond keinen Namen hat? Ich finde das ungerecht.

– Er hat sehr wohl einen Namen: Mond.

– Mond heißen viele. Neptun hat zwanzig, Saturn hundert. Mond, das ist nur der Sippenname. Wenn unserer, der ja der beste von allen ist, der Gönner der Diebe und Liebenden, heute nicht verhindert wäre, könnten wir ihn mit der Flasche Schampus, die bei mir im Kühlschrank steht, taufen. Du würdest ihm die Flasche bestimmt an den Kopf schmeißen.

– Mit Leichtigkeit.

– Na siehst du. Vielleicht zeigt er sich im Lauf der Nacht. Wir warten. Ich für mein Teil habe Zeit.

– Und einen Namen?

– Einen Namen? Lila.

– Für den Mond, meine ich.

– Für den Mond? Nein. Und du?

– Mond. Mond ist okay.

– Komiker. Dich meine ich, ob du für dich einen Namen hast, denn Mond wirst du ja nicht heißen.

Corse with no name.

Sie wartet, gibt dir irgendwann wortlos ihr Glas zu halten, und wie du danach greifst, gleitet ihre Linke mit taschendiebischer Leichtigkeit in deine Hosentasche, wenigstens müsse sie so wald=und=wiesen=schön wissen, wer du seist.

Sie zieht die Hand geballt wieder heraus, präsentiert einen Labello und einen Fünfer.

– Dann kennst du mich jetzt auswendig?

– Aber sicher doch.

Sie dreht den Labello aus, schreibt in Großbuchstaben LILA in das mondlose Fenster, vermurxt den Stift, der von deiner Körperwärme weich und pampig ist, zerdepscht ihn vollkommen, wie auch anders, lächelt dich dabei an, macht Plüschaugen, sie hat wirklich hübsche Krähenfüße, und mit einem hochgezogenen Du=u will sie den Fünfer geschenkt. Geschenkt, sagst du, worauf sie das Fenster öffnet und die Münze in den finsteren Hof wirft. Sie möge dieses Geräusch, alle hellen Geräusche. Im Traum mache sie manchmal Gläsern Anträge. Aber die lachten dann bloß.

Schlag vier.

Die Datumsgrenze. Dann Jerry Cotton.

Lila leert ihr Glas und kurvt zur Bar, um nachzuschenken. Hinterher geht sie sich umziehen, wie sie sagt, das volle Glas läßt sie ebenso stehen wie dich, der du ihre Abwesenheit oder vielmehr die Ungewißheit, was kommen wird, mit der Erkundung des Zimmers überbrückst.

Am Rum nippend, entdeckst du zuallererst Interesse für eine Karte Ozeaniens, die über dem Bett hängt. Ihr Alter muß beachtlich sein, das ersiehst du an den Landstrichen, die den Vermerk ›unvermessen‹ tragen und die du des weiteren auch unvermessen beläßt. Um so sorgfältiger kundschaftest du die rotgestrichelte Datumsgrenze aus, die keine Verfechterin der Maxime ist, daß der kürzeste Weg zwischen zwei Punkten (oder zwei Zeiten?) die Gerade ist, denn von ihr wird die Karte auf einer Mäander halbiert: Hier noch heute, dort schon morgen.

Ganz im Süden beginnend, segelst du entlang so schöner Namen wie Antipoden Inseln, Bougainville und Choiseul, zwischen Duff und Espiritu Santo zu den Fidschis, von dort westlich zu den Gesellschaftsinseln, vorbei an Hereheretue und den Îles Duc de Gloucester zu Lilas Bücherregal irgendwo im östlichen Pazifik, wo du dir aufs Geratewohl Jerry Cotton No. 87: DIE BITTEREN TRÄUME VON HARLEM langst. (Schon seltsam, daß Lilas Rechnung darin aufgehen soll.) Aber du liest: Sehr schön, verständlich, ohne jedwede Schnörkel. Deine Moral richtet sich an dem wortkargen Helden, der allerhöchstens einen Mundwinkel verzieht, wenn irgendwo ein blondes Mädchen in einer Blutlache aufgefunden wird (in einer Lache, in der man unendlich leichter durchbrechen kann), zusehends auf.

Schlag fünf.

Das Monster, der Kuß und die Liebe.

Als Lila zurückkommt, eine gepunktete, dampfende Tasse in der Linken, blätterst du noch immer gelöst, versunken, mit von Faszination glänzendem Gesicht in No. 87: DIE BITTEREN TRÄUME VON HARLEM. Mittlerweile trägt Lila rote Socken und Bluejeans, ihr Haar hat sie hinten zusammengebunden, was sie älter und abgeklärter aussehen läßt. Sie summt MY BABY JUST CARES FOR ME. Schenkt dir keine Beachtung. Sagt nur, kurz innehaltend, leg Musik auf, und daß du mir ja die richtige Platte erwischst.

Du steckst Frank N. und seine Transsexuellen, die am Teller gelegen haben, in ihr Cover, THEN SOMETHING WENT WRONG FOR FAY WRAY AND KING KONG, stöberst durch den Reiter, du solltest dich weiter links halten, sagt Lila, dann verschwindet sie nochmals, lediglich für zwei Minuten, aber lange genug, daß du dir mit einem Livealbum von Lady Day, New York, 50er Jahre, einig wirst. Du legst die Scheibe mit der B=Seite auf, weil sich dort ein passender Titel ankündigt: FOR HEAVENS SAKE.

Im Takt dazu hüpft Lila von Zettel zu Zettel wie von einer Eisscholle zur andern: Bin ich böse? Sag, daß ich ein Monster bin.

Du tust ihr den Gefallen, bereitwillig: Natürlich bist du ein Monster.

Draußen, am Fensterbrett, läuft ein Vogel über Blech. Das unangenehme Geräusch, das die Krallen dabei erzeugen, steht ganz für sich allein. Lila horcht, mit einem Gesichtsausdruck, als hätte sie soeben etwas Wissenswertes erfahren, setzt dann zögernd, mit einem Minimum an Bewegung, das Hüpfen zwischen den Zetteln fort, ohne von deinem weiteren Treiben Notiz zu nehmen. Du lehnst noch immer am Kasten, in Billies Cover vertieft, denkst an Billie the Kid, The Sundance Kid und Butch Cassidy, an RAINDROPS KEEP FALLING ON MY HEAD und an das Mädchen, das bei Paul Newman lauthals lachend auf der Lenkstange gesessen hat.

Irgendwann tanzt Lila zu dir her, erreicht dich, ohne das Parkett berührt zu haben, tätschelt an deinem Rücken herum mit der Frage im Anschlag, ob du sie liebst: Liebst du mich? Sag, daß du mich liebst. Du liebst mich doch? Etwa nicht? — — Sicher liebst du mich.

Der Monolog gefällt dir oder es ist so, daß du nicht annimmst, daß deine Antwort einen Unterschied machte. Also wartest du, was Lila sonst noch zu erzählen hat. Doch als sie dich auf diese Mädchentour kullrig anschaut, ihre Krähenfüße sind wirklich sehr einnehmend (und erst ihre Augen: als würde man in einen starken Kaffee fallen, platsch!), nutzt alles nichts, du mußt Farbe bekennen, wir wollen recht viel Rot anrühren, stammelst du, hoffend, in der Einfalt deines Herzens, daß es vieles sagen kann.

Deine Hoffnung währt kurz, so lange, bis dich Lila in die Seite knufft: Hab ich's ja gewußt, du liebst mich.

Na eben.

Sie stellt sich auf die Zehenspitzen und küßt dich. Und du küßt sie zurück. Nicht bloß aus zärtlicher Neigung, sondern auch aus Hohn gegen deine alten Grundsätze. Und in dem Augenblick lodern in dir gewaltige Flammen jener zwei Passionen auf, welchen dein Leben künftighin gewidmet sein wird: der Liebe für schöne Frauen und der Liebe für die Revolution.

Du trinkst dein zweites Glas leer.

– War das gut? Man muß es immer tun, sagt sie, als wär's das letzte Mal.

Schlag sechs.

So durchwandre die Weltannalen.

Die zweite Seite von Billie Holiday ist zu Ende, die erste hört ihr euch, du auf einem Drehsessel bei der Stereoanlage,

Lila in einem der Stühle, die aussehen, als ob man sie ohne besonderen Bedacht auf den praktischen Nutzen gestaltet hätte, schweigend an. Es ist eine große Erleichterung, sie ruhig zu wissen, wiewohl dir klar ist, daß sie von der Sorte ist, die man im Auge behalten muß, vor allem dann, wenn sie sich tot stellt. Trotzdem dürfen deine Gehirnzellen rühren. Du schaust mit geweiteten Augen zur Decke und spürst am Vibrieren der Sinne, die wie unter einer Haartrockenhaube etwas Fließendes und Quirliges haben, daß du einigermaßen betrunken bist.

Kurz vor Ende des letzten Cuts prophezeit dir Lila, daß du sie niemals vergessen wirst, ganz bestimmt, sagt sie, damit du's weißt, du nickst, o ja, so durchwandre die Weltannalen und finde etwas darin, das ihr ferne nur gleicht, wenn du kannst. Dann legst du Sade auf, viel Besseres hast du nicht zu tun, und beginnst, dich in einem Anfall von Gegenwärtigkeit in ihre Verzettelung einzulesen, wozu du zwanglos aufs Parkett hockst und wie die Glücksfee einer Lotterie den nächstbesten Zettel aus dem Durcheinander angelst.

Schlag sieben.

Die Bombe. An einem Abend verfallen.

Sonst nicht deine Art, in Fremder Leben herumzustochern. Und dennoch, vielleicht um den Beweis deiner Ungezwungenheit anzutreten, hüpfst du kurzerhand mit deinem Schatten Seil, eine überraschend aufschlußreiche Tätigkeit – das dämmert dir vage –, die sich jeder regelmäßig gönnen sollte (wie den Besuch beim Zahnarzt). Du langst dir dieses und jenes, es sind meterlange Briefe darunter, auch Liebesbriefe, aber du ziehst die kürzeren Sachen, Notizen auf abgegriffenen Kalenderblättern, das Schlagartige, das zum Augenblick synchron ist, den Romanen vor. Anhand einer mit ›Lila‹ unterschriebenen Vorlage filterst du von ihr Verfaßtes heraus, das dich verständlicherweise am meisten interessiert und dir manch unverständiges Stirnrunzeln entlockt, bis du den Eigenarten ihrer Handschrift auf die Schliche kommst. Konkret kriegst du es mit einer weitgestreuten Klaue zu tun, die kaum vier durchschnittliche Wörter in eine Zeile bringt. Das Schriftbild entspricht Lilas Augenpartie: Vollbeschriebene Blätter sehen aus, als wäre ein Schwarm betrunkener Krähen mit tintigen Füßen darübergetorkelt.

Ich habe eine Bombe im Kopf. Willst du sie hochgehen lassen?

Rumms! Die paar Wörter schaffen, was oft kiloschweren Büchern nicht gelingt, dir das Gefühl zu vermitteln, etwas erlebt zu haben. Für Sekunden gerätst du in einen Taumel, die ganze Welt erscheint dir mit einmal logisch, du fragst dich, was passiert ist, der Raum wirkt mindestens doppelt so groß wie Augenblicke zuvor, die Stühle ähneln Seilbahnstationen, und auf leisen Sohlen ertastet sich die Bombe einen Weg in deinen Kopf.

Ticketacke. Ticketacke.

Es ist, als würde die Bombe mit dir reden, es ist der Moment, in dem du erahnst, was es heißt, die Bombe zu lieben.

Nach einer Weile läßt du den Zettel wegsegeln. Dich wundert nicht, wie leicht er fällt. Du glaubst allen Ernstes (derweil dein Herz ganz leicht und weit wird), daß das Gewicht der Bombe in deinem Kopf zurückgeblieben ist.

Anderswo, auf einem Kalenderblatt vom 18. Februar irgendeines Jahres, entzifferst du mit einiger Mühe: Ich bin dir – wie eine Eintrittskarte – im Verlauf eines Abends verfallen. Verfallene Mädchen, sehr gefällig, wenn sie fallen (wie Königreiche). Das beschäftigt dich, eine Zeitlang, bis Lila wissen will, was du vorschlägst zu tun. Du hättest ja Zeit gehabt, dir was auszudenken.

Schlag acht.

Das Bonmot.

Jetzt fühlst du dich wahrhaft trostlos. Denn du weißt nichts und mußt an die Comtes der Revolution denken, die versucht haben, dem Leben Aug in Aug mit der Guillotine ein Bonmot abzugewinnen, einen dieser eindringlichen Sätze, den Schriftsteller als Motto für ihre Bücher verwenden: Beeilt euch, die Stiefel könnt ihr mir leichter ausziehen, wenn ich tot bin! / Und ich, der ich noch soviel in meinem Kopf hatte!

Du denkst an die Comtes, denen nichts eingefallen ist.

– Weiß nicht, hab mir keine Gedanken gemacht, sagst du und findest dich über die Maßen langweilig.

Und die Comtes, denen nichts eingefallen ist, tun dir überhaupt nicht leid, keine Spur.

– Jetzt sag, sagt Lila mit einer Spur Erstaunen, ihr Gesicht, offen, wieder jünger für einen Moment: Bin ich zuletzt tatsächlich ein Monster?

Ein Lächeln verirrt sich in ihre Mundwinkel. Du gähnst verlegen, beschämt. Sie greift nach hinten, löst den Gummi aus ihrem Haar, schüttelt es nach vor und streicht sich einmal mit der Rechten den Scheitel entlang. Den Gummi spannt sie zwischen den Fingern, einen normalen Haushaltsgummi, den sie später nach einem der Punktstrahler spickt, ohne zu treffen. Du hast den Eindruck, daß sie das ärgert. Sie verzieht das Gesicht, klopft sich gleichzeitig mit der flachen Hand ans Schienbein.

Schlag neun.

Strange days have found us. Kirsch oder Zitrone?

– Macht nichts, was soll dir auch einfallen. Es gibt nichts. Du kannst mir grade so gut etwas mit den Ohren vorwackeln. Du kannst doch mit den Ohren wackeln?

Ächzend rappelst du dich hoch. Es kommt dir vor, als ob in allen Rücken Wände stünden. Dein linkes Bein ist zudem am Einschlafen. Heftig trittst du auf dem linken Fuß, bis das Kribbeln mit Nachfließen des Blutes in ein angenehmes Rieseln übergeht, das bald verschwindet. Weiß der Teufel, was Lila jetzt denkt. Sie schaut dieses Strange=days=have=found=us (der Kaffee in ihren Augen ist jetzt dünn und kalt), beißt eine Weile, während du eine Runde im Zimmer drehst, auf ihrer Halskette herum, als gelte es von einer Strafkolonie zu fliehen. Surinam. Der Rum zeigt sich von der gewohnten Seite, zumal in deinem Kopf, wo das Hundertste mit dem Tausendsten Menuett tanzt. Und in diesem Zuge taucht auch die Frage auf, dreht sich in dir, drehtunddreht sich, ob alle Komiker verschlossene Menschen sind, die keine Ahnung haben, wie man mit den Ohren wackelt, denen es Schwierigkeiten bereitet, aus sich herauszugehen, und die sich ihr Lachen wie teure Zigarren, die man zu besonderen Anlässen raucht, aufsparen.

Sade liegt seit einiger Zeit reglos am Teller, und Lila nutzt die Gelegenheit, MY BABY JUST CARES FOR ME zu summen. Später erzählt sie mit ihrer vom Schnupfen dumpfen Stimme irgendwelchen Salat über sich. Sie gibt dir einiges aufzulösen. Es geht um Galileo, die andere Seite der Welt, um Bewegungen, die vom Kopf ausgehen, um Gedankenstriche, die nicht mehr aufhören und sich im Unendlichen verlaufen. Sie bringt das alles problemlos in fünf Sätzen unter, und du weißt, daß bei der Schnitzeljagd die Rollen so verteilt sind, daß du kaum Chancen hast, sie einzuholen oder mit ihren Gedanken Schritt zu halten.

Was soll's, du hast es aufgegeben, alles begreifen zu wollen. Sie hat eine angenehme Stimme, du läßt sie reden, konzentrierst dich einfach auf diesen Schuß Erotik in den hinteren Lauten, der die Wörter wie in buntes Cellophan verpackt. Des weiteren bist du froh, unbehelligt zu bleiben, und wickelst die

Wörter zeitweilig nicht aus. Kirsch oder Zitrone? Wer fragt? Manchmal nickst du, manchmal starrst du Löcher ins Zimmer, auf den Schriftzug am Kniefleck auf ihren Bluejeans, den du nicht entziffern kannst.

Schlag zehn.

Neuseeland. UnGlücksvögel.

Lila schneuzt sich und wirft ein Oh!=it's=a=feh ins Durcheinander. Früher einmal habe sie nach Neuseeland auswandern wollen, gemeinsam mit einer Freundin. Neuseeland. Obwohl sie nicht die geringste Ahnung gehabt hätten, was sie dort wollten. Aber Hauptsache, möglichst weit weg, überm Meer, auf der andern Seite der Welt. Aber daraus sei nichts geworden.

Sie deutet auf die stockfleckige Karte von Ozeanien. Schon seltsam, daß es ausgerechnet in Neuseeland diese vielen Vögel gebe, die nicht fliegen könnten. Das liege wohl daran, daß sie schon in Neuseeland seien und deshalb gut Gefallen daran fänden, faul zu sein.

Während Lila redet, dich durch einen Tumult von ausgestorbenen Riesenmoas und UnGlücksvögeln schleift, zupfst du Stoffusel von deinem Hemd. Alles ist plötzlich weit weg, du bist schläfrig, es kommt dir vor, als ob du dich bei leichtem Seegang auf einem Schiff befändest, mehrere Tagesreisen vom Festland entfernt. Was Lila sagt, entwickelt nach und nach ein Echo, es bleibt immer ein wenig länger im Ohr und überschneidet sich mit dem Nachfolgenden.

Als sie sich hochrappelt, schummelst du dich zu deiner Jacke. Du spürst dieses warme Vibrieren im Kopf und mußt nachtreten, um nicht hinzufallen.

Schlag elf.

Der Ludergeruch der Revolution.

– Schätze, ich gehe jetzt, murmelst du. Aber Lila hört nicht hin. Ob du Lust auf Popcorn hast, will sie wissen, sie esse für ihr Leben gerne Popcorn, vor allem im Bett.

Die Frage ist verlockend. Und dennoch, du siehst den Himmel nicht offen und voller Geigen, ganz und gar nicht. Mit dem Glückslos in der Hand fragst du dich, ob es dir den Charakter verdirbt oder nach der Ruhe trachtet. Wie aus dem Mond gefallen starrst du Lila an, suchst, ob sich in ihrem Gesicht eine Regung zeigt, die ihre Absicht verrät, suchst nach der Feile im Kuchen. Aber ohne Erfolg. Sie sagt kühl, daß sie's meine, wie sie's sage, öffnet den Gürtel ihrer Jeans, scheuert aus den Hosenröhren, Lila, diese wunderbare Sansculotte – sie zieht auch den Pullover aus, unter dem sie durchaus nichts trägt, streicht mit den Händen über die Klaviatur ihrer Rippen: Jetzt sag doch was!

Dein Herz flattert, das Blut macht eine Kehrtwendung am Absatz, andersherum, du zögerst: Sie sind – – wie aus dem Louvre gestohlen.

– Sie gefallen dir?

– Du hast die schönsten geklaut. Ich glaube, auch im Badezimmer würden sie sich sehr gut machen.

– Und im Bett erst. Sie lächelt. Und wie sie lächelt: Du magst ihn doch sicher, diesen – – Ludergeruch? Im Kino, wenn jetzt ein Schnitt kommt, wissen die Leute, daß es passiert ist.

Schlag zwölf.

Der letzte Schnitt zur Dunkelheit.

Lila geht rückwärts zum Bett und löscht von dort das Licht.

Auf diese Weise beginnt mein Tag, und
der weitere Verlauf ist nicht besser.
(Anton P. Tschechow)

Die Konstituierung

Den Lärm vom Glascontainer auf der anderen Straßenseite
hörst du bis in den Traum, so tief hinein, daß du davon aufwachst. Daß du deswegen aufwachst, entscheidet letztlich den
Tag. Vielleicht hing kurz davor alles am seidenen Faden, vielleicht hattest du Chancen, dir Lila vom Leib zu halten. Aber
jetzt, unter den gegebenen Umständen, sind alle Auswege dahin. Denn nicht nur zwei oder drei Gläser landen in dem
Container, an die hundert müssen es sein. Und der Container,
das hört man, ist obendrein beinahe leer. Jedes einzelne zer-
birst mit einem satten TSCHIRRRR!

Natürlich weißt du, wieviel Spaß es macht, der Urheber
dieses Geräuschs zu sein, und natürlich denkst du augenblicklich an Lila. LILA. Klirr... Lila... klirr... An die Ro-
manze, die du mit ihrem Fenster verlebt hast... Klirr... Ein
wirklich schönes Geräusch – das Auffliegen gläserner Vögel.
Eine große und allgemeine Wohltat.

Das klimaktische Platzen der Gläser, dieser Sinnbilder der
gebrechlichen Einrichtung der Welt, scheint in alle Ewigkeit
fortzudauern.

In den Pausen hörst du aus der Küche Geklapper, das deine
Mutter beim Zubereiten ihres Frühstücks veranstaltet. Nebenher trällert sie ein Lied. LA PULCE D'ACQUA. Du hörst ihr
zu, hörst auf dieses Trällern, auf das Klirren vom Container,
bis es abbricht. Irgendwo in den Puppen verschaltet sich ein
Motorrad.

Um Viertel vor acht, wie immer unter der Woche, geht

deine Mutter zur Arbeit. Das Haus rührt sich, die Treppe wacht auf, Türen gehen, Radios bringen Weltnachrichten, scheppern, dudeln, schmettern irgendwelche Musik. Und weil dich das trübselig macht, diese Songs, FRIDAY ON MY MIND, krabbelst du aus den Federn, streichst dir, wie um ein vorübergehendes Vergessen wegzuwischen, mit der flachen Hand über die Augen und trollst dich in die Küche, wo du in der Absicht, deine in den letzten Zügen befindlichen Lebensgeister aufzupäppeln, den Kühlschrank öffnest. Du hast Hunger. Aber egal, was dir zwischen die Finger gerät, nichts macht dir Appetit, im Gegenteil, alleine der Gedanke an Essen erregt dir Übelkeit.

So ist das einmal: Am Abend gestiefelt, am morgen gekatert.

Und dann klopft es zu allem auch noch an der Wohnungstür. Du kennst das: die Tante von nebenan braucht immer einen Fingerhut voll Milch, einen Kaffeefilter oder die Zeitung von gestern, die sie bereits weggeschmissen hat. Aber das letzte, was dir momentan fehlt, sind lästige Fragen wegen des lautstarken Streits gestern nacht. Der Anlaß? Deine Mutter hatte dich vor deiner Zimmertür abgefangen. Du – mit Lilas Schuhen (deren Stöckel garantiert sechzig Millimeter hoch sind). Jetzt sehe sie klar: Eine Frau. Und was für eine! Man könne unschwer vom Drunter auf das Drüber schließen. Du lügtest ihr in die Augen, der Anschein sei irreführend, du seist um die Wette gelaufen und gestürzt, die Schuhe seien der Trostpreis, wegen dieses Spottverses: Steigt auf hohe Absätze, wenn ihr zum Ball geht, es ist heute Mode zu torkeln und zu fallen! – aber da hörte deine Mutter gar nicht mehr hin.

Die Nachbarin probiert es nochmals, allerdings kräftiger, doch umstimmen läßt du dich dadurch nicht.

In etwa einer halben Stunde wird sie es neuerlich versuchen, aber bis dahin bist du nicht mehr zu Hause.

Die Sache ist nämlich die: Als du dich an den Tisch setzt,

um deinen brummenden Kopf zärtlich zwischen die Hände zu nehmen, fällt dir der von einer mit Tulpen bestellten Vase am Einkringeln gehinderte Einkaufszettel ins Auge, den dir deine Mutter nebst einem Batzen Geld zurechtgelegt hat. Du sollst den stummen Diener ersetzen, dem vergangene Nacht dieses bedauerliche Unglück zugestoßen ist. Endgültig entnervt, hast du ihm beim Aufhängen der Jacke einen Arm abgebrochen. Deine Mutter stellt dir frei, den schwindligen Abgründen deines Geschmacks nachzugeben, ihretwegen könnest du eine kurzsichtige Mildred in den Haushalt holen, die Gute müsse lediglich in der Lage sein, jeden Morgen verläßlich die Zeitung zu bügeln. Der Rest sei weniger wichtig.

Diese Order, in der du eine Chance auf Zerstreuung gewahrst, kommt dir nicht ungelegen. Also kehrst du in dein Zimmer zurück, stellst dich zwischen die offenen Flügel des Kleiderschranks und entscheidest dich nach einigem Blinzeln für Kleider, die du seit Jahren nicht mehr getragen hast, schnappst dir bei der Gelegenheit auch gleich den Fotoapparat, als dir einfällt, daß Fotografieren früher, bis du's irgendwie vergessen hast, dein Steckenpferd war. Vielleicht, wenn du darauf achtest, dich auf Belanglosigkeiten zu konzentrieren, hilft dir die Kamera, an VORGESTERN anzuschließen oder – noch besser – den philosophischen Gleichmut zu finden, der notwendig ist, um das Glas, das du im REVOLVER versäumt hast, ohne bitteren Beigeschmack nachzuholen. Auf einen Versuch willst du's ankommen lassen. Doch kurz darauf ertappst du dich dabei, wie du das Foto mit der Dauerwellenversion von Lila andächtig in die frische Bluejeans transferierst.

Jetzt schaust du schlecht aus: BESTIMMT WIRD DEIN UN-GLÜCK GANZ FÄNOMENAL!

Und mit dieser Aussicht, während vom Grund deiner Seele ein enzyklopädisches Gefühl der Erwartung aufsteigt, schlenderst du in einen Allerweltsmorgen, der von der lausigen

Sorte ist, mit frischer Luft, die etwas UnStädtisches hat und obendrein kalt ist wie üblich in Allerherrgottsfrüh, wo du doch etwas Wärme gut vertragen könntest.

Ein Blick nach oben. – Aber was kann man in solchen Zeiten schon voraussagen? Alles aprilliert brillant. Auch im Wetterhäuschen herrscht Turbulenz, einer schickt den andern vor die Tür, was einmal Regen, dann Nebel, zwischendurch Sonnenschein zur Folge hat, und jetzt, Freitag, acht Uhr dreißig, steckt das Mädchen mit dem Margeritenstrauß in der Hand die Nase durch den Türspalt. Achtzehn Grad malst du dir aus, vielleicht neunzehn und ein halbes, wenn nur das Geschliere vor der Sonne verschwindet. Denn dahinter tauchen blaue Flecken auf.

Mal sehen.

Du setzt dich in Bewegung, kämpfst im Gehen mit einem Kloß zwischen Nase und Hals, den du sogleich verschluckst, als er sich löst. Aber was nützt das noch? Sieht so aus, als ob du dich verkühlt hast, als ob dir Lila nebenher ihre Erkältung vermacht hat.

Was heißt hier nebenher?

Ein grandioses Erbe!

Normalerweise gehen dir Erkältungen schrecklich auf die Nerven, aber ›normalerweise‹ ist eine Kategorie, die für dich im Moment keine Gültigkeit hat. Gänzlich aus der Gnade des Alltags gefallen und dabei fassungslos, wie sich in wenigen Stunden das Gesicht der Dinge verändern kann, siehst du etwas wie eine Notwendigkeit darin, verkühlt zu sein, weshalb du auch ergeben die Achseln zuckst. N'en parlons plus. So hat alles seine Ordnung. Dort gestern, hier heute. Und heute und jetzt ein angefangener Film in der Kamera und – tschitschik – ein STOPPSCHILD am Celluloid.

Na gut, halte ich mich eben links Richtung Zentrum die Payerstraße entlang, die dem Weg zu Lilas Turm entgegengesetzt verläuft, ziehe ehrerbietig die Nase hoch und knipse, was mir der Zufall vor die Linse scheucht: weggeworfene Taschentücher und Regenpfützen (ja Waterloo, dort hätte ich sterben sollen!). Ein schwarzes Graffiti auf einer isabellefarbenen Hauswand: INDESSEN WANDELT DROBEN HARMLOS DAS GESTIRN. Worovsky in Rückansicht, mit Zeitauslöser. Dann zwei Mülltonnen und eine in einem Vorgarten aufgebockte Ente ohne Reifen (die ja auch ein Vogel ist, der nicht fliegen kann). Und denke dabei vordergründig an Lila, was ein Fehler ist, aber verständlich, an ihren großen Mund, an das gerippelte Zahnfleisch, das mit jedem Lachen aufschimmert. An ihre Krähenfüße, die kleinen bläulich/violetten Falten rings um ihre Augen. Ob ich irgendwo einen Kaffee trinken soll? Einen besonders starken, um Lila besser verstehen zu können? Vor allem ihre Augen, wenn sie für mich glänzten?

MAN MUSS ES IMMER TUN, ALS WÄR'S DAS LETZTEMAL. Das hat sie nach dem Kuß gesagt.

Und später, als du das von ihr ausgeknipste Licht sofort wieder angemacht hattest: Ich hätte es dir schon beigebracht.

Was soll's, sie war betrunken, willst du dich beschwichtigen, kommst aber nicht drum herum, dich der Frage zu stellen, ob die Hauptschuld, daß Lilas Karussell vergangene Nacht keine Fahrt gewann, dir zuzuschreiben ist.

Stricke hast du keine zerrissen. Alles war angepflockt, das Pferdchen, die Lokomotive, gewiß. Aber mindestens gleichberechtigt gesellen sich deinem Versagen die Ansprüche zur Seite, die Lila an das Leben stellt. Was muß es auch diese Extreme geben, zum einen Leute, die es zustandebringen, jeden Tag vom vorherigen abzupausen, die sich für nichts und wieder nichts abstrampeln, zum andern solche, die Sachen machen wie Lila, die einfach in allem übertreiben müssen, die sich ihre Ziele derart hochstecken, daß selbst King Kong – um deinen Leidensgenossen in Sachen vergeblicher Liebe zu strapazieren – gezwungen wäre, auf einen umgedrehten Eimer als Räuberleiter zurückzugreifen.

THEN SOMETHING WENT WRONG FOR FAY WRAY AND KING KONG.

Ein Jammer, daß die wenigsten den goldenen Mittelweg finden, die Balance zwischen Nichtstun und dem Unfug, Sisyphos den Job abzujagen (dann zweimal rechts, einmal links und Sie stehen vor dem Arbeitsamt, wo man Ihnen etwas Ähnliches vermitteln wird). Wirklich ein Jammer, daß es Leute gibt, die ein Karussell anschieben. Doch kaum läßt man los, um sich hochzuschwingen, wird die Musik tiefer und tiefer, wie wenn eine 45 rpm auf 33 gedrosselt wird, auf 16 und so fort, bis schließlich der letzte klägliche Ton in der Cymbalmaschine verstummt.

Du erinnerst dich, was Lila über das Karussell gesagt hat: Ganz nach Laune auf= und abspringen, schwarzfahren anstatt anstehen, aus der Reihe tanzen.

Sieht so das Leben aus, heutzutage, wenn man mehr verlangt als die Butter aufs Brot? Muß man sich ein wenig kaputtmachen, um am richtigen Leben wenigstens schnuppern zu dürfen? – Du weißt es nicht, wirfst eine abgerauchte Zigarette in den feuchten Rinnstein und versuchst, derweil sich in deinem Kopf allerhand ungereimtes Zeug ein Stelldichein gibt, deinem Puls ein Bein zu stellen. Jetzt sag mal, was ist denn in dich gefahren, was regst du dich so auf? Wegen sowas mußt du doch nicht durchdrehen, na he, aufspringen, abspringen, schwarzfahren, aus der Reihe tanzen, ist doch nur blöd, kommt überhaupt nicht in Frage, sieht man ja, wohin das führt.

Nein, sagst du und sonst allerhand, sagst du, das sei nicht dein Bier.

Aber Pustekuchen! Du redest dir bloß die Spucke flockig. Scheiße, man kann das Kind nicht in die Mülltonne werfen.

Jetzt, sagst du, jetzt bist du dran.

Aber alles der Reihe nach.

Nur Eile nicht mit Überstürzung verwechseln. Vorderhand gilt es, John Rockefeller, dem vierten seines Namens, den sechssprachigen Butler mit einem scharfen Uncle=Sam=Blick abzuwerben. – Und im fünften Geschäft nach beinahe anderthalb Stunden finsteren Stirnrunzelns, nachdem du vor Dutzenden Kleiderständern unentschlossen auf den Fersen geschaukelt bist, erstehst du ein Modell aus Leichtmetall, auf das du zwanzig Prozent erhältst, als du Anstalten machst, mit einem Papiermond zu liebäugeln. Der sei ganz hübsch, und überhaupt, warum immer so teure Hochzeitsgeschenke kaufen, am Ende wüßten die Leute so und so nicht, was von wem stamme. Vielleicht werde mit dem ersparten Geld die langersehnte Reise nach Neuseeland erschwinglich. Ja, Neuseeland.

Du schlugst die Augen hoch und gucktest angestrengt zur Gitterrostdecke, als rechnetest du das Für und Wider überschlagsmäßig durch. Schließlich nicktest du in verkrampfter Entschlossenheit, deutetest auf den Papiermond und bekamst die zwanzig Prozent.

Mit dem stummen Diener an deiner Seite spazierst du jetzt die Sotostraße hinauf. Autos fahren dir um die Ohren, Motorräder, Straßenbahnen. Die Sonne krault deinen Nacken, spielt auf deinen vier/fünf Sommersprossen Tempelhüpfen, ist ansonsten aber lau, was etliche Rauchsäulen, die im offenen Blickfeld am Ende der schnurgeraden Straße über den Antennen= und Schornsteinwäldern aufsteigen, augenfällig machen. Eine Weile schaust du einem Jumbo zu, wie er einen Strich quer über den Himmel zieht, als handelte es sich um den mißglückten Versuch zur Lösung einer Rechenaufgabe. Doch siehe da, hinten radiert jemand, der anderer Meinung ist, den Strich wieder weg. – Es ist die Fabel vom Jumbo und dem blauen Himmel, deren Moral besagt, daß man die Finger von Dingen lassen soll, von denen man nichts versteht.

Zutiefst beeindruckt von der Subtilität der Lehre, die sich aus dem Flug der Maschine gewinnen läßt, stiefelst du, wie um der Konsequenz des Denkanstoßes zu entgehen, mit beschleunigtem Schritt davon, ab von der Hauptstraße in irgendwelche Seitengassen, über den Platz beim Hotel Sainte=Cause, rechts durch den Park hinter der Musikhochschule zur Schweinfurthstiege, rauchst, palaverst mit dem prachtvollen Meuble, das du als Passepartout für deine Reise um den Block angeheuert hast, redest über Neuseeland, die Kehrseite der Welt, darüber, ob die Autos dort links oder rechts fahren und ob das zuletzt mit der Corioliskraft in Zusammenhang steht.

Und während du so denkst, bist du längst an einem Plattenladen hängengeblieben, hast dir Nina Simone an Land gezogen, in einer Buchhandlung, die nichts auf sich hält, Jerry Cotton No. 87: DIE BITTEREN TRÄUME VON HARLEM.

Manchmal tut man seltsame Sachen, du bist auf dem besten Weg, dir dein Leben neu einzurichten. Innert weniger Wochen wird es dort aussehen, als wäre ganz wer anderer eingezogen, ein gänzlich unbekannter Mensch. Wie war noch sein Name? Ahh, Philipp Worovsky. Das soll Philipp Worovsky sein? Ich muß sagen, ich hatte ihn anders in Erinnerung.

Zurück auf der Straße, wo der stumme Diener auf dich gewartet hat, steigst du in die Straßenbahn, summst in der Vorfreude auf einen gemütlichen Nachmittag, den du zu Hause mit Musikhören und Lesen verbringen wirst, MY BABY JUST CARES FOR ME. Den Kleiderständer stellst du auf den für die Kinderwagen vorgesehenen Platz und setzt dich gleich daneben einer rekordverdächtig dicken Frau gegenüber, die beiderseits über den orangen Plastiksessel schwabbelt und mit verkniffenem Gesicht ein Kreuzworträtselheft bearbeitet, auf der Titelseite ein großbusiges und blondes Schwedendumm-

chen. Für einen Augenblick mustert die Frau den Kleiderständer, tauscht einen kurzen Blick mit dir, und irgendwie hat sie
Ähnlichkeit mit Divine, das muß man ihr ebenso wie den
Ausdruck von Direktheit in ihren Augen zugute halten. Die
Straßenbahn klingelt, ruckt an. Du wendest dich dem Fenster
zu, doch im selben Moment quatscht dir Divine mit einer be-
achtenswerten Reibeisenstimme frontal in die Flanke, entschuldige, ehm... (an dieser Stelle schnappt sie nach Luft,
daß ihr Körper bebt), ob du ihr einen Fahrstuhl mit elf Buchstaben nennen könnest.

Du ziehst die rissige Unterlippe durch die Zahnreihen, verdrehst den Hals, um sie krumm ansehen zu können, du blin-
zelst wie irr und schaust wie Leute schauen, die man von weit
hergeholt hat. Trotzdem nickst du, schließlich kann man
nicht alles wissen, und so ein Fahrstuhl mit elf Buchstaben
kann einen ordentlich in die Zwickmühle bringen, wenn man
sonst keine Probleme hat. Nach der Notbremse glaubst du
deswegen nicht schielen zu müssen.

– Was nickst du? fragt sie ungeduldig. Kannst du mir wei-
terhelfen? Dritter Buchstabe T, vierter E. Sie tippt mit ihrem
Kugelschreiber in dem Heft herum.

– Klar. Klar weiß ich das.

– Und? Willst du mich jetzt hängen lassen?

– Das nicht. Aber ganz umsonst? Ich meine, was gibt es
heutzutage schon umsonst.

Das antwortest du nach einer langen Sekunde, während
der du dieses buntgeschminkte Gesicht einer näheren Betrachtung unterzogst. Die Ohren scheinen ganz in Ordnung
zu sein, ihre Augen ebenfalls, jedes für sich ein blauer Planet.
Sie schenkt dir ein glattes Lächeln, wechselt die übergeschlagenen Beine. Du fragst dich, wie sie das anstellt mit diesen gigantischen Menhiren.

– Ich hoffe, sagt sie, daß du dir dessen bewußt bist, daß ein
Fahrstuhl mit elf Buchstaben nicht allzu hoch im Kurs steht.

In Fraktur geredet, es mangelt an der wirklich dringlichen Nachfrage.

– Ich verlange kaum ein Drittel von dem, was er wert ist. Die Gelegenheit würde ich nicht ungenutzt lassen.

– Na gut, ich verstehe zwar nicht, worauf du hinauswillst, aber mach dein Angebot.

– Mit einem Frauennamen auf L, vier Buchstaben, bist du im Geschäft.

– Frauenname auf L, vier Buchstaben... das ist ein faires Angebot, gebe ich zu, da gibt es garantiert an die hundert. Kennst du Lana Turner? Ich liebe Lana Turner in THE POSTMAN ALWAYS RINGS TWICE. Paßt dir das? Lana, ist der gut? Der ist doch gut?!

– Doch, ein guter Name, Lana.

Du denkst an Mädchen im Labyrinth von Kreuzworträtseln, du fragst dich, ob du jemals einem von ihnen begegnen wirst, Lila oder einer anderen.

– Und mein Fahrstuhl? Was ist mit dem? Krieg ich den jetzt? Ich sag dir auch gerne noch ein/zwei Namen: Lale und Lena. Und Lisa. Auch Lola hat vier. Laura fünf, Lilian gleich sechs. Und Lu, den kann man verdoppeln. Lilo hingegen hat so schon vier. Luise und Lotte sind wieder daneben. Gut gefällt mir Lillebil. Auch Lucia ist ganz passabel.

– Der Aufzug mit elf, PATERNOSTER, diese Konstrukte, die in Klamaukfilmen dafür sorgen, daß jeder jeden verpaßt.

– Oh, ich weiß. Manchmal fährt am Ende die ganze Besetzung (Besatzung) durchs Bild: Lana, Lena, Lila, Lolly, Lu.

Sie nickt dir zu, du denkst, was soll's, okay, ziehst einen Mundwinkel hoch und wechselst den Sitzplatz, klemmst dich neben Divine, kannst ihr Haar riechen oder das Zeugs, das sie sich hineingetan hat, und weißt, daß du diesen hastigen Impuls nicht zu bereuen brauchst.

– Also, was fehlt noch?

Eine Erklärung

(aber – noch – nicht die Erklärung des Rechts
des Menschen auf seine Verdrehtheit)

Wenn es sich machen ließe, würde ich ein Mädchen in ein Glitterkorsett und hochhackige Stiefel stecken, ihm ein Pappschild in die Hand drücken und es mit einem freundschaftlichen Klaps auf den Hintern, an dem ein bunter Federbusch angemacht ist, über die Bühne schicken. Sie würde dann knicksend und hüftschwingend das Schild in alle Richtungen zeigen, und jeder, den es interessiert, könnte lesen, was darauf geschrieben steht:

Über den APRIL
wurde ich
NICHT
VERDREHT

Und der Mai ist inzwischen <u>auch</u> zu Ende.

So würde ich das machen, wenn mir ein Mädchen in einem Glitterkorsett und hochhackigen Stiefeln zur Verfügung stünde, ich stelle mir vor, daß es so schlecht nicht wirken würde. Dann könnte ich mir die breiten Erklärungen von wegen DAS KARUSSELL WAR AUSSER BETRIEB oder LILA SCHICKTE MIR AUS NEUSEELAND, VON DER ANDEREN SEITE DER WELT, NICHT MAL EINE POSTKARTE sparen. Niemand würde sich fragen, was über die nächsten Wochen groß passierte: Die Erkältung schleppte ich gut gehegt bis nach Pfingsten mit mir herum. Irgendwann kam der Sommer und der Tag, an dem ich nicht Nina Simone hörte, und wenig später kam auch der Tag, an dem ich endgültig den Entschluß faßte, das Karussellpferd auf Trab zu bringen.

Die Revolution verhieß [...] neue Horizonte. Ich folgte ihr und wagte manches.   (Charles Maurice de Talleyrand)

Die Revolution ist zu groß, um in so kurzer Zeit und mit so geringem Blutverlust erledigt zu sein.
(George Washington)

Starre Front – Bewegung

Ende Juni, Samstag, gerade elf vorbei. Odoricostraße. Dein Auftritt bei einer hinreißend hirnrissigen Pyjamaparty war um Längen kürzer als die Spitzennachthemden der geladenen Mädchen, aber ebenso reizlos. Jetzt, nachdem du in einsamer Klausur, nur im Beisein trüber Gedanken, mit Colgate und Gesichtsmilch Flecken in ein französisches Ehebett manipuliert hast, stehst du auf der Straße und nimmst, ehe du die Bettflasche, dein der Veranstaltung angemessenes Alibibamus, in einen Garten wirfst, einen letzten, kräftigen Schluck Jamaicarum, von dem sich bereits ein beträchtliches Quantum mit der Destination Gehirn im Landeanflug auf deine Blutbahn befindet. Am himmelblauen Daunenkissen wischst du dir den Mund ab, schämst dich sogar einen Augenblick, ohne dich in letzter Konsequenz dazu durchringen zu können, auch das Polster über einen Zaun zu krauten, wie du es müßtest, wie so vieles, das du müßtest, und trabst statt dessen stieselig zur Sparkasse, biegst dahinter in die Hedinstraße ab und brauchst nicht lange nachzudenken, um draufzukommen, daß du sagenhaft schlechte Laune hast.

Die Realitäten sind es, die dir Sorgen machen.

Uhh=huhu!

Aber lieber nicht den Kopf darüber zerbrechen. Ich habe vernünftige Schuhe an, Bluejeans, ein Trost, das sagst du dir ächzend, nach dem Mond ausschauend, schaust kurz und vergeblich. Die Nacht zeigt sich trübselig, triefäugig mit Tränensäcken wie Marlon Brando. Der Himmel ist bedeckt, und Scharen dunkler Wolken befinden sich auf dem großen Treck ostwärts. Die Bäume rudern mit den Armen, das allerletzte Blatt vom letzten Herbst schlägt eingekringelt Purzelbäume. Es sieht nach Regen aus – was dich weiter nicht kümmert.

Deinetwegen kann man eine Wolke extra für dich abkommandieren, ein anhängliches Wölkchen, gerade groß genug für deinen Kopf, das dich auf Schritt und Tritt in aufopferungsvoller Hingabe begleitet. Und deinetwegen kann es dir Löcher in den Kopf regnen, das ist dir piepegal, du hast nur Lust zu gehen, dich mit einem ausgedehnten Spaziergang auf andere Gedanken zu bringen, damit du nicht vor der Zeit schwermütig wirst. Zumal das bekanntlich nicht schadet, Bewegung. Du bist gerne bereit, deinen bescheidenen Beitrag zur Verbesserung der Volksgesundheit zu leisten.

Sonst hast du die Nase gestrichen voll, bis hierher steht dir die Geschichte.

Null Fortschritte hast du während der zurückliegenden Wochen gemacht und zwar in einer Weise tölpelhafter Ansätze (zum Sprung), daß du ausreichend Ursache hast, leidenschaftlich unzufrieden mit dir zu sein – immerhin genügt es auch in großen Dingen nicht, gewollt zu haben. Zwangsläufig, nachdem du dich lange genug mit beachtenswerter, wiewohl verbissener Geduld gewappnet hast, fragst du dich, ob es den Gegebenheiten entspricht, die Suche nach dem schwachen Punkt auf deine Person und deren UnFähigkeit hinauslaufen zu lassen, oder ob sich dein konsequentes Scheitern ausreichend darin begründet, daß du dir die Latte für den Anfang zu hoch gelegt hast.

Hoch liegt die Latte in der Tat, aber Lila ist das Maß, der

Dinge und von dir, ob du bist oder nicht bist, weshalb du dich auch keinesfalls herablassen willst, deinen Einklang mit der Welt dadurch wiederherzustellen, indem du deine Erwartungen zurückschraubst.

Staub wirbelt spiralförmig über die Straße, du fluchst, stampfst auf, daß die Seismographen in Paris ein leichtes Erdbeben registrieren, 2,9 auf der nach oben offenen Richter=Skala.

Sprünge willst du machen, die im Porzellan verbleiben, bewegen willst du dich, laut willst du sein, herumwirbeln, bis dir schwindlig wird. Und weil es nicht schadet, wenn du das übst, nimmst du mit einer Straßenlaterne als Mond vorlieb. Du umkreist sie im großen Bogen, dann am ausgestreckten Arm, du drehst wie eine Motte eine Runde um die andere, und tatsächlich, dir wird schwindlig, aber sonst reicht der Mond weder, um daran süchtig, noch um verrückt zu werden.

Was aber, wenn nicht die außerordentliche Fähigkeit, süchtig und verrückt zu machen, zeichnet einen Mond in erster Linie aus?

Na eben.

Mit einem leichten Schlingern im Kopf trödelst du weiter. Irgendwo um die Ecke lacht eine Frauenstimme hell auf (schon eher ein Mond), du folgst dem Lachen, fast rennend, und schaust, wo das Lachen sein müßte, verirrten Heimgängern zu, deprimierend, wie sie von Schaufenster zu Schaufenster schlendern – wie in Cartoons von Bild zu Bild. Denn in ausnahmslos allen Geschichten fehlen die Pointen.

Wieder, wie so oft seit Lila, mußt du an die Comtes der Revolution denken, denen am Ende, auf dem Schafott, auf der zärtlichen Guillotine, nichts einfiel, kein Bonmot, keine Pointe. Hilflos hebst du die Schultern und genehmigst dir, was damit in keinem direkten Zusammenhang steht, eine Currywurst, dies nur nebenbei bemerkt. Du spießt die gehäckselten Wurststücke mit deinem Zweizack auf, stiefelst damit durch die Sauce und wenig später, nachdem du mit einer Engelsgeduld einfältige Bemerkungen bezüglich des himmelblauen Kopfkissens angehört hast, zwei Frauen in Trenchcoats hinterher; zwei Frauen unbestimmten Alters, die nach der Art ihres Gehens jung sind und es, dem Schritttempo nach zu schließen, nicht sonderlich eilig haben.

Schwer zu sagen, welcher Turbulenz deiner Hirnströme diese Neigung entsprungen sein mag, Sache ist, daß du aufgelegt bist, mit den Frauen eine Polsterschlacht zu veranstalten. Trenchcoat, denkst du, trench wie Schützengraben, Waterloo, dort hätte ich sterben sollen, obwohl es dergleichen, Schützengräben, damals noch nicht gab. Egal, das Bedürfnis, mit den Frauen Polsterkrieglustspiele zu veranstalten, steigert sich von Schritt zu Schritt, du findest den Gedanken irgendwie umwerfend, nur zu dumm, wirklich zu dumm, daß die beiden ihre Polster nicht dabei haben.

Eines der Mädchen hustet, die beiden unterhalten sich, aber die Wörter gehen auf, ehe sie dich erreichen, mischen sich unter den Geräuschpegel, der wie ein großer Schwarm hochfliegender Papiervögel in der Luft flattert und vom nahen Quietschen und Hupen der Autos überlagert wird. Die Schatten der Frauen laufen mit jeder Laterne wie junge Hunde vor und zurück, tanzen ständig um die Mädchen herum und folgen ihnen in die grell beleuchtete Haasstraße. Du hinterher, wie durch ein Tor geradewegs in den Lärm einer ungeschminkten hektischen Samstagnacht an einer belebten Kreuzung. Nordafrikaner in leuchtfarbenen Jacken kolportieren die Sonntagsblätter, ein Pulk Halbstarker raucht hampelnd auf der Freitreppe zur Galerie um einen dröhnenden Ghettoblaster, während die rote Leuchtreklame vom LICHTSPIELHAUS die Leute auf glühenden Kohlen gehen läßt.

Du traust dich näher ran, schnappst ein paar Wörter auf, denkst an Sprechblasen und fehlende Pointen: morgen ...

Büro ... blöd ... mag sein ... Nebenher, um die Genfer Konventionen nicht zu verletzen, überlegst du, ob es nicht ratsam wäre, von dem Scharmützel vorerst abzusehen und die Mädchen nur anzureden. Immerhin versprichst du dir außer einem weiteren Fehlschlag, der dich in deiner Meinung bestätigt, daß sich der überwiegende Teil der Menschheit bis auf den Tod mit der Langeweile verschworen hat und es bevorzugt, rechterhand auf der Kriechspur zu bleiben, ohnehin nicht viel von dem Vorhaben. Naja, wenn es um eine große Sache geht, ist man immer gezwungen, etwas dem Ungefähr zu überlassen. Du denkst für einen Augenblick an Sieyès, der das gesagt hat, an Napoleon, der bei der großen Sache die Finger mit im Spiel hatte. Und um dir DEINE große, mehr groteske Sache, leider, zu erleichtern, beginnst du altbewährt, wenn jemandem das Geschick widerfährt, auf den Mond geschickt zu werden, einen Countdown bei 10-9-8-7-6 ... räusperst dich bei Null.

Kontakt. Wär ja gelacht, wenn das Gefährt nicht endlich in Schwung käme.

This is Major Tom to ground-control.

– Entschuldigung, hat vielleicht wer Lust, mit mir nach Neuseeland auszuwandern? Auf die andere Seite der Welt?

Die Mädchen gehen beide auf die Dreißig, ihre Schatten, die ihnen ebenso treulich gefolgt sind, liegen jetzt bei Fuß, fünfzig Meter weiter blinkt an der Kreuzung die Ampel auf Warnbetrieb gelb, auf der anderen Straßenseite, bei einer Großbaustelle, dreht sich ein Kran lose im Wind.

This is ground-control to Major Tom.

– Warum Neuseeland? will das Mädchen in den Wildlederclarks wissen. Ihr Haar ist gefärbt, die Nase gepudert.

– Wellington. Wellington, wiederholst du, er hat gegen Napoleon gewonnen.

– Hast du Fieber? fragt das Mädchen in den Collegehalbschuhen.

– Wie kommst du darauf?

– Klingt irgendwie so.

Funkstille, eine, zwei Sekunden, bis die Wildlederclarks wieder fersenwippen, lächelnd mit Augenaufschlag und diesem Krimskrams dunkeläugig Plüschkapriolen schlagen: Und wenn wir beide mitkommen?

– Auch gut. Wellington schafft uns alle drei. Ich hole euch morgen früh um halb fünf ab, trage eure Koffer zum Wagen, ihr könnt am Rücksitz weiterschlafen oder Radio hören und Programme suchen, die sich über die Kilometer wieder verlieren. In Le Havre lassen wir den Wagen stehen und winken über die Reling, während die Bordkapelle Abschiedslieder spielt.

– Und dann? Was weiter?

– Wir fahren nach Neuseeland, wie gesagt, auf die andere Seite der Welt, das geht nicht von heute auf morgen. Wellington empfängt uns, nimmt mir mein Polster weg, damit ich keine Schlachten anzettle, und schickt uns auf eine kleine Insel. Vielleicht im Atlantik, eine Insel fernab von allen Schifffahrtswegen, eine, die in keiner Karte der Admiralität eingezeichnet ist. Vermutlich gibt es dort viel Wind. Wir können Drachen steigen lassen. Man denke nur, in Buenos Aires ist das per Dekret verboten.

– Interessant, zweifellos. Trotzdem ist das nicht gerade viel, Drachen steigen lassen.

– Vielleicht sollten wir ein Tricktrack mitnehmen, dann kommen wir besser über die Jahre.

– Zwei Wochen, drei Wochen, das wäre vorstellbar. Ich könnte mir freinehmen, Kathi, was meinst du?

– Der Junge hat einen Vogel.

Und du: Es würden ohnehin Jahre sein.

Die Wildlederclarks, die nicht Kathi sind, zwinkern: Ich glaube fast, da wird nichts draus.

– Hab ich mir gedacht. Wer will schon auf die andere Seite

der Welt, wo man Hals über Kopf, quasi kopf=unter=gehen muß?

Sie lächelt dir zu: Versuch's bei jemand anderem.

Aber du, nicht gesonnen, dich einer weiteren Enttäuschung auszusetzen, munkelst nur, warum einen Fehler zweimal machen, es gibt genug andere, und läßt die Mädchen stehen. Was sie reden, mischt sich wieder unter das galaktische Rauschen der Papiervögel, die im Schwarz der Nacht aufgehen.

Pech gehabt, wieder einmal Pech gehabt. Scheppernd kullert eine imaginäre Blechdose vor deinem Schritt über den Bürgersteig. Einen Vogel sollst du haben? Bist ja selber einer, der größte und bunteste Pechvogel, sowas wie ein Flugsaurierpechvogel mit einem blauen und einem grünen Auge, wobei letzteres ins Grau spielt. Zudem bist du flügellahm oder noch nicht flügge. Wer weiß es? Lila vielleicht? Lila, geht das immer so? Ist das der Normalfall? Es fallen doch Tausende Vögel vom Himmel. Wie machen die das?

Und während dir Kleister dieser und ähnlicher Art die Gedanken verklebt, rennst du, als müßtest du weiß der Teufel Voyager II einholen, quer durch die Pampe, dich fragend, was geworden wäre, wenn eines der Mädchen OKAY geantwortet hätte, wann geht's los? Hast du die Passagen reserviert? Reisen wir erster Klasse? Essen wir an einem Tisch mit dem Kapitän? Reisen wir mit der Queen Mary?

Diese Vorstellung aber auch! Drei Passagen nach Wellington, das ist mehr als ein Katzensprung. Ob man da blindlings schwarzfahren soll? Schwerlich. Und rechnet man die Reise in Karussellfahrten um, kann einem aus dem Gedanken, deine Seitenstiche begründeten sich zuletzt nicht einzig in deinem Herumgerenne, leicht eine Streitfrage erwachsen. Womöglich ist das eine Frage des KOPFES! Ja, da ändert nichts daran, daß du bei all den Leuten, die abseits vorbeitreiben, die Überlegung anstellst, ob sie verdrehter sind als du, ganz gewiß, da beißt die Maus den Faden nicht durch, in

IHREN Cartoons sind beim besten Willen keine Pointen zu entdecken.

Und wie du so denkst, den Bogen von der Null Charlie Brown zu Fred Feuerstein und anderen Versagern und Pechvögeln schlägst, kommen dir Herr Rossi und sein Hund in den Sinn. Du brichst in ein entsetzliches Lachen aus, das zwischen den Häuserzeilen herspringt und kein Ende nehmen will. Dir treten die Tränen in die Augen, es ist wirklich zu komisch, du kannst dich kaum wieder fangen.

HERR ROSSI SUCHT DAS GLÜCK.

– HERR ROSSI SUCHT DAS UNGLÜCK!

Das sagst du, halblaut, doch wunder, Mirakel, es hallt, als befändest du dich mitten in einem antiken Theater, mitten in einer griechischen Tragödie.

O Gruß dir, Leuchte, Tageshelle in der Nacht!

Einem plötzlichen Impuls folgend, beginnst du zu laufen, du läufst, läufst deinem Leben gegenläufig, läßt auch deinen Gedanken Auslauf, ohne sie an der Leine zu halten – wie Herr Rossi seinen Hund. Sie streunen, meutern um dich herum, zwischen den Schaufenstern, den pointenlosen Bildern, laufen von einem Bild zum andern, wedeln sogar, reiben sich an gleichgültigen Nasen, kläffen laut, winseln vielmehr. Aber niemand nimmt Notiz, niemand macht Anstalten, ihnen gnadenhalber den Pelz zu kraulen und am Halsband nachzusehen, ob sie einen Namen haben.

Und so gesehen läufst du gar nicht, drehst dich nur im Kreis, schön wär's, aber nicht einmal das, denn schlimmer noch, beim Versuch, den toten Punkt zwischen Lila und hier zu überspringen, hüpfst du auf der Stelle. Ein springender Punkt, und überhaupt kein Anlaß, Sprünge zu machen.

Also setzt du dich im REVOLVER, plumpst vielmehr (platsch!), gleich neben den Flipperautomaten an den nächstbesten Tisch, an dem nicht gelacht wird, und erzählst irgendwem, den es nicht interessiert, zwanglos von einem Mädchen, von ihrem Gesicht, wenn es lacht, und während deine Augen umherwandern, um nach dem Gesicht Ausschau zu halten, von der Bedeutung netzbestrumpfter Beine.

Sie nennt sich Lana, aber mit der Zeit wird man vorsichtig. Ich laß mir so leicht nichts mehr weismachen. Wahrscheinlich hat sie zu oft THE POSTMAN ALWAYS RINGS TWICE gesehen. Jedenfalls habe ich dieses Bild noch vor Augen: Ihr breites zahnfleischiges Lächeln und dieses schulterfreie Kleid, ein großes zugeschneidertes Kreuzworträtsel. Vertikal über die linke Brust: Hauptstadt von Neuseeland, zehn Buchstaben.

– Warum bist du nur so schön? fragte ich, einfach so, weil sie es war und mir gerade danach, etwas zu sagen. Es sagte sich wie von selbst, Dummheiten höherer Art sollte man nie bereuen. Aber seither habe ich Tag und Nacht dieses Bild im Kopf: ihren lächelnden Froschmund, die einzige Regung, die sie das kostete.

Ich saß auf der Treppe über den Stufen fünf bis sieben, vielleicht eine höher. Lana war in der Tür am Treppenabsatz stehengeblieben. Sie legte den Kopf zur Seite und lächelte stummfilmisch. Das ging so seine Zeit. Ich wunderte mich, daß es nur sechs Wörter waren, noch dazu diese, ich hatte so ein seltsames Gefühl, ihr ganz etwas anderes erzählt zu haben, eine Geschichte von ausgesetzten Meuterern im großen Meer, die weit an Neuseeland vorbeitreiben, aber das bildete ich mir natürlich bloß ein. Irgendwie waren die Wörter noch da, ich war mir sicher, daß Lana sie noch hörte.

– Warum bist du nur so schön?

Lana blinzelte mit beiden Augen, aber ich wußte nicht, was das zu bedeuten hatte. Sie trat zur Seite und ließ einige Leute durchtreten, die an mir vorbei die Treppe hochstiegen. Dann tat sie zwei Schritt nach vorn und blieb unmittelbar vor mir stehen. Ich konnte nur schauen – mit meinem blauen Auge links, dem grünen auf der anderen Seite, und mich bei ihr im

Mokkabraun verzerrt gespiegelt sehen, ganz klein in ihrem Kopf.

Sie lächelte noch immer, stumm. Ich hatte nur mehr den einen Wunsch, sie sollte etwas sagen, möglichst bald, oder vorbeigehen. Am liebsten hätte ich sie angestubst, um zu sehen, ob sie noch funktionierte. Die Szene wirkte ausgesprochen unbewegt, obwohl massenhaft Leute ringsum *lebten*.

Jetzt mach schon, dachte ich. Aber es geschah nichts. Mir fiel indes nichts Besseres ein, als Lana in einem fort abzufilmen, wobei ich die meiste Zeit zwischen ihrem Froschmundlächeln und dem Technicoloraugenbraun mit dem darin gespiegelten Zerrphilipp hin= und herpendelte.

In gewisser Weise wirkte Lana leblos. Unecht. Wenn sie um die Schultern Dellen gehabt hätte, wäre ich aufgestanden, ach so, sie ist eine Puppe, da hat man ihr die Arme angesetzt. So aber, da dies nicht der Fall war, saß ich einfach nur da und starrte ihr ins Gesicht. Als sich dort etwas bewegte, wieder ein Blinzeln, was weiß ich, kullerten meine Augen aus Verlegenheit nach unten. Hauptstadt von Neuseeland. Ich zählte zehn Kästchen an ihrem Kleid, vierter Buchstabe L – dann der Saum. O Jesus. Meine Augen landeten weich, abgestürzte Hochseilartisten, naja, Lana trug Netzstrümpfe. Es war eine gute Landung, muß man sagen.

Ein netzbestrumpftes Bein hob einen schwarzen Lackschuh auf die erste Stufe. Stöckelklappernd ging Lana an mir vorbei.

Schweigen.
– Und weiter?
– Jetzt sitze ich hier und fühle mich nicht besser. Und du?
– Weiß nicht.
– Seither habe ich sie nicht wiedergesehen.
Achselzucken.

– Natürlich bin ich gut hundert Nummern zu klein für ein Mädchen wie Lana.

– …

– Und im nachhinein betrachtet hätte ich ihr gleich sagen sollen, daß ich sie gerne nackt sehen würde und mit Rasierschaum bepinseln, Venus aphrogeneia und kallipygos, wenn es mir nur rechtzeitig in den Sinn gekommen wäre.

– …

– Vielleicht kommt Lana hier vorbei, dann sag ich's ihr.

– Was?

– Das mit dem nackt und dem Rasierschaum.

– Tu das. Wenn sie vorbeikommt.

– Aber sie kommt nicht.

– Denke ich auch.

– Was will man machen. Zeit zum Gehen. Sollte sie wider Erwarten doch kommen, Lana meine ich, sag ihr bitte, Hauptstadt von Neuseeland, zehn Buchstaben, vierter Buchstabe L, Wellington, sag ihr das.

Es nieselt, die Straßen sind praktisch ausgestorben, die Bäume bibbern. Du steckst dir mit dem abgerauchten Stummel eine neue Zigarette an und bildest dir ein, einen Zug über die Eisenbahnbrücke rumpeln zu hören. Der Wind steht günstig. Du glaubst, daß der Zug mindestens zwanzig Waggons hat. Er rattert durch die Nacht, durch den beginnenden Regen, der langsam stärker wird und Dellen in den Staub am Straßenrand patzt. Die Luft riecht gleich nach etwas anderem.

Und schon lastet der Regen: Die Bluejeans kleben an den Schenkeln, das Polster füllt sich schwer wie mit Blei.

Ach, die UnGlücksflügel meiner Seele!

Das sagst du, indem du diese imaginäre Blechbüchse, die du schon seit längerem wieder vor dir herkickst, endgültig mit einem kräftigen Tritt Richtung Sonntag bugsierst, trottest hinterher, fluchend, mit vor dem Regen gesenktem Kopf,

Richtung Bahnhof, pitschnaß, in den Schuhen schwimmend und nicht mehr recht bei der Sache. Vom vielen Gehen und vom Alkohol spürst du ein flaches, regelmäßiges Seitenstechen links unter dem Rippenbogen, begrüßt es als Abwechslung, beschleunigst wie zum Trotz deinen Schritt und stoppst nach gezählten 71 Stichen vor einem Kiosk, unter dessen Vordach gebündelt und in Nylon geschlagen die Tageszeitungen für den nächsten Morgen mit einer Schlagzeile über Deng Xiaoping darauf warten, um ein Butterbrot gewickelt zu werden. Du musterst den Genossen, dann breitest du dein himmelblaues Daunenpolster friedlich über ihn, placierst dich darauf und grübelst, den Kopf wie Rodins Denker aufgestützt, über die verschiedensten Belange:

Wie sich das verhält mit Revolutionen, ob Elvis noch lebt und die Börsenkurse fallen. Über fallende Filmstars und den fallenden Dollar, der vielleicht auch steigt, über Kreuzworträtsel und Frauennamen auf L mit vier Buchstaben, die Hauptstadt von Neuseeland auf der anderen Seite der Welt, über Pin=up=girls, die Seite fünf, und Annoncen, die niemand liest: Lady Sunshine sucht Mister Moon.

Warte auf deine Antwort.

Möchte ver=rückt werden (wenn möglich nach Neuseeland). Wer kann mir Tips geben?

Bitte um Anleitung, wie man mit den Ohren wackelt.

Kaufe funktionstüchtiges Karussell. Dringend.

Du wirst kribblig, hast zudem Angst, an deiner Zeitungsinsel anzufrieren, stehst deshalb von dem Stapel auf, schlenkerst mit den Armen, jeps, so kalt kann eine Nacht Ende Juni sein. Du schnappst dir dein Polster, das wieder ein wenig leichter geworden ist, und im Weitergehen konzentrierst du dich ganz auf das, was sich anbahnt.

Denn schon nach kurzer Zeit gefällt es der gütigen Vorsehung, daß du an einer Fleischerei vorbeirennst, in deren

Schaufenster mit weißer Farbe aufgepinselt eine offene Stelle angeboten wird. Die Konspiration von Zufällen: wie sie sich ergeben – in Romanen oder Filmen mit schlechtem Ausgang – ist hinlänglich bekannt. Eins paßt zum anderen, der Rest fügt sich von selbst und bringt dich zwei Häuser weiter auf den Punkt. Den springenden, den wahren, den um= und aufspringenden Punkt.

Jawohl, das klappt. Ich werde ein Riese sein. Du schlägst das Polster zweimal um einen Laternenmast, daß die Knöpfe fliegen, quietschst und jauchzt und beschließt (nach einem Paradesatz für Grammatiker zur Exemplifizierung der Schwierigkeiten bei der Bildung der zweiten Person Einzahl des Verbs), schnurstracks nach Hause zu laufen, um für den nächsten Tag ausgeschlafen zu sein.

Meine Pläne sind weitreichend und wichtig.

Du stellst den Wecker auf halb neun.

Das heißt mit anderen Worten, daß alles
umgestürzt werden wird, wenn die
Menschen gesunden Verstand haben.

(Marie Joseph Chénier)

If you make a revolution, just make it
for fun.   (D. H. Lawrence)

Die Zeit der Unwissenheit ist vorbei

SUCHE HAUPTDARSTELLERIN FÜR MEINEN FILM.

Aber spiegelverkehrt sagt dir die Schose nicht allzu viel,
weshalb du auf die Straße hinunterläufst, um zu sehen, wie
die Wirkung der Anzeige, die du in höherer Absicht in die
Scheibe gepinselt hast, vom Bürgersteig aus zu beurteilen ist.

Dein Fenster liegt im ersten Stock, du wiegst den Kopf hin
und her, nach rechts, nach links, du kannst dir nur gratulie-
ren, einfach fantastisch, Zucker. Der Ausschreibung müssen
aller menschlicher Voraussicht nach die Turbulenzen auf dem
Fuß folgen. Du stemmst zufrieden die Hände in die Hüften,
erfüllt von einem lange entbehrten Optimismus ob der guten
Aussicht auf Erfolg, dann rennst du rasch wieder hoch, damit
niemand merkt, daß der Roman aus deiner Feder stammt.

SUCHE HAUPTDARSTELLERIN FÜR MEINEN FILM.

Wie sich jetzt herausstellt, hätten sich die letzten acht/neun
nervenaufreibenden Wochen durchaus angenehmer gestalten
können, wenn dich nur die Logik der Ereignisse eher zu den
geeigneten Schritten veranlaßt hätte. Denn Zauberer braucht
man keiner zu sein, wenn man dem Leben ab und zu einen
lohnenden Moment abgewinnen will; ein ausgelüfteter Kopf,
der es versteht, die Disposition der Mittel zu irrationalisieren,
genügt vollends. Jawohl. Wenn die Welt vor lauter Gähnen

den Mund nicht mehr zukriegt, stopft man ihn ihr am leichtesten, indem man die schöne Magd, die Fantasie, dazu bringt, gegen alle Sitten des Zeitalters mit dem Herrn im Hause durchzubrennen. Schließlich ist nicht nur in tragischen Komödien der Herr im Haus ein alter, impotenter UnVerstand.

Alles weitere ist kein Problem, wenn man den Dreh erst heraushat.

Also schielst du verstohlen zum Fenster raus, um zu sehen, ob sich auf dem Gehsteig bereits Trauben von Mädchen sammeln.

Mädchen lieben Künstler, und Mädchen lieben den Erfolg.

Aber Sonntag vormittags lieben sie es, lange zu schlafen.

Folglich bleibt dir noch ein Weilchen Zeit, sorgfältig zu sein, und diese Gelegenheit, ehe dir die ersten Bewerberinnen die Tür einrennen, nutzt du, dich in aller Ruhe zu rasieren. Dann hältst du im Kühlschrank Nachschau, um hinterher, ausgerüstet für den Rest des Vormittags, nachdem du mit den Straycats für die entsprechende Musik gesorgt hast, bäuchlings aufs Bett zu fliegen, wo du in Schuhen (weil man Mädchen vorsichtshalber immer in Schuhen empfangen soll), deine Aussichten spiegelverkehrt im Auge, eine geschlagene Stunde darauf wartest, daß dich die Türklingel erdolcht. Jedes Klappern im Treppenhaus versetzt dir einen Stich, dann hältst du den Atem an, rollst angespannt die Augen nach innen, bis sich das Geräusch im Schlagen einer Tür verliert und du erneut dem UnWesen deiner Spekulation überlassen bleibst.

Du besitzt nämlich klare Vorstellungen, nach welchen Gesichtspunkten du die Auswahl treffen willst, und malst dir etliche Bewerberinnen bis zum Scheitel aus, fünfzehn, zwanzig tolle Mädchen, die du glashart abblitzen läßt, weil sie dir allesamt nicht das Gefühl geben, den Schwarzen Peter gezogen zu haben.

Und das war's dann schon so ungefähr. Denn aus der Einundzwanzigsten wird nichts mehr.

Als deine Mutter von der Messe nach Hause kommt, gelingt es ihr nur, weil Sonntag ist, einen Schreikrampf zu unterdrücken. Sie atmet flach und stoßweise, setzt dabei ein bedauerndes Gesicht auf, das gleichermaßen ihr wie dir gilt: Was soll der Unfug? fragt sie in schneidendem Ton und hält deinem Gewissen eine Gardinenpredigt, die sich gewaschen hat (auch gegen das Licht gehalten blütenrein und tadellos). – Allmählich, klagt sie, werde ihr das zu bunt.

Ziemlich betreten stehst du ihr gegenüber, hältst aber tunlichst den Mund, da dir der Kopf nicht danach steht, dich mit ihr in die Haare zu kriegen. So läßt du einen Redeschwall um den andern über dich ergehen (obwohl du die Messe schwänzt, weißt du gut, daß die Kirche nicht aus ist, solange georgelt wird), quittierst alles mit Ja und Amen und fixierst deinen Blick auf deine linke Schuhspitze, wo ein gelber Fleck Farbe prangt.

Ihm allein, dem Bodensatz deiner hochfliegenden Pläne, den die Größe des Zwecks auch auf dem Sonntagsschuh heiligt, ist es letztlich vergönnt, den Nachmittag zu überdauern. Denn noch ehe deine Mutter das Geschirr vom Mittagessen erledigt, geht sie daran, dir deine Flausen auszutreiben, zieht mit Nitroverdünnung zu Felde, schminkt dein Karussell gewissenlos ab. Was für Ideen! Du indes, nicht willens, dieser Schikane zur Herstellung der alten Ordnung beizuwohnen, flüchtest deine vormals schönsten Hoffnungen, die nunmehr eine erbärmliche Wendung zum Desperaten genommen haben, Richtung Botanischen Garten. Dort verbummelst du, von den angefallenen Kümmernissen gebeugt, sinnlos den Tag, indem du über das Geübtsein im Scheitern grübelst und ein Beschwerdeheft an den großen Uhrmacher der Welt formulierst:

Cahier de doléances des Philipp Worovsky
oder
Der Dritte Stand der Dinge.

Der Erste Stand der Dinge war, daß ich mich ruhig verhielt.

Der Zweite Stand der Dinge, daß ich begriff, von den Privilegien des schönen Lebens ausgeschlossen zu sein.

Und nun der Dritte Stand: Er ist alles, weil er nichts ist und etwas werden will.

Ich, Philipp Worovsky als mein eigener Vertreter, bringe hiermit zur Kenntnis:

Artikel 1. Daß es nicht angehen kann, daß eine Zeit, die gemeinhin als schnellebig verrufen ist, keinerlei Eignung besitzt, die Leute durch die Hast der Ereignisse außer Atem zu bringen (obwohl das Herz gehörig pochen soll, damit es gesund bleibt).

Art. 2. Daß dieselbe Zeit reichlich, aber beschränkt ist, ihr Boden undankbar, wodurch ich fortwährend und chronisch unterfordert bin, was um so bedauerlicher ist, als mich die Natur mit der rauhen Physiognomie der Freiheit ausgestattet und mit Talenten begabt hat, die es mir jederzeit ermöglichen würden, mich über die flüchtigen UnGelegenheiten zu erheben, die sich in Revolutionszeiten einstellen.

Art. 3. Daß ich mehr unter dem Fehlen von Turbulenzen leide als unter den Turbulenzen selbst und deshalb gezwungen bin, mich in höhere Dummheiten zu flüchten.

Art. 4. Daß mir dessen ungeachtet von maßgeblichen Personen das Verhalten abverlangt wird, mich so zu betragen, daß man mich problemlos abtun kann.

Art. 5. Daß immer ein Dunst über der Stadt ist und nirgendwo ein regulärer Mond, so daß man zuweilen eine Laterne küssen und an ihr verrückt werden will.

Art. 6. Daß einem heutzutage nur schwindlig wird, wenn

man unter niedrigem Blutdruck leidet oder sich hoffnungslos vollaufen läßt.

Art. 7. Daß Neuseeland unvernünftig weit weg ist und es als unerhört zu gelten hat, daß dorthin zu Wasser keine Linienschiffe verkehren.

Art. 8. Daß, was denkbar ist, zwar möglich ist und nach den Gesetzen der Wahrscheinlichkeit passieren kann, aber nicht passieren wird, weil sich immer jemand findet, der es zu verhindern weiß.

Art. 9. Daß die Einundzwanzigste das Um und Auf gewesen wäre.

Letzteres stimmt nicht, nicht Lana, vielleicht das Auf, aber nicht das Um.

Die Einundzwanzigste.

Okay, sagt sie tags darauf, als du launig auf deinem Bett liegst und noch am Vortag herumkurierst (wie's der Teufel haben will, ohne Schuhe und in fadenscheinigen Socken), du hast wirklich Glück, daß mein Terminkalender durcheinander ist. Um ehrlich zu sein, mein letztes Engagement habe ich mir durch ein Mißgeschick meines Temperaments verdorben, indem ich dem Regisseur ein halbes Ohr abbiß: SO WAR ES EIN VERSEHEN. KÜSSE, BISSE, DAS REIMT SICH, UND WER RECHT VON HERZEN LIEBT, KANN SCHON DAS EINE FÜR DAS ANDRE GREIFEN.

Sie erklärt dir die Umstände der Attacke. Und eins ist dabei interessant, ihre Stimme klingt, als hättest du Wasser im Ohr und müßtest zuerst auf einem Bein durchs Zimmer hüpfen, damit es rausschwappt. Sie lacht, herrje, das klingt schon besser, du tust desgleichen, und als sie ausgeredet hat, bringst du sie dazu, an dem Namen von letzthin festzuhalten. Sie brauche einen passenden Künstlernamen. Warum nicht bei Lana bleiben? Lana gefalle dir ausgezeichnet. Wie sie zu Lana stehe: Na wie gefällt dir der Name? Gut, nicht?

Von da an heißt Lana Lana. Du fragst Lana, ob du ihr etwas anbieten darfst, sie lehnt ab, was du bedauerst. Auch keinen Orangensaft? Mineralwasser? Tomatensaft? Nein danke. Sie richtet den Ärmel ihres bunten Strickkleids zurecht – sie ist ein fantastisch paradiesvöglischer Schwarzer Peter – und schaut dich erwartungsvoll an, der du das Unterfangen, Spuren ihres Lippenstifts auf den Hausrat deiner Mutter zu bannen, beiseite läßt und ihr in groben Zügen den Inhalt des Films skizzierst.

Noch ehe du zum ersten Plot=point gelangst, unterbricht sie dich, um nach dem Titel zu fragen. Aber an einen Titel hast du nicht gedacht und mußt erkennen, daß du in der Tinte agierst. Denn ein Film, für den es keinen Titel gibt, wird sie mit Sicherheit stutzig machen. Also kramst du nach Firlefanz, von dem du hoffst, daß er über den landläufigen Zweck hinaus geeignet ist, von deinem potemkin=o=schen Büro abzulenken, der armseligen Einheit des Ortes mit der Zeit, und sagst dann: DER MOND MACHT EINE REVOLUTION.

– Warum DER MOND?

– Weil die Hauptfigur ein Irrer ist, der sich mit dem Mond verwechselt, diesem Requisit der Verrücktheit. Er rennt um den Globus, zu schnell, zuwenig gerade, und die Leute sehen nur seine Vorderseite, nie die Rückseite mit den Bergen und Kratern.

– Klingt interessant. Wird bestimmt ein seltsamer Film... Und du spielst den Mond?

– Ja, ich, die Titelrolle, den Mond.

Später, als deine Mutter von einer Krise bedroht ist, weil sie denkt, du führtest eines deiner neuerdings in der Häufigkeit des Auftretens gleichermaßen wie in der Befremdlichkeit des Inhalts erschreckenden Selbstgespräche, wovon dich zu heilen sie längst nicht mehr zu hoffen wage (Lana meint auf deine

Frage, wie sie hereingekommen sei, die Tür war nur angelehnt), schummelt ihr euch nach draußen und dreht im Botanischen Garten, wo ihr in Ruhe das Nötigste besprecht, einige Runden.

Du bist gründlich aufgeregt, kickst in einem fort Kiesel vor dir her, in den gepflegten, tiefgrünen Rasen, in die blühenden Beete. Aber die Beete und der Rasen kümmern dich einen Dreck, du schaust wie in Erwartung der letzten und allerletzten Mondfinsternis auf Lanas großen redebesessenen Lippenstiftmund, auf ihre regelmäßigen perlweißen Zähne, die du bedauerst, als dich Lana um eine Zigarette angeht. Sie raucht eine deiner Gitanes, und während sie raucht, versuchst du ihren Duft zu atmen, sie sagt, sie trage – manche Frauen tragen Parfums anstatt sie nur zu verwenden – Poison, sagt sie, Poissarde? fragst du, Poison! ahh! Lana, wie für dich geschaffen, alleine der Name. Aber riechen kannst du ihren Duft beim besten Willen nicht.

Sie redet viel, du hörst nicht hin, weichst ihrem Blick aus, sooft du kannst, dich fragend, die Hände in den Hosentaschen, schon eine Spur Bitterkeit auf der Zunge, wie lange es dauern wird, bis sie begreift, an der Nase geführt zu sein. Nicht lange, nimmst du an. Doch irgendwann, während einer Pause, als sie kurz absetzt, nimmst du dir trotzdem ein Herz und versicherst ihr: In einem halben Jahr bist du ein Star, spätestens in zwölf Monaten.

Mit Lana hast du die nächste Zeit ausreichend Programm. Ihr Terminkalender ist vollkommen leer, aber die Zeit, dich ganz ihr zu widmen, nimmst du dir gerne und nimmst auch die anfallenden Schwierigkeiten, die sich bald einstellen, gerne in Kauf:

a) mußt du sie an deiner Mutter vorbeidirigieren. Lana hat bereits ihren Regisseur gebissen, und noch vor hundert Jahren ließ kein anständiger Bürger einen Schauspieler, geschweige denn eine Schauspielerin über seine Schwelle. Mehr noch: Kam der dicke Louis, der 16te seines Namens in jenem Stand, an einem Theater vorbei, bekreuzigte er sich.

b) was sich um keinen Deut einfacher gestaltet, mußt du sie aufs Karussell locken. Sie haßt allen Kinderkram und fordert bei jeder Gelegenheit, wenn etwas gegen ihren hübschen Kopf geht oder sonstwie nicht mit der Vorstellung, die sie sich von der Rolle macht, konform geht, eine Änderung des Drehbuchs. Sie verlangt, daß alles bis ins Kleinste auf sie zugeschnitten wird, besonders was Kleidung anlangt, ist sie heikel, anspruchsvoll. Dir paßt das verständlicherweise nicht, du steckst sie in abgelatschte Tennisschuhe, verwaschene Jeans und einen lila Lambswoolpullover, ohne Schminke, ohne Haarspray. Sie motzt, natürlich, wie auch anders, das gefalle ihr nicht, sie sähe so fad aus ohne ihren Guerlain=bicolor=Lippenstift. Aber schließlich fügt sie sich in deine Direktiven und steht dir ganz fabelhaft:

Im Museum vor dem lebensgroßen Plastikskelett eines Flugsauriers.

Am Flohmarkt zwischen Lampenschirmen und ausrangierten Möbeln, zwischen pastellbemalten Keramikmadonnen, Schelmen= und Ritterromanen, amourösen Geschichten.

In einer Bar zwischen den Tischen beim Tangotanzen.

Auf den Tischen. Auf der Straße.

Unter einem Laternenmond.

Der Mond macht eine Revolution.

In der Drehtür zu einem Spirituosenladen.

Lana hinter Worovsky.

Worovsky hinter Lana, der das Geradeausgehen blutnatürlich ist, dies Greuel aller Menschen, die die Freiheit lieben.

Jetzt warte doch, Lana, wo willst du wieder hin! He, warte doch! Hast du gewußt, daß Samuel Beckett, als er einmal schwer betrunken war, aus der Drehtür eines Pariser Cafés nicht herausgefunden hat. O du poetisches Perpetuum mobile der Verzückung!

So ein Saufkopf aber auch! Wohin weiter?

In's Mini=mundus. Komm hierher! Hier ist es, schau, Neuseeland!

Lana verzieht das Gesicht: Ich mag diesen Kinderkram nicht.

Worovsky lacht.

Lana wirft ihren Kaugummi verächtlich in den Großen Teich und wünscht sich was. Einen Froschkönig, den sie an die Wand werfen darf, ein Engagement in Hollywood.

– Wen kennst du in Hollywood?

Worovsky spickt die Asche ab und denkt sich was.

Sie fahren Karussell, Lana und Worovsky, auf dem Feuerwehrauto. Lana sitzt mit übergeschlagenen Beinen auf der Motorhaube, Worovsky lenkt und kurbelt die Sirene.

Worovsky lacht. Ein richtiges Karussell=Lachen.

So, das reicht, sagt Lana.

In dem alten wohlbekannten Spiele,
worin ich gutmütig eine abgedroschene
Rolle übernommen, kam freilich eine
ganz eigens gedichtete Katastrophe
hinzu.   (Adelbert v. Chamisso)

Die Revolution legt den Gang ein
und fährt los

Der Sommer nimmt seinen Lauf, in Peking wie überall, bei
dir ist er warm, anderswo weniger, wenngleich auch der dei-
nige mit sonderlich vielversprechenden Aussichten nicht hau-
sieren geht. Für Abwechslung sorgt lediglich ein Orkan, der
wie in einem Hutladen die Dächer als Südwester durchprobiert und wieder weglegt, der durch die Parks kämmt und mit
jedem Windstoß ein/zwei Bäume im Kamm hat. Es kommt
der Tag danach und kurze Zeit später deine Sternstunde mit
Lana, diese etwas kurz geratene Sternstunde, die am hellichten Tag stattfindet, ohne Mond und den ganzen Kinderkram
(Was für ein Schwachsinn! sagt Lana, die für die nächtlichen
Himmelserscheinungen völlig unempfänglich ist), und dir,
um das vorwegzunehmen, eins vor den Kopf setzt, daß deine
Nase in Trümmer geht.

Wir schreiben einen Montag, einen Montagvormittag, an
dem du beschließt, dir von den Auswirkungen Lanas, die du
dir voreilig aufgeHALst hast, freizunehmen. Ach=du=mein=
lieber=Gott=Lana: Mit ihr schifft das Leben auf einer Bettel-
suppe kühler Berechnung, und um so länger je nutzloser, um
so kühler (die Suppe) je zäher, zumal das Umrühren und Blasen mittlerweile müßig ist. Also drückst du dich mit dem
Winkelzug vor dir, daß es mehrere Dinge zu erledigen gebe,

organisatorischen Kram, bei dem du Lana nicht dabeizuhaben brauchst, um deine ehemals weitreichenden Pläne, klügelst eine Liste aus und setzt, da sich der bunteste Pechvogel in der Mauser befindet, an deren erste Stelle eines der größeren Kaufhäuser.

Aber natürlich läuft wieder alles verkehrt. Als du von zu Hause um die Ecke biegst, rennst du prompt Lana in die Arme, nicht wörtlich, aber im übertragenen Sinn, was genugsam geeignet ist, dich in Bedrängnis zu bringen. Denn mit Lana ist es so eine Sache, schwierig, fast schon verkorkst, weil sie kein Vertrauen hat, nicht in deinen Kopf, nicht in deinen Hintern, an dem du dir jede Sequenz zu dem Film ganz kurios und revolutionär sowohl auf der Vorder= wie auf der Rückseite von deinem Nirgendwo absitzt. In keiner Sekunde begreift sie, was du an dieser abgeleierten Welt zu leiden hast, in dieser ungastlichen Zeit, lächelt dich mit Gedichten aus Wimperntusche kurzerhand selig und fragt dich unvorbereitet, was anstehe.

O jemine! Da fängt sie, wie man sich denken kann, unverzüglich zu maulen an und behauptet, die komplette Ausstattung, da könne man alles in einen Topf werfen, sei von vorvorgestern. Rasch schweifst du vom Thema ab, redest über dies und das, doch wenn du etwas wissen willst, zeigt sie sich zugeknöpft und speist dich Hungerkünstler wider willen mit knappen und mürrischen Antworten ab, die von der Art sind, och, warum nicht, schon möglich.

– Was ist deine Lieblingsbeschäftigung?
– Regisseure beißen.

Du sagst dir ständig, wenn sie's nur täte, wenn ich doch nur gebissen würde, jungfräulich, seitlich am Hals. Ich würde mich nach vierundzwanzig Stunden in eine Fledermaus verwandeln und den größten Teil des Jahres antipodisch kopfstehen. Wenn doch endlich etwas Unvorhersehbares passierte! Oder soll ein ganzer Kerl wie Philipp W. auf dem Altar der öffentlichen Ordnung geopfert werden? Ist es möglich, daß Lana eine Agentin der Ordnung ist, die das zuweilen wunderbare Un=Präfix nicht verdient? Daß sie zu den Einschläferern gehört, die mich und meinesgleichen nach Möglichkeit kurzhalten, immer lebenshungrig, aber kaum mit dem Nötigsten versehen, um mit Schwung über die Runden zu kommen?

Das fragst du dich und schlägst die Abkürzung durch den Friedhof der Sankt Rochuskirche ein, der genauso tot ist wie der ganze Tag, schlenderst hinter dem Torgang am anderen Ende des Friedhofs über den Parkplatz vor der Leichenhalle und an einem dort abgestellten Leichenwagen vorbei, bemerkst, daß in dem Wagen der Schlüssel steckt. Lana achtet nicht darauf, sie schaut, darum bemüht, mit dem Hintern Umstände zu machen, unbestimmt ins Blaue, parliert vom Marktwert diverser Hollywoodgöttinnen, von deren Dollarmillionen, klärt dich im selben Atemzug über ihre Ohren auf, die sie beschlossen habe sich anlegen zu lassen. Dich interessieren ihre Ohren herzlich wenig, ja, mach das, murmelst du und drehst dich auf dem Weg zur hinteren Kirchentreppe wiederholt nach dem Leichenwagen um, horchst in deinen Kopf, was der geneigt ist, zu der Sachlage auszuspucken: Ein schönes Pechvogelauto, denkst du, ein wirklich schönes Stück, und hüpfst die Stufen mal eine, mal zwei nehmend, bis ins Innerste enttäuscht, daß es bei dir hinten und vorne nicht reicht, hinunter, kriegst einen R

a p

p e l,

überlegst kurz, und weißt, heute schaffst du's, das ist dein Tag.

Du stubst Lana an: Was meinst du? Würde dir eine gemütliche Spritztour gefallen? Eine Probefahrt. Der Tag ist genau richtig, dieses Engelreisewetter, dieses ungewöhnlich grelle Licht, mit dem ohnehin nichts anzufangen ist, weil wir für die meisten Szenen, wie du weißt, Regen oder Vollmond brauchen.

– Womit denn? Woher willst du einen Wagen nehmen? Der Kerl in dem Film hat ja nicht einmal ein Fahrrad.

– Du unterschätzt ihn. Er klaut sich einen. Diese Staatslimousine, mit der der Wirtschaftsminister in der Stadt ist, ein Sechstürer mit Wimpeln und Fähnchen. Lediglich für die Proben begnügen wir uns wegen der horrenden Mietgebühr, die man für einen Wagen der oberen Luxusklasse zu berappen hat, mit dem Wagen da hinten.

Ihr macht kehrt, du zeigst auf den nicht gerade sauberschwarzen Citroën, der stellenweise, wie zur Rüge des traurigen Geschäfts, Schlechtpunkte von Rost erkennen läßt, zeigst außerdem Nerven, da du über das Einschmeißen von Fensterscheiben und gelegentliches Schwarzfahren hinaus nur wenig Erfahrung mit höheren Dummheiten hast. Nervös schaust du in die Runde, ob sich irgendwer in der Nähe befindet, der dir dein UnGlück vermiesen könnte. Niemand, na also. Und den zwei Knirpsen, die mit dem Rücken zu euch einen Ball an die Mauer der Totenhalle spielen, mißt du keine Bedeutung bei. Vielleicht klappt es diesmal, vielleicht kommt mein Leben endlich in Fahrt.

– Mit DEM Schlitten?! Lana klatscht begeistert in die Hände, sehr erfreut, du zwinkerst ihr zu, sagst dann aber, weil du vermeiden willst, daß der Totengräber von seinem Spaten springt, nur dumm, daß der Wagen an der Zündung leidet, am besten du, Lana, schiebst, beim Abrollen kann dann ich, Philipp Worovsky, problemlos starten (denn die Rochuskirche liegt, dies zum besseren Verständnis, leicht erhöht).

Sie schaut dich erwartungsgemäß so groß an. Und zeigt dir den Vogel.

Spaßvogel.

– Du schiebst und ich starte! Die Karre bekomme ich nie ins Rollen. Sie zeigt dir ihre Hände, die in der Regel Textbücher halten, und in ahnungsloser Gelassenheit, als wäre der Wagen lediglich eine Requisite und Vollkasko versichert, ohne auch lange das Einverständnis deinerseits abzuwarten, schnappt sie sich den Türgriff an der Fahrerseite, rutscht hinters Lenkrad und löst die Handbremse.

Schieben ist angesagt. Na schön. Du fügst dich in die Geschichte, in deine Geschichte, in der du dein eigener Herr nicht mehr bist. Längst hast du begriffen, daß du Lana zwar im Kopf, aber nicht in der Hand hast, daß die Prüfungen, die einem die Langeweile eines schwindsüchtigen Sommers auferlegt, oftmals wunderlich sind. Aber wenigstens kannst du durchs getönte Heckfenster erkennen, daß der Sargraum leer ist, das trifft sich gut, denn auch ohne Leiche mußt du dich gewaltig ins Zeug legen, dich mit einigem Stöhnen anfeuern, um die Limousine vom Fleck zu bekommen. Nichts, keine Spur von der taschendiebischen Leichtigkeit, mit der man Dummheiten höherer Art angehen sollte.

Wie eine Offenbarung befällt dich die Erkenntnis, was Lila gemeint hat, wenn sie von ANSCHIEBEN redete.

Doch als du den Wagen über der Kuppe hast, als er dir sanft aus den Händen rollt, ist das vergessen. Du schaust fasziniert, wie er davongleitet, fast lautlos in die Kurve geht, DER LEICHENWAGEN, mit einem behaglichen Schnurren der Reifen wie von einem Katzendinosaurier. O Mann! Was kannst du da anderes als an Lila denken? Lila, wenn sie das wüßte. Sie fände es garantiert fänomenal, könnte im Fond probeliegen und müßte nicht warten, nicht anstehen, könnte aus der Reihe tanzen und angemessen SCHWARZFAHREN (als erstes gleich in die Waschstraße, damit die Lackierung besser zur Geltung kommt) und würde dir zweifellos zustimmen, daß diese Dummheit brillant ist – die Versöhnung der zeitbedingten UnZulänglichkeiten mit den heiligen Grundsätzen von Kapitel eins.

Dann das Scharren der Zündung. Der Wagen hüpft, springt, springt an: Sprünge deinerseits. Schau an, was du laufen kannst! Und hechtest schon ins gute Leben, ein abgesessener Schafspelz am Beifahrersitz, eine Ahnung von Neuseeland. Lana tritt aufs Gas, um den Motor durchzuputzen, schmeißt den ersten Gang rein, die Reifen radieren, Steinchen prasseln hinten weg, du fliegst in die Schalen, und los geht's. Auf dem kürzesten Weg zur nächsten Autobahnauffahrt, das rätst du Lana, weil du Schiß vor den Hütern der öffentlichen Ordnung hast, den Weißen – Mäusen zumal. Und siehe da, womöglich konspiriert sie doch nicht mit der Gegenseite, nein, sie kommt der Aufforderung widerspruchslos nach, so daß du dich schon bald, den Verlauf der Dinge als das Ende deiner Pechsträhne wertend, bequem zurücklehnen kannst. Irgendwann verstellst du sogar den Sitz nach hinten, damit die Beine Blickluft kriegen, und wendest dich ganz Lana zu, beobachtest sie beim Fahren, wie sie auf den Pedalen orgelt, flucht, wenn es zu Stockungen kommt, gleichermaßen nichtsahnende wie friedfertige Verkehrsteilnehmer ausbremst, sowie sie eine Lücke in dem Gewimmel gewahrt. Lacht sich dabei ins Fäustchen (was in dem Leichenwagen ebenso danebenbenommen und erfreulich ist wie ihr Fluchen), schlängelt sich überaus gewinnbringend durch den Verkehr. Hupt. Tritt das Gaspedal durch, wann immer sich Gelegenheit bietet.

Und an den roten Ampeln schaut ihr den Autos neben euch beim Nasenbohren zu.

– Da vorne gleich wieder links.

– Red mir bloß nicht dauernd drein.

Lana klappt die Sonnenblende herunter. Ein Einkaufszettel nutzt Glück und Gelegenheit, in ihren Schoß zu schlingern. Mit Fingerspitzen langst du danach: 30 dag Hackfleisch, 1 kg Zwiebeln (groß), 1 Dose geschnittener Champignons (Klasse II), 3 grüne Paprika, 1 kg Weißbrot. Kuß.

Du denkst an den Totengräber und seine Liebe.

Zu Lana, die alle Hände voll zu tun hat, um mit der Geschwindigkeit und dem Verkehr klarzukommen, sagst du, dein nächstes größeres Projekt, an dessen Szenario du gerade basteltest, drehe sich um einen taubstummen Totengräber, den seine bildhübsche Frau mit der Orgelspielerin betrüge. Die Filmmusik stelltest du dir mathematisch barock vor: Pachelbel oder Bach, Fantasie und Fuge g=moll, Bachwerkeverzeichnis fünfhundertundirgendwas. Richtige Karussellmusik.

– Wie soll er denn heißen?

– Der Totengräber? Julius.

– Der Film natürlich, wie der Film heißen soll, murrt sie und wirft dir einen strafenden Seitenblick zu, klopft mit zwei sonnengebräunten Fingern ungeduldig aufs Lenkrad.

Kurze Zeit später fahrt ihr mit hundertzwanzig auf der Autobahn, schon etliche Kilometer außerhalb der Stadt und außerhalb der Zeit, wie im Märchen, das sagst du Lana, ahhhh, erwidert sie, schaut auf den Fluchtpunkt der Straße, hinter dem sie etwas Besseres als dich erhofft, und du, doch=doch, wer wisse, das liege wohl an dem Wagen, denn schau: Autos können normalerweise sehr wenig, fliegen zum Beispiel, das können sie nicht, das ist traurig, aber was begreift ein gewöhnliches Auto einen Leichenwagen. Ist doch klar, daß der Leichenwagen über kurz oder lang seiner Kundschaft ähnlich wird. Nicht umsonst ist dies ein Engelreisewetter. Ein wunderbarer Tag. Wir sind nur dem Nichtstun verpflichtet, und an uns liegt es, aus dieser Freiheit einen Sinn zu schlagen. Das ist die große Kunst heutzutage. Eine existenzielle Kunst.

Gesagt, stellst du das Radio an, suchst nach einem passenden Sender, Lana trällert zu STRAWBERRY FIELDS FOREVER, zu FOX ON THE RUN. Du steckst dir eine Zigarette an und forderst sie auf, die nächste Abfahrt runterzufahren. Dann gondelt ihr eine Weile über die Dörfer, die Tankanzeige steht auf 1/4, das muß reichen, Lana legt den vierten Gang ein und übertritt die Geschwindigkeitsbegrenzung ungeniert. Du fragst sie – höflich, aber bestimmt –, ob dieses Höllentempo, mit einem Leichenwagen, ich bitte dich, notwendig, ob das unerläßlich sei, daß der Drehzahlmesser im roten Bereich agiere, ihr befändet euch nicht in Eile, egal wohin, sie könne sich folglich getrost etwas Zurückhaltung auferlegen. Jedoch, daß du dir Sorgen machst, läßt Lana kalt, mehr noch, sie erteilt dir eine mustergültige Abfuhr, den Strafzettel könne das Budget hoffentlich verkraften: Das geht doch hoffentlich in Ordnung. Nicht?

Aber sicher, sicher. Natürlich. – Trotzdem versorgst du die Gloriole der am Armaturenbrett thronenden und an den Zigarettenanzünder angeschlossenen Plastikmadonna mit Strom, hoffend, bei den schönen bunten Lichtern, rot und blau und weiß, daß sich Lana wenigstens davon besänftigen lasse. Und in der Tat, als ihr aufs Land kommt, als die Gegend ruhiger wird, wird Lana der Raserei müde, paßt sich mit der Geschwindigkeit den wenig imposanten Ereignissen der Landschaft an, lenkt nur mehr mit einer Hand, mit drei Fingern, fährt, solange ihr keinen Gegenverkehr habt, gemütlich über dem Mittelstrich. Fährt dort minutenlang. – – Denn eine Straße ist das, gottverlassen, für die Leute offensichtlich nutzlos und willkürlich gezogen, als hätte ein Idiot mit einem grauen Buntstift gespielt. Wohin sie führt, ist darüber hinaus unklar, aber immerhin verschafft sie dir die Ruhe, das Handschuhfach zu inspizieren, das ja zuweilen auch eine unterste Schublade ist: Straßenkarte, Enteiser, ein Block mit Parkzetteln. Das Übliche. Neue Erkenntnisse über den Totengräber und seine unglückliche Liebe gelingt es dir nicht zu gewinnen. C'est dommage. Und als ein Piepton Nachrichten ankündigt, suchst du einen Sender mit klassischer Musik.

Insekten bleiben an der Windschutzscheibe kleben, andere prallen ab. Im Fach unter dem Radio stöberst du eine Sonnenbrille auf, die dir für einen Kilometer die Farben nimmt. Und sonst noch was. Schon stehen Lanas Lippen wieder feuerrot in Flammen. Und erst ihre Ohrringe, groß wie Armreifen nach der Art Roter Korsar, der seinen Hafen nicht findet (weil er gar keinen hat oder nicht denselben wie du, Wellington, der vielleicht an dieser Straße liegt), aber Lanas Lippen, muß man in Rechnung stellen, sind mindestens dreimal so rot.

Eine Kußszene, denkst du gebannt, das wär noch was, echte und große Liebe. Du kurbelst das Seitenfenster nach unten und wirfst den Einkaufszettel mit dem zur Scheinheiligkeit genötigten Kuß für den betrogenen Totengräber zerknüllt in die Welt, die weite Welt. Der Kuß tanzt erleichtert den Mittelstrich entlang, du steckst den Kopf zum Fenster hinaus, VIEL GLÜCK! und läßt dir vom Fahrtwind eine Träne in jeden Augenwinkel treiben. Das Karussell läuft wie geschmiert, keine Frage, o je, sagt Lana, aber sicher, erwiderst du, und überhaupt – ob sie nicht glaube, daß allmählich du derjenige sein müssest, der an die Reihe komme (voilà, wie man betroffen sieht: Schon wieder angestanden).

Mißmutig lenkt Lana den Wagen an den Straßenrand. Vor der Motorhaube, wo sich eure Bahnen streifen, passiert das UnVermeidliche. Die Natur bemächtigt sich deiner, und du versuchst Lana zu küssen, erwischst aber nicht einmal ihr Ohr, um eine Schweinerei hineinzuflüstern. Trocken, kein bißchen bissig, ein Panzerglasgemüt, so glatt und unmusikalisch, weist sie dich zu=Recht=und=Ordnung (Du brauchst einen Künstlernamen, Laura Norder, wie gefällt dir der?), Lana, das ist vertraglich festgelegt, ebenso die Verpflichtungen dieser Du=weißt=schon=Art, die zuschlagspflichtig sind. Gewiß, beeilst du dich zu erwidern, mir ist das klar, schmerzlich klar, ich kann mir dergleichen nur leider nicht leisten, diese Rezession, was will man machen...

Achselzuckend erklärt dir Lana ohne jedwede Zwischentöne in der Stimme, die Bremse habe fünf Meter Spiel, das Gaspedal so gut wie keins. Danke für den Tip, der Wagen nimmt einen Satz nach vor, du lächelst gequält und bringst die Pedale in die rechte Balance. Die Wiener Philharmoniker spielen Brahms.

– Lieben Sie Brahms?

– Wie käme ich dazu. Lana holt ein drittes Programm mit Carmen McRae herein. Du kannst das ertragen, findest sogar, Jazz passe ganz hervorragend zu Leichenwagen, Pechvögeln und solchem Kram. Und während die Straße vom oberen Rand des Rückspiegels bis vor zum nächsten Hügel nichts als ein leerer Streifen Grau ist, wiegst du das Lenkrad im Takt zur Musik und tanzt in Schlangenlinien über den Globus, der in erster Linie zu dem einen Zweck um die Sonne fliegt, damit du nicht gezwungen bist, die Scheinwerfer anzustellen.

Lana grabscht mit der rechten Hand in den Fahrtwind, läßt sie schleifen, wo andere Mädchen segeln würden, einige Autos überholen euch, und du glaubst schon fast, es könnte euch verdächtig machen, daß ihr nicht zu schnell fahrt, aber schließlich traut ihr euch sogar (um bei der Wahrheit zu bleiben, Lana muß dich überreden), da traut ihr euch auf alle Fälle, in einem Straßendorf an einem Supermarkt vorzufahren, um Cola zu kaufen, braunes koffeinhaltiges Zuckerwasser in Flaschen, die der Venus von Willendorf nachgebildet sind, und Snacks, Chips und Bonbons, so gut, so schlecht, bon=bon. Denn du für deine Person bist kein sonderlich Süßer, wesentlich leichter gehen dir Bonmots über die Zunge, zumal man davon keine schlechten Zähne bekommt (so wenig sei dem nächsten Kapitel vorgegriffen), doch so sieht's Lana einmal ähnlich. Punktum.

Diesen oder einen Befund wesensverwandter Qualität erstellst du, nachdem Lana, deine Neither=Flying=Nor=Ecstasy, wieder eingestiegen ist. Gleichzeitig setzt du rückwärts raus, der Kilometerzähler dreht sich wieder, die Strommasten stehen Spalier, du genießt das Vibrieren im Bauch, und plötzlich, als du zufällig ein Auge auf die Tanknadel wirfst, zeigt sie

Reserve an, worauf du der Beschilderung (und die Schilderung dir) zur nächsten Stadt folgst.

Praktisch mit dem letzten Tropfen Sprit findest du dort eine leicht erhöht liegende Kirche mit einem leeren Parkplatz gleich neben dem Friedhof. Und dort, wo ein Leichenwagen seiner Natur gemäß nicht sonderlich auffällt, also unmittelbar vor der Totenhalle, wo zwei Knirpse einen Ball gegen die Seitenwand spielen, parkst du die Kiste. Dort stirbt der Motor ab. Dort denkst du an den Totengräber und seine Liebe, bestimmt vergißt er die Champignons und fängt sich zu Hause statt dem Kuß nur Schelte ein. Du ziehst die Handbremse an, wünschst dem armen Kerl, daß seine Frau dies eine Mal Nachsicht übt und schlägst die Tür hinter dir zu. Lana trinkt ihr zweites Cola leer.

Gott zum Gruß, Pechvogelauto. Ihr rennt zur hinteren Kirchentreppe, du hüpfst die Stufen mal eine, mal zwei nehmend hinunter und stolperst vor dem letzten Zwischenabsatz mit der Nase voraus ins Geländer.

Wie heißt es doch: Wirklich ist, was der FALL ist.

Und der Fall ist, daß du Sterne siehst, Große Wagen, die ganz schwarz sind und Meteorschwärme auf L statt auf die Schutthalden des Universums ins Blaue chauffieren. Zur wunderbaren, sagenhaften Erde. Genau auf deinen Kopf, daß du Blut spucken mußt, weil es fortlaufend Wege findet, in deinen Mund zu rinnen.

Doch zum Glück gibt es Lana.

Sie reicht dir ein blütenweißes Taschentuch, hellblau abgestickt mit Initialen in moderner Cursiv, und erkundigt sich zärtlich nach deinem Befinden. Doch halt! Diese Stimme! Warum ist ihre Stimme mit einmal eine andere? Seltsam. Du blickst auf. Sehr seltsam. Das ist gar nicht Lana, die dir das Taschentuch gereicht hat, sondern eine wildfremde Frau.

Vielleicht die Orgelspielerin.

Zu deiner Mutter sagst du, als du zu Hause eintrudelst, mit gepolsterter, leukoplastverklebter Nase, du seist aus reiner Unachtsamkeit auf der rückseitigen Treppe der Sankt Rochuskirche gestolpert.

Sie glaubt es und sagt, du bist mir ein Held.

Für morgen sind Katastrophen vorher-
gesagt; ich werde gefaßt sein.

(Louis Capet)

Seid frei und glücklich, das ist alles, was
ich verlange.   (Jean Paul Marat)

Die Embastillierung

Einige Tage später wachst du mit Magenkrämpfen gegen sechs
Uhr, also kaum ins Bett gekommen, auf. Du hast schlecht ge-
schlafen, weil ein Schwarm Mücken und ein Gefühl von Fläue
die Dreistigkeit besessen haben, dich abwechselnd und jeweils
unsanft an den Haaren ins Bewußtsein einer üblen Nacht
hochzuzerren, weshalb es letztlich drei oder später wurde, ehe
du die Formalitäten betreffs der Einreisegenehmigung erledigt und dich der Hubschrauber, der in deinem beduselten
Kopf wie über Katastrophengebiet seine Kreise zog, ins Land
der Alpha= und Betaströmungen transferiert hatte. Jetzt
wunderst du dich, daß dein Kater ungeachtet der strengen
Bestimmungen mit dir hat einreisen dürfen, anstatt – wie
normalerweise üblich – mehrere Wochen unter Quarantäne
gesetzt zu werden. Dir wäre lieber, man hätte ihn dir wegge-
nommen, aber nein, jetzt liegt er jammernd in deiner Magengrube (woher bekanntlich alle Revolutionen stammen, aus
dem Bauch), eine Tatze an deiner Stirn (von wo dieselben Revolutionen bekanntlich in die gewünschten Bahnen gelenkt
werden), sträubt bei jeder deiner Bewegungen sein Fell und
zeigt dir die Krallen.

Dir geht es miserabel, du verkriechst dich in eine Ecke des
Betts und überlegst, ob du schnell über Bord reihern sollst.

Mißlaunig raunzt du in deinen Bauch hinunter, wo alles drunter und drüber geht:

– Ist es eine Revolte?

– Nein, Sire, eine Revolution.

Wie Schuppen fällt's dir von den Augen: DER Tag sitzt auf dem Fensterbrett, dein 14. juillet kämpft mit dem Vorhang, voller Ungeduld, daß die Bühne freigemacht wird, um zigtausend Tote zu feiern, Kopflose, Einfallslose. Kein Pappenstiel das.

Ohne wieder einschlafen zu können, duselst du in die Wirren der Französischen Revolution, brummelst unablässig irgendwelchen Quatsch vor dich hin, Entfaltung eines rebellischen Willens und: aufstehen, Mob der Straße steh auf. Aber nach Aufstehen steht dir überhaupt nicht der Kopf, denn du bist schrecklich unausgeschlafen.

Schon vergangene Nacht hast du gefeiert, zur Einstimmung auf DEN Tag. Kam noch hinzu, daß der 13. für sich Anlaß genug gibt, ein Glas zu heben. O Marie Charlotte, bébé, qu'est=ce que tu as fait? Stichtag (mit einem Messer für 40 Sous) für gangster=face Jean Paul Marat, Badewannenrevolutionär (und voll des Hintersinns nahm das nicht mehr frische Wasser eine Färbung von Rot an).

Das arme Mädchen, Marie, für sie gab es keine Revolution, und vier Tage später schickten sie die arme Haut mit dem Kopf unterm Arm über den Jordan. Zu dumm, Charlotte. Und du hattest nichts zu sagen als ICH WAR ERFOLGREICH. Ja, du hast es geschafft, Marie Charlotte, obwohl du nur eine Frau warst – ohne Freiheit, Gleichheit und Schwesterlichkeit. Du hast es geschafft, chérie! Immaculata! Jungfräuliche! Trinken wir auf den Tod, der uns alle in dieser oder jener Form ereilt, auf den Tod, alle Badewannen und die Revolution, die bescheuerte. Trinken wir auf den ollen Jean Paul, die Kellerratte, und auf dich.

Du drehst dich auf die andere Seite, auf die Seite mit dem Herz, die Seite, wo man nicht liegen sollte, links bei dir, was widersinnig ist, weil du an und für sich der festen Überzeugung bist, es am rechten Fleck zu tragen. Immerhin, das hast du gelesen, soll es einige tausend Leute mit dem Herz andersherum geben, also rechts. Aber bei dir muß etwas schiefgelaufen sein, denn deines liegt, wie beim überwiegenden Teil deiner Mitmenschen, links, quasi jakobinisch. Wirklich seltsam. Denn genau dort, nämlich links, willst du liegen, obwohl die Ärztekonferenz davon abrät.

Aber was soll's, du tust es trotzdem, denkst an den Lauf der Geschichte, der die Leute außer Atem kommen läßt, wenn er aufgelegt ist, den Wandel der Zeit zu beschleunigen, und findest es dumm, wirklich zu dumm, daß du dich auf deinem Bett krümmst und keine Lust hast, aufzustehen. Nur Lust, zu reihern. Du liegst da, auf der falschen Seite noch dazu, und hörst auf die grünen Sprünge deines EKGs, das immer du=dup macht, du=dup ... du=dup ...

Der König hat keine Sprünge gemacht, er verlebte einen lustlosen Tag ohne Vergnügungen, weder fand ein Gartenfest noch eine Jagd statt, weshalb er am milden hochsommerlichen Abend des 14. sein berühmtestes Bonmot in sein Tagebuch notierte: RIEN. Schlichtweg ›nichts‹, womit er die Situation nicht gar so schlecht traf. Eigentlich paßte es wie ein Mouton Rothschild 1773 zur Forelle blau. Truite au bleu. Mit solchem Zirkus sollte sich, nein wirklich, sollte ein König sich nicht aufhalten. Eine Revolte ist weiter kein UnGlück, und wo denn liegt – nun bitte – der feine Unterschied zur Revolution? Lächerlich. Mehr Sorgen machte der Dauphin: Er zahnte.

Mit dem Zahnen geht es los, damit fangen die Sorgen an, und alles Spätere ist nur eine Folge davon. Nichts als Ärger tragen einem diese Dinger ein.

Louis Capet blieb in seinem Bett.
Ein König muß schlafen können.
Ein König bleibt König auch in Unterhosen.
Le chaos c'est moi. Wer sonst?
Alles Quatsch. Louis war ein Pinsel, Louis war ein Narr. Che coglione! Napoleon war ein Mistfink. Und du, du bist müde.
Slow down, slow down... brummelst du begütigend. Was kümmert das dich, wenn die andern aufstehen? Rien. Du hast Ferien.

Also bleibst du am Bauch liegen, ohne die Augen bisher geöffnet zu haben. Es riecht nach kalter Asche, nach abgestandenem verrauchtem Rotwein, weil du zu faul warst, die Reste von deiner Feier mit der bezaubernden Marie Charlotte wegzuräumen. Zunächst überlegst du, was es wert ist, beim Öffnen der Augen als erstes gesehen zu werden, ein Finger, die ganze Hand, hinter dem Ende der Decke die große Zehe? Oder der Bauchnabel? Tja, an deinen Nacken ist leichthin kein Rankommen, was auch der Grund ist, daß du blindlings aus den Federn krabbelst.
– Mob steh auf! murmelst du und stolperst über das Radio, das am Boden herumfliegt. Na prächtig. Du bist ein wahrhaft bedenkliches Musterbeispiel unter den Revolutionären, du fühlst dich schon mit dem Aufstehen niedergeschlagen. Nur weiter so.

Nachdem du eine Zeitlang über die Dünen des Schlafsands hinweg dem Licht zugeschaut hast, wie es, einem dichten Schwarm quirliger Fadenwürmer vergleichbar, über die weiße Wand neben dem Bücherregal flimmerte, schlüpfst du das allererste Mal (obwohl es seit Ewigkeiten herumliegt) in dein Revolutionsshirt, auf dem das Rot aus der unteren Ecke der quergestellten französischen Flagge tropft und im Bereich des Bauchnabels eine beachtliche Blutlache bildet. Du leerst den Aschenbecher, stellst das Radio auf den Schreibtisch und siehst den Tag schon so gut wie gerettet, als du, noch immer halb blind, das Badezimmer findest. Diese Leistung hättest du dir so ohne weiteres nicht zugetraut und schließt daraus, daß es um deine VERFASSUNG nicht gar so schlecht bestellt sein kann. Zumindest hast du Hoffnungen, halbwegs über die Runden zu kommen. Und das reicht vollauf, zumal es einer allzu großen Eigeninitiative für diesen 14. juillet nicht bedarf. Die Dinge sind längst in die Wege geleitet, vorherbestimmt, ja. Der frühe Nachmittag erwartet dich mit einem Termin beim Zahnarzt, und am Abend, sofern das Wetter hält, was sehr wahrscheinlich ist, wenn man den Wetterpropheten Glauben schenken will, steigt die Revolutionsfete am Kanal. Andernfalls bei Krie in der Wohnung.

Du hältst den Kopf unter das kalte Wasser, starrst auf das Porzellan des Waschbeckens und verwechselst den Riß in der Glasur zum hundertsten Mal mit einem Haar. Dann, nach dem Abtrocknen, schaust du dich – mitleidig – im Spiegel an, drückst zur Überprüfung deine weißgepolsterte, leukoplast-verklebte Nase ab, die noch eine Woche in ihrer Rüstung zu verbleiben hat, und erinnerst dich über den Umweg des Schmerzes an Lana, ach Leblose, und das Pechvogelauto.

Die Geschichte mit Lana ist inzwischen endgültig ausgelaufen. Rückblickend mußt du zugeben, daß du dir mit dem rechtzeitigen Abspringen leidlich schwer tust. Nach eurer abenteuerlichen Ausfahrt mit dem Leichenwagen verbrachtet ihr zwei mehr oder minder langweilige Tage in der Stadt, ohne allzu viele Wechselfälle, was du mit deiner lädierten Nase entschuldigtest. Es ergab sich nicht viel, du warst sumsig und Lana schlechter Laune. Nur mit kontinuierlicher Mühe schafftest du es, Lana noch für kurze Zeit bei der Stange zu halten, aber letztlich nutzte alles nichts, aus dem Knistern im Gebälk wurde ein Krachen, RUMMS! und Lana war nur mehr Schall und Rauch.

Dann zum Wichtigsten deiner Morgentoilette – zu den Zähnen. Eingehend befühlst du sie mit der Zunge, stocherst vor allen Dingen in diesem Loch links oben herum, wo dir kürzlich ein Stück abgebrochen ist. Dieses dein Sorgenkind bürstest du besonders sorgfältig und knotest dir anschließend zur Demonstration deiner allumfassenden Sympathie mit der kopflosen Marie Charlotte, nicht minder mit den armen Aristokraten, den Pfaffen und Bauern, denen es um kein Jota besser erging, ein fingerdickes, blutrotes Band so eng es geht um den Hals. Ein sauberer Schnitt von der heiligen Guillotine.

Als du das erledigt hast, marschierst du in die Küche, wo unter der Kaffeetasse, die deine Mutter für dich bereitgestellt hat, ein Zettel liegt: ZAHNARZT NICHT VERGESSEN, 14.15. SEI PÜNKTLICH. IN DER SCHUBLADE IST FRISCHES BROT. KUSS.

Ach du je.

Der Fetzen wandert in den Papierkorb. Du schnappst dir die Thermoskanne, eine Semmel, Butter, Honig und machst dich über deine bescheidene Henkersmahlzeit her. Nebenbei liest du die Morgenzeitung, beschränkst dich aber auf die Cartoons, die Heiratsannoncen und dein Horoskop. Krebs, dritte Dekade: Ihnen steht eine wichtige Begegnung bevor.

Du denkst an Begegnungen der dritten Art, an Ufos und den großen Kürbis, an Elvis, der irgendwelchen Spinnern zufolge mit falschem Bart und Perücke über den Globus tingelt, streichst die angefallenen Krümel in die Hand, schlüpfst barfuß in deine Turnschuhe, igitt, und attestierst dir Nutzlosigkeit, derweil du auf die Straßenbahn Richtung Hauptbahnhof wartest. Dort angelangt, steigst du in einen Wagen der Linie

B (die ein rechtes Hurenkind ist).

Hurenkind bist du aber selber eins, denn wie jeden Sommer, wenn dein Freifahrschein nicht gilt, weil die Universität Ferien hat, fährst du selbstverständlich schwarz. Das so ersparte Geld legst du für eine größere Reise zurück. Für eine Reise nach Neuseeland, versteht sich. Wohin auch sonst.

Bingerbrücke. Trotz des Windes, der mit der Flußrichtung weht, beginnt es ordentlich heiß zu werden und die Luft sich zu stauen. Zigtausend Leute in Sandalen und mit Carrerabrillen im Gesicht wimmeln über das Gelände, während du die Treppe am Brückenpfeiler zum Fluß hinuntersteigst und dich für die nächste Stunde auf einen grünen Streifen wirfst, der noch vom Vortag nach Sonnenöl riecht. Aber keine Rede von einer gottgesegneten Ruhe, derer man in Erwartung so schwerer Prüfungen bedarf. Denn erstens beginnt dir dein Halsband (so gut es dir steht, ein bedauernswertes Opfer darzustellen wie turbulente Zeiten sie fordern) allmählich lästig zu werden, so daß du an dem Vorsatz, mindestens bis Mitternacht auszuharren, kurzfristig alle Mühe hast (Leiden sind so und so ausreichend für dich reserviert), und zweitens zwingt es dich alle naselang, mit der Zungenspitze nachzuprüfen, ob das Stück von deinem Backenzahn links oben weiterhin fehlt. Denn dies, beim Henker, ist dir hinlänglich bekannt, dein Zahnarzt trägt das Motto in der Fahne, die Tugend muß durch Schrecken herrschen, Schlechtes zur Ordnung gerufen, wenn das nicht hilft, auf das schleunigste beseitigt werden.

O Gott, er wird dir die Kiefer aufsperren, notfalls mit einem Wagenheber, dann wird das Surren des Bohrers dein Trommelfell zerfetzen, und das wird erst der Anfang sein.

Du bist beim besten Willen kein Held, du bist einfach nur du und schwörst dir bei allen achtundzwanzig Zähnen, die du besitzt, nie wieder fünf Kirschen in einem in den Mund zu stecken. Denn Kirschen haben Steine – ganz ähnlich der Bastille. Irgendwo steht das geschrieben. Daß Thackeray als revolutionäres Souvenir ein Bruchstück der Bastille mit nach England nahm. Oder war es Tennyson?

Die sieben Gefangenen, die am 14. Juli 1789 aus der Bastille befreit wurden, waren vier Urkundenfälscher, der wegen etlicher Sittlichkeitsverbrechen aus dem Verkehr gezogene Graf von Solages (seine Entfernung aus der Gesellschaft war alleine aus Rücksicht auf seine Familie dringend geboten) sowie zwei unzurechnungsfähige Männer, von denen sich der eine für Gottvater persönlich hielt.

Ein Blick auf die Rolex Oyster in der Auslage eines Juweliers verrät, daß dir noch ausreichend Zeit bleibt, verschiedene Einkäufe zu tätigen. Du besorgst zwei Flaschen Rotwein, einen 3er Pack unbespielter Tonbandkassetten und erzählst dem Mädchen von der Fotoabteilung, wo du dir zwei 24er Schwarzweißfilme kaufst, ohne daß sie dich in irgendeiner Weise dazu aufgefordert hätte, von der Errungenschaft, die unter anderem dem halbverrückten Dr. Guillotin Joseph Ignace zu verdanken sei: von der großen Förderin der bürgerlichen Tugend, dieser ausgeklügelten, den unleidigen Umständen angepaßten Maschinerie, die, zur Vermeidung schmutziger Hände, ein direktes Zugreifen des Scharfrichters unnötig macht und die greuliche Szenerie der Todeszuckungen durch die gebundene Bauchlage des Verurteilten Vergangenheit sein läßt. Auch klärst du sie über die aus zeitgenössischen Quellen für Paris in Erfahrung zu bringenden Zahlen von Guillotineopfern auf: 639 Edelleute, 715 Soldaten, 718 Dienstboten und Näherinnen, 767 Priester, 1273 Bürger, 2212 Handwerker, 3871 Bauern.

Das Mädchen macht dir den Vorschlag, dich bei den Bauern anzustellen, worauf du beleidigt, verletzt, von dannen ziehst. Und weil du noch mit jemandem reden willst, bevor dir von einer Ordinationshilfe mit Watte der Mund gestopft wird, hängst du dich ans nächste öffentliche Telefon, um Krie anzurufen, schmeißt den Hörer aber trotz Freizeichens, noch ehe wer abnimmt, wieder in die Gabel, als dir einfällt, daß er arbeiten muß. Ferienjob beim Wetteramt, Windrädchen schmieren und solches Zeugs. Dabei herrscht seit einer Woche jeden Tag, gnadenlos wie Stadttyrannen, strahlend blauer Himmel über ganz old Europe.

Viertel vor zwei Mitteleuropäischer Sommerzeit, MEZ, deine Stimmung rutscht dir langsam davon, denn Sache ist, du kannst Zahnärzte nicht riechen, nicht schmecken. Alleine der Gedanke an diesen chemischen Mief verursacht dir Brechreiz, woran nichts zu ändern vermag, daß du die bisherigen Sitzungen allesamt, ohne nennenswerten Schaden an deinem Körper zu nehmen, leidlich überlebt hast. Aber die Seele! An deine Seele denkst du voll Angst und Weh und spürst, wie sich dir in Bedacht des schlürfenden, gurgelnden Geräuschs des Speichelsaugers unbarmherzig die Kehle verengt. Entsprechend nervös drückst du dich auf dem Kinderspielplatz bei einer städtischen Bibliothek herum, wo du eine gute Viertelstunde mit Herumsitzen verlierst und den Kindern mit den Grasflecken an den Knien zuschaust, wie sie sich um die Schaukeln streiten, sich den Sand gleich schaufelweise in die Augen streuen, wie sie unbändig herumplärren, sobald es ihnen gelingt, die Aufmerksamkeit eines Erwachsenen auf sich zu lenken.

Endlich fragt dich wer, ein kleines Mädchen, was es mit dem roten Band um deinen Hals auf sich habe.

– Du siehst aber komisch aus.

– Findest du mich komisch? Was findest du denn komisch?

– Deine Nase und das rote Band.

– Haut dich deine Mama manchmal?

Das Mädchen schweigt. Du überlegst, wie alt sie sein mag. Viel zu jung, stellst du fest, um zu kapieren, daß nicht einmal

Mütter in Unschuld herrschen können. Geschweige denn Revolutionäre.

– Wo ist denn deine Mama?

– Einkaufen und zum Friseur. Sie läßt sich die Haare färben. Schwarz. Und ich laß mir meine grün färben.

– Ach grün, toll, tu das, jaja. Willst du auch so ein rotes Band, wie ich eines habe?

– Brauch ich nicht, hab ich schon.

Sie zeigt, indem sie den Kopf zur Seite dreht, nach ihrem Roßschwanz, der von einer Masche gehalten wird.

– Dein Band ist aber grün. Grün ist deine Lieblingsfarbe, nehme ich an. Wie heißt du denn?

– Lena.

– Lena. Soll ich dir etwas kaufen, Lena?

Sie schaut dich von der Seite an und überlegt.

– Kennst du mich nicht? Ich bin der böse Onkel, der kleinen Mädchen Süßigkeiten kauft. Hat deine Mama nie von mir erzählt? Doch, sicher hat sie von mir erzählt.

Lena schaut dich noch immer von der Seite an, wiegt dann nachdenklich ihren Kopf, schnaubt verächtlich durch die Nase: Du schwindelst, du bist gar nicht der böse Onkel, du nie und nimmer. Und im Bewußtsein ihrer Überlegenheit faucht sie dich mit vorgehaltenen Krallen an, präsentiert dir ihre vollzählig in Zweierreihe angetretenen Milchzähne.

Nicht der geringste Makel entgeht deinem in diesem Belang hypersensibilisierten Blick. Alles gewahrst du bis ins kleinste Detail, den braunen Fleck auf $I2$, den Schatten auf $C2$, die kariöse Entstellung von $I1$ zu einem angefaulten Stumpen, der in deinem Innersten einen mitleidvollen, durch Mark und Bein dringenden Schauder auslöst, dich jäh aufspringen läßt, dieser quälenden Konfrontation mit den allgegenwärtigen Kümmernissen der Kieferheilkunde zu entfliehen.

Unter krampfartigen Verrenkungen begibst du dich zum Parktor, gefolgt von der fauchenden, dich übel verhöhnenden

Göre: Du bist gar nicht der böse Onkel, jauchzt sie über den ganzen Platz. Aber ich bin eine Hexe!

Zum Glück ergattert sie auf halbem Weg eine eben freigewordene Schaukel. Du winkst ihr zu und verplemperst die Frist, die dir bleibt, ganz in der Nähe der Ordination mit der nicht unwichtigen Überlegung, ob du eine Spritze (und den damit verbundenen Biß in die gefühllose Wange, der für gewöhnlich bereits während des Heimwegs unvermeidlich bleibt) oder den momentanen Schmerz und die nachfolgende Erleichterung bei dessen Abklingen vorziehen sollst. Die Frage ist schwierig zu entscheiden, zumal dich eine im Jahr des UnHeils 1789 gegründete Zuckerbäckerei weiter verunsichert. Auch der Anblick einer älteren Frau, die mit aufgestützten Ellbogen in ihrem Fenster lehnt, das hochgeschobene Fensterteil bedrohlich über ihrem fleischigen Genick, rührt dich mit unangenehmen Gefühlen an. Und dennoch gelingt es dir erst, dich von dieser schauderlichen Offenbarung zu lösen, als dein schicksalhafter Weg zur Tugend keinen Aufschub mehr duldet. Du fragst dich bange, ob dir letztlich, auf dem Zahnarztstuhl, ein passendes Bonmot einfallen wird: Die Revolution ist wie Saturn, sie frißt ihre eigenen Kinder. Etwas von dieser Art und Qualität.

Du denkst an die Comtes, denen nichts eingefallen ist. Allesamt tun sie dir von Herzen leid (obwohl sie mit ihrem Versagen nicht leben mußten.)

Im Warteraum sitzen weniger Leute, als du erwartet hast. Du nickst in die Runde: Bei den Anwesenden handelt es sich in erster Linie um Frauen mit Kindern, die beidenteils, wenn nicht alle, so doch überwiegend, wenigstens aufgeregter sind, als sie es sich anmerken lassen. Man sieht es am Flattern der Zeitschriften und Comics, die sie zwischen den Händen halten, daran, wie sie die Hände aneinanderreiben oder sie zwischen die Beine klemmen. Lauter Leidensgenossen von dir.

Niemand redet wirklich, Kinder werden knapp angewiesen. Sonst ist es still wie in einem hohlen Zahn, in dem gerade nicht gebohrt wird. Du drehst die Nummer, die du von der Vorzimmerhilfe erhalten hast, zwischen den schweißigen Fingern, die Nummer 23, drückst an deiner Nase herum, steckst zwei Finger in dein Halsband, holst tief Luft, nimmst dir eine Cosmopolitan vom Tisch und blätterst zur Ablenkung über die Schlagzeilen, über die Bilder und deren Legenden. Dazwischen schaust du dir die neuesten Astor, Silkcut und Davidoffwerbungen an, knabberst an Dingen wie Galgenhumor, den du notfalls nicht besitzt, Galgenvogel, der du schon eher bist, und wiederholst ständig dein WENN'S NUR SCHON VORBEI WÄRE!

Leute kommen mit geweiteten Augen aus dem Ordinationszimmer heraus, Leute gehen hinein, neue Leute setzen sich ins Wartezimmer. Die Nummernanzeige über der Tür klettert unaufhaltsam auf deine 23 zu, du hast das Surren des Bohrers im Ohr, das selten nur abreißt, und die Gestik des Zahnarzts im Sinn, die du ausreichend kennst, um zu wissen, daß Blut fließen wird, sobald er die milchigweißen Gummihandschuhe überstreift. Rasch langst du dir aufs Geratewohl eine andere piekfeine Modezeitschrift, die nach außen hin ein wenig abgelesen wirkt, und schlägst sie mittendrin auf. Nummer 22, die Nummer vor dir, geht aufrecht und gefaßt dorthin, wo kaum ein Weg vorbeiführt mit haarsträubend schlechten Karten und dem Schwarzen Peter links oben. Dir wird flau im Magen, und dieser üble Schluckzwang macht sich im voraus bemerkbar. Dein Blick hastet mit immer größeren Schritten durch die Zeitschrift, die Freiheit, bei einem Bild länger zu verweilen, als ein Zwinkern dauert, ist ihm gänzlich abhanden gekommen. In der Eile überlegst du sogar, ob jemand mit dir die Nummer tauschen will. Du schaust auf: und plötzlich sind die Karten neu gemischt. Kaum traust du deinen Augen, die du ungläubig zusammenkneifst, aber ändern tut das nichts daran, daß sie leibhaftig vor dir steht: Lolly.

Dir ist klar, dies ist die Erfüllung deines Horoskops: eine Begegnung der zweiten und der halben Art (denn ein halbes Hurenkind ist auch Lolly allemal).

Lolly hat einen Schmollmund.

Mit feuchten Händen setzt du dich zurecht, filmst sie der Länge nach von unten nach oben ab, dir gehen die Augen über, first class dieses Mädchen: Sie beginnt über den Knien mit einem wild in allen Regenbogenfarben rautengemusterten Minikleid, der Rüschensaum asymmetrisch über feinen dunkeltönenden Strümpfen. Sie trägt großgittrige schwarze Handschuhe. Ihre Ohren sind mit schweren Klunkern behängt. Dazu ihr Blick, der etwas Überlegenes an sich hat – diese großen unschuldigen Augen, die mit Licht vollgesogen und farbig eingefaßt sind in Rot= und Orangetönen wie zwei Clownfische in einem Meer von Puder und Rouge.

Die nackte Schulter in Pose zum Kinn gezogen lehnt Lolly lässig, als wartete sie auf nichts Besonderes, am Türrahmen.

Sie ist, so wie du sie siehst, das Abziehbild vom Klischee einer enorm tollen Frau, jung, hübsch, energisch, erfolgreich. Um so peinlicher sind dir deine Fingernägel, die als Folge einer unbedachten Spielerei am Fluß, wo du eine Zeitlang Löcher in den Rasen gebohrt hast, von ausgeprägt schwarzen Rändern abgeschlossen werden. Die unbestimmte Ahnung berückt dich, Lolly habe die schwarzen Ränder längst bemerkt, dir ist das ungemein peinlich. Was sie bloß denken mag!?

Einerlei, sagst du dir, ohne jede Bedeutung, bedenkt man die Realitäten, in erster Linie die, daß die Nummernanzeige jeden Moment auf die 23 umspringen und es alsbald vorbei sein wird mit diesen Augen, den Clownfischen, denen ein solch sagenhaftes Himmelblau zu eigen ist, daß man stark geneigt sein muß, der Vermutung anzuhängen, Lolly trage diese neumodischen Kontaktlinsen, die es einem erlauben, täglich die Augenfarbe zu wechseln.

Und weil die Zeit drängt, sprichst du sie kurzentschlossen an: He, worauf wartest du? Das ist doch ein Warteraum. Also worauf wartest du hier?

Zu deiner Überraschung gleichermaßen wie zu deinem ehrlichen Bedauern zeigt dir Lolly völlig unbeeindruckt ihre hübsche nackte kalte Schulter. Naja, wer weiß, vielleicht denkt sie, du ließest dich nicht nur von lauteren Absichten leiten. Nur die wenigsten Leute sind befähigt, deine blütenreine Knabenseele im gesamten Ausmaß ihrer Tiefe auf Anhieb auszuloten. Also übst du dich in Nachsicht und übergehst ihre Reserviertheit gentleman=like, indem du beherzt einen zweiten Anlauf nimmst: Lolly, sag doch was. Sag Bluejeans.

Leicht bewegen sich deine schmutzigen Finger an den Rändern ihrer blonden Haare. Du findest das sehr kontrastreich. Daß Lolly auch auf dein verschmitztes Blinzeln, das seine Wirkung ansonsten selten verfehlt, nicht reagiert, ist bedauerlich, und folgerichtig schließt du daraus, daß es sich bei ihr um ein Mädchen mit Stil handelt. Es gibt diesen Typ Frau, manche Frauen sind einmal so, sie müssen alles komplizierter machen als es in Wirklichkeit ist. Man sagt dann, sie haben Stil.

Dies berücksichtigend, Dummheiten höherer Art sollte man so und so nie bereuen, packst du Lolly und löst sie mit unnachahmlicher Taschenspielereleganz und ohne viel Geschichten zu machen aus ihrer schönen teuren Welt, dem Hochglanzboudoir moderner Rokokofrauen, des schönen Objekts. Dann legst du, nachdem du kurz am Cover nachgeschaut hast, wie lange sie auf dich hat warten müssen, die Zeitschrift auf den Tisch zurück und hebst, weil die Erkenntnisse, die du von dem Datum herunter gewonnen hast, nach deiner Einschätzung Bände sprechen, Lolly gegenüber lobend hervor, sie habe erstaunlich viel Geduld bewiesen – im Warteraum einer Zahnarztordination.

Das sagst du zu ihr und erweist dich als überaus einfühlsamer Stürmer und Dränger, muß man dir lassen, du beweist Größe in deinen Komplimenten und gegenüber einer älteren Frau mit geschwollener Backe, die dich mehr interessiert als empört mustert, ein spontanes Fingerspitzengefühl für knifflige Situationen. Mit einem schlichten Achselzukken, als sei es ein Versehen gewesen, ein Ausrutscher, daß du die Seite aus dem Heft gerissen hast, tust du die Sache leichthin ab.

– Alles nur ein großer dummer Zufall, ein Zufall, wie es ihn braucht, wenn es um eine große Sache geht. Ich hoffe, Sie haben sich so viel bewahrt, daß Sie noch an Liebe glauben, die einem auf den ersten Blick widerfährt. Falls jemand nach ihr fragen sollte, sagen Sie, sie sei mit zu mir. FREIWILLIG.

Für den Abreißzettel hast du keine Verwendung mehr. Du drückst ihn der Frau in die Hand, deine Nummer 23, die sie ins Recht setzt, als nächste an die Reihe zu kommen, grüßt höflich und wendest dich zur Tür. Auf dem Weg dorthin faltest du Lolly zweimal, wogegen sie noch immer mit Schweigen protestiert, doch als du sie in die Hosentasche steckst, mault sie etwas mit muffiger Stimme, das du akustisch zwar nicht verstehst, inhaltlich aber um so präziser zu deuten weißt: daß in der Tat ausreichend Leiden für dich reserviert sind.

Dementsprechend rasch verdrückst du dich. Ehe die Nummernanzeige springt. Dich kriegen sie nicht in diesen Stuhl, dich nicht. Und bestimmt gibt es unzählige Leute, die nur zu dem einen Zweck zum Zahnarzt gehen, um zur Füllung zuweilen schmerzhafter Bildungslücken diverse Zeitschriften zu lesen. Ein Service immerhin, zumal kostenlos, den du weidlich genutzt hast. Ärgerlich nur, daß die im Vorzimmer postierte Tippse, sowie du ihrem Schreibtisch nahe kommst, mechanisch von irgendwelchen Karteikarten aufblickt und dich dergestalt nötigt, zur Verdolmetschung unsäglicher Pein einen wehklagenden Griff an den Unterkiefer zu riskieren. Dies in der Hoffnung, sie über den Tatbestand ihres glücklichen Beiwohnens am ungeordneten Rückzug eines kneifenden Revolutionärs listig hinwegzutäuschen. Ungeachtet deiner weit ausholenden Mimik ruft sie dich, darauf erpicht, in Erfahrung zu bringen, ob du eine Spritze erhalten hast, mit fispelnder Stimme zurück. Gesetzt der Fall, dies sei geschehen, müsse sie dir diese in Rechnung stellen.

Unter einem beredten Stöhnen schüttelst du heftig den Kopf, machst ihr mit mehreren Gesten verständlich, daß du einerseits unfähig seist, auch nur ein Wort zu reden, es andrerseits dein Befinden dringlichst gebiete, schleunigst an die frische Luft zu gelangen, ansonsten ein ventriculares Mißgeschick nur schwerlich vermeidbar sei. Als es ihr dämmert, worauf du hinauswillst, springt sie behend hinter ihrem Schreibtisch hervor und hält dir dienstfertig die Tür auf.

Im Treppenhaus, sowie sich die Tür zum Flur geschlossen hat, atmest du erleichtert auf. Na Lolly, wie habe ich das angestellt? Elegant, was? Ich hoffe, du bringst Verständnis für die Maskerade auf und glaubst nicht, ich sei ein Hasenfuß. Man soll nie voreilig sein Urteil fällen. Ich nämlich, ich bin ein Fall für mich, ich bin der bunteste Vogel in der Stadt, ich bin ein Gaukler, ein Glücksritter, ein Don Quichote, ich trotze allen Gefahren, die hinter diversen Straßenecken lauern, ich bin verdreht, verkehrt, wenn du so willst, ein Linker meinetwegen, ein Jakobiner, jeder Zoll was anderes. Gefällt dir nicht? Na sowas. Ich bin von Idealen tollwütig. Sag tollwütig, sag Jakobiner!

Du holst Lolly aus der Hosentasche, setzt dich auf den oberen Rängen der Treppe nieder und faltest sie auseinander.

– Ich habe verschiedenfarbige Augen, Lolly, ehrlich, ich erzähle keine Geschichten, schau doch mal: blau und grün. Aber getönte Kontaktlinsen trage ich keine. Ich bin ich, und

Rußland ist Rußland. Was sagst du dazu? Sag tollwütig, sag doch, bitte, tu's für mich. Wie findest du mein Halsband? Womöglich bin ich doch kein Linker, kein Jakobiner. Ich kann von allem das Gegenteil sein. Nur Held bin ich keiner, das wäre gelogen. Nicht daß du denkst, ich meine, was das Vorzimmermädchen betrifft, vor Jahren hab ich denen mal neben das Waschbecken gekotzt, aber nur, weil mir der Medicus zu weit in den Rachen gelangt hat. Ein natürlicher Reflex. Was meine Nase anlangt, naja, das war ein UnGlück, ich bin gestolpert und an die Kante eines Mülleimers gefallen. Das Ding war orange. Ich kann orange nicht ausstehen. Wie hältst es du mit orange? Du bist nicht sehr gesprächig, was? Hörst du mir überhaupt zu?

Sie antwortet nicht. Also steckst du sie wieder ein, nimmst die letzten vier Stufen mit einem leichtfüßigen Satz und schlenderst zusammen mit Lolly, im Bewußtsein all der Schwierigkeiten, die sie dir bereiten wird, beschwingt in die Freiheit. Machst am Absatz eine Pirouette, tänzelst zu einem Sommerhit, der in der Luft liegt, pfeifst den Beginn von ALL YOU NEED IS LOVE.

Es ist noch mitten am Nachmittag, und das Wetter gerade richtig, um ein Mädchen, das lange Zeit nicht an der frischen Luft war, auszuführen. Ihr taumelt, trieselt, kreiselt durch die Sonne. Dir ist beängstigend leicht ums Herz, so, als hätte man dich im letzten Augenblick begnadigt. Weit und breit siehst du keine Veranlassung, dir über das Leben, das sich wieder von der Schokoladenseite zeigt, Gedanken zu machen, und alle fünf Schritte nimmst du Lolly heraus, faltest sie auseinander, um dich zu vergewissern, daß sie in Ordnung ist.

Sogar einen tadellosen Hüpfschritt legst du ein, obwohl Lolly auf deine Frage, in welcher Auflagenhöhe sie erschienen sei, ebensowenig reagiert wie auf die Frage, ob sie diese Stadt kenne. Es wird schon werden, denkst du, wenn sie sich erst an mich und ihre neue Umgebung gewöhnt hat, vor allen Dingen an mich, dann taut sie mit Sicherheit auf. Kann ja sein, daß sie ihre Auflagenhöhe nicht kennt und daß ihr das peinlich ist, vervielfältigt zu sein.

– Lolly, sag tollwütig. Sag enragé! Oder ich jage dich tausendmal durch den Kopierer. Kannst du überhaupt französisch, Lolly? Sure kannst du das. Mit schaurigem Akzent. Sag enragé, sag doch mal, sag tollwütig!

Aber Lolly, was du auch anfängst, sie schweigt. Dein Gequassel hat eine ähnliche Wirkung auf sie, als würdest du die Chinesische Mauer mit einer Konfettikanone belagern. Und so gesehen ist es einfach nur verrückt.

– Was hältst'n von mir, Lolly? Na, sag schon! Nicht besonders viel, was?

RIEN.

R – i – e – n.

rien.

Entführungen waren sonst immer schön,
die Herzen klopften, die Erwartung stieg
aufs höchste. Hier war's anders.
(Wolf Wondratschek)

Man müßte sich arrangieren können

Als die Wohnungstür einschnappt, fällt das heulende Geräusch des Staubsaugers ab, und deine Mutter, die im Wohnzimmer mit dem Apparat beschäftigt war (weiß Gott, wie sie
dich trotz des Lärms hat hören können) macht sich mit tän-
zelnder Stimme bemerkbar. Ob das du seist: Philipp bist
du=u's?

– Wer sonst.

Mit dieser wenig einladenden Antwort willst du dich in
dein Zimmer verdrücken, um der vorhersehbaren Fragerei
zu entgehen, schaffst es aber nur bis zur Tür. Wie's beim
Zahnarzt war, will sie wissen, ob du überhaupt dort warst,
was der Zahnarzt sagt, wann du den nächsten Termin hast,
und überhaupt, was das für ein idiotisches Halsband sei.
Aber das Halsband läßt du behutsam beiseite, Affären,
denkst du, bloß nicht. Statt dessen, in lauter Lügen wur-
zelnd, zahnwurzelnd, auszugsweise einen Poster zitierend,
der im Warteraum an der Wand hing, beklagst du deine
Weisheitszähne, die allesamt schief lägen, rechtsgeneigt und
linksgeneigt, völlig uneins mit dem Kiefer. Deine Mutter will
Details, also wechselt ihr noch fünf/sechs Sätze, bis sich eine
schmale Lücke im Gespräch ergibt, die du behende wahr-
nimmst, um die Tür deines Zimmers vor weiteren Lügen zu
schließen.

Sogleich wirfst du dich bäuchlings aufs Bett. Und dort,
ganz für dich, sowie du Lolly auseinandergefaltet hast, schaust

du ihr kurz, aber um so tiefer in die Augen, damit der zähe Boden, auf dem deine nachfolgenden Bemühungen gedeihen sollen, etwas auflockert.

– Glaub mir, Lolly, bei mir hast du die idealen Entfaltungsmöglichkeiten wie sonst nirgends zwischen hier und dem Mond.

(Während du redest, streichst du ihr zärtlich mit dem Handballen ein Eselsohr glatt.)

– Die Knicke, die du abbekommen hast, tun mir ehrlich leid. Dieser Tag nimmt uns offensichtlich beide ganz schön her.

(Als du dich aufsetzt, mußt du, wie du ins Circorama schaust, offen zugeben, daß dein Zimmer nicht eigentlich den idealen Rahmen für Lolly abgibt, präziser gesagt, sie paßt nicht gerade ausgezeichnet in ein Zimmer mit grünem Filzteppichboden und einer Sonderangebot=Teenieeinrichtung, die nach Pronto riecht.)

– Mit Verlaub, wenn eine bescheidene Frage gestattet ist: Welches Parfüm, bitte, adelst du, indem du es verwendest?

(Lolly, dieses atemberaubende Mädchen, dessen Züge wie mit der Wasserwaage gezogen sind, sie sieht nach Shalimar aus, nach blumiger Verführung, nach sinnlicher Erotik, aber riechen tut sie nach nichts oder allenfalls nach Papier und Leim.)

– Entschuldige bitte meine Belustigung...

(Das Glucksen, das dein aufrichtiges Bemühen, einen drohenden Lachanfall hinunterzuschlucken, erzeugt, nimmt dir Lolly sichtlich übel.)

– ...das Lachen hat beileibe nichts mit dir zu tun!

(Ihr könntet einen noch in die Lüge verliebt machen! Mädchen, die ihr es aufs beste versteht, euch mit dichtem Nebel zu umgeben.)

– Jaja, Seite hundertdrei. Hundertdrei, das ist eine schöne Zahl, vermutlich eine Primzahl. Ich überleg mir grade, wie das mit Mädchen ist wie dir, ob man die auch mit nichts und niemandem teilen kann.

(Der Gedanke scheint dir zu bestätigen, daß sich der diffizile Aufbau der Welt zuweilen 1 : 1 in Frauen widerspiegelt.)

– Apropos Primzahl, Lolly. Bevor ich's vergesse, meine Mutter, sie wird uns so schnell zwar nicht stören, aber manches Mal, dies vorneweg, kann sie ein wenig – nervig sein. Sie ist schwierig, das gebe ich zu, du wirst es dann ohnehin merken. In ihrer Linie hat einzig meine Großmutter eine rebellische Biographie. Sie war die Geliebte eines russischen Besatzungsmajors und stritt sich mit ihm jahrelang über Puschkins Satz DAS LEBEN IST EIN BUNTES SPIEL. Ohne ins Detail gehen zu wollen, meine Mutter ist das Ergebnis von diesem bunten Spiel und gibt sich alle Mühe, den Werdegang ihrer Mutter vergessen zu machen. Das war letztlich auch der Grund, weshalb sie es ablehnte, meinen Vater zu heiraten. Man dürfe den bereits verdorbenen Teil der Familie nicht zusätzlich durch Ausschweifung belasten. Daß du dich mit ihr verträgst, wage ich deshalb zu bezweifeln. Sollte sie bei nächster Gelegenheit hereinplatzen, erschrick nicht, wenn ich dich unters Kopfkissen schiebe. Oder willst du lieber, wie in beschränkten Filmen oder Romanen, in den Kleiderschrank? Würdest du das bevorzugen?

(Lollys Verhalten, ihr unhöfliches Schweigen dir gegenüber, läßt sehr zu wünschen übrig. Vorwurf willst du ihr dennoch keinen machen, da der Makel, wie du dir sagst, in ihrer garantiert zu gut geratenen Kinderstube eine logische Erklärung findet. Sie ist verzogen, beruhigst du dich.)

– Verzogen, Lolly, das ist das richtige Wort. Du bist verzogen, stimmt doch? Verrat mir doch, wo du gewohnt hast, bevor du zum Zahnarzt gekommen bist. Sag doch was, sag Bluejeans. Oder trägst du nur Alpacca und Merinowolle, vielleicht Kaschmir und Wäsche aus Seidensatin? Kannst du mir wenigstens darüber Auskunft geben? Komm schon, Seite

hundertdrei, ich habe dich aus diesem Ordinationsmief gerettet, man sollte meinen, das war eine ritterliche Tat. Man sollte
meinen, ich hätte mir ein Wort des Dankes verdient. Sache ist,
daß dich unterschiedslos jeder im Überblättern begrabschen
durfte, während er an seine schlechten Zähne dachte. Ein
wahrhaft abscheulicher Ort. Ein Bollwerk der Unfreiheit. An
einen solchen Ort willst du gewiß nicht zurück. Zumal du bei
mir das Covergirl bist, Seite eins, ungeachtet, daß deine Be-
stimmung eine höhere ist.

(Lolly zeigt keine Reaktion, benimmt sich, als hätte sie
nichts mehr zu versäumen, als hätte sie sogar das Blaue vom
Himmel längst als flüchtige Aufmerksamkeit zum Spielen
und Abspielen für drei Tage oder nur für zwei geschenkt bekommen.)

– Ha, Mädchen, dreh mir bloß keinen Stummfilm! Oder
kannst du Klavierspielen? Nein, kann ich mir denken, typisch.
Also sag um Gottes Willen etwas, Gott mag es nicht, wenn
Mädchen starrsinnig sind. Die Welt bewegt sich, revolutio-
niert um die Sonne. Ist es da zuviel verlangt, wenn ich will,
daß du mit mir redest. Bekommst du vom Reden Ausschlag?

(Als akzeptable Alternative läge am Schreibtisch, das Le-
sezeichen hinter dem zweiten Kapitel, Die grässliche
Bescherung in der Via Merulana – statt dessen ver-
ausgabst du deine geistigen Fähigkeiten an einer selten aus-
gesuchten Widerwärtigkeit von Mädchen, wo es doch hinrei-
chend bekannt sein sollte, daß Mädchen:

a) Großes von einem erwarten und einen gleichzeitig davon abhalten, Großes zu vollbringen

b) kopflos machen und

c) mit Lesen zumeist in einem sehr viel vielsagenderen Zusammenhang stehen.)

Gräßlich, ja gräßlich, das muß gesagt sein. Mit Lolly habe ich
einen wirklichen Glücksgriff getan. Gratulation. Und wäh-

rend du einen Apfel ißt, mit vollem Mund versuchst, Streit mit ihr anzufangen, machst du, fern aller Euphorie, die dein lebhaftes Interesse für Revolutionen in dir geweckt hat, das rote, solidaritätsbezeugende Band, das du bis Mitternacht zu tragen entschlossen warst, ab, läßt es dort, wo du stehst, indem du Lolly den Rücken zukehrst, zu Boden fallen. In einem letzten Aufbegehren, als dein Blick auf Lilas Schuhe fällt, räumst du, da man nie weiß, wie Mädchen auf die Anwesenheit fremder Gerüche reagieren, allen Flitter, der die Handschrift verflossener Liebschaften trägt, unauffällig zur Seite, karrst Lolly währenddessen jede Menge karierten Kram vor, schneidest Grimassen, versuchst sie zum Lachen oder zu einer anderen Regung zu verführen – nur dieses Mädchen, was soll man sagen, läßt sich durch nichts beeindrucken.

Du glaubst schon fast, nicht dem subtilsten Kunstgriff der Irritation gelinge es, dieses Mädchen aus dem Gleichgewicht zu bringen, doch schließlich, nach zwei kurzen, aber inspirierten Minuten, nachdem du dir eine Zigarette angesteckt und ihr eine ganze Weile ins Gesicht gepafft hast (nicht eben der höflichste, aber der wirkungsvollste Kniff, den du bei deiner weitreichenden Erkenntnissuche in der Frage, ob sie sich bewegt, zur Anwendung bringst), hast du Aussichten, daß dir binnen kurzem nichts mehr zu wünschen übrigbleiben wird.

– Hast du was gesagt, Lolly? Liegt dir was am Herzen? Na, frei heraus damit.

– Schuft, du! Gemeiner, niederträchtiger Entführer!

Du fühlst dich fast geschmeichelt, solch erlesener Worte für würdig befunden zu werden: Apropos Entführer, wenn ich das Stichwort aufnehmen darf. Vielleicht bin ich doch ein Held, wie dieser dumme Trojaner, der dieses bescheuerte Mädchen geraubt, diese eingebildete Gans, Helena, und der diesen dämlichen Krieg vom Zaun gebrochen hat, der ganze zehn Jahre gedauert haben soll. Du bist nicht zufällig mit einem streitsüchtigen Wirtschaftsbonzen verheiratet? Ich bezweifle nämlich, daß ich die Ausdauer besitze, mich zehn lange Jahre um dich zu balgen.

– Führst du wieder Selbstgespräche, Philipp? Hört das nie mehr auf?

Deine Mutter patrouilliert über die Diele zur Küche. Lolly indessen krakeelt um so lauter, damit ihre Anwesenheit niemandem verborgen bleibt.

– Ja, Schuft! Entführer! Das wirst du bitter bereuen! Sie werden dich kriegen, und dann wirst du für alles büßen, was du mir angetan hast.

– Sie? Wen meinst du mit SIE?

– Das wirst du früh genug erfahren, nämlich dann, wenn es zu spät ist. Und in dem Moment wirst du mir kein bißchen leid tun. Denn ich kenne euch, natürlich, ICH WILL NUR MIT DIR REDEN – so ein Quatsch! Ich weiß genau, was du willst: das EINE.

– Das EINE? Lolly, kannst du nicht deutlicher werden, ich verstehe nicht ganz, worauf du hinauswillst. Du meinst doch nicht? He! Ich doch nicht! Was für eine Idee! Was ihr Mädchen nur alle habt? Ihr seid doch wirklich unbezahlbar. Ihr kennt nur ein Muster von Männern, nach dem wir alle gestrickt sein sollen. Dabei ist das völliger Unsinn. Glaubst du vielleicht, ich nehme öfters Mädchen mit zu mir? Doch nicht im Ernst? Wenn du das glaubst, o danke, täuschst du dich gewaltig, dann kennst du meine Mutter schlecht. Es mag zwar erstaunen, aber ich will mich tatsächlich nur mit dir unterhalten. Nicht mehr. Du mußt wissen, ich rede nur mit ganz wenigen Leuten, hier und dort ein paar Takte, naja, meistens rede ich nur mit mir.

Durch eine knappe Bewegung der Brauen gibt sie dir zu verstehen, daß das jeder behaupten könne und die Mitleidstour bei ihr nicht ziehe.

– Okay, es gibt da ein Mädchen, oder besser, es gab da eins. Aber die hat es sich reichlich mit mir verdorben, das ist vorbei, aus und vorbei. Wegen ihr brauchst du kein Theater zu machen. Das letzte Mal, als wir zusammen waren, hat sie mich Alptraum geheißen und hochkant aus ihrer Wohnung geschmissen. Jetzt mag ich sie nicht mehr.

Lolly sieht dich fragend an.

– Hand aufs Herz, Alptraum hat sie mich geheißen. Da siehst du den feinen Unterschied: Während du eine echte Traumfrau bist, nennt mich Lana Alptraum. Aber wir sind wesensverwandt, tief im Innern sind wir beide Illusionen, liegt doch auf der Hand. Aber diese Sache mit Lana, die war vielleicht uiuiui . . .

Und während du ihr eine nicht minder frei wie aus dem Stegreif erfundene Geschichte auftischst, machst du dich an deinem Plattenspieler zu schaffen, legst Talking Heads auf, weil du findest, daß diese Musik Lolly entspricht. Klopfst die ersten Takte mit der Ferse an:

Es war vor einer Woche, kurz nach dem Zwischenfall mit meiner Nase. Lana, das ist ihr Künstlername, sie gab eine Party, eine Künstlerparty, und Lana, sie gehörte fast nur mir. Und dem Mond, dem la le lu, nur der Mann im Mond schaut zu, o Mann, bis er unterging. Am nächsten Mittag, ich war noch vom Vorabend übrig, wollte mich Lana beim Kochen nicht dabeihaben, weil es sie störe, daß ich überall die Finger drinhätte, wie sie sagte. Also bummelte ich im Wohnzimmer mit Luftballons herum, deren übernächtigtes Gas gerade noch Mumm hatte, sie in der Schwebe zu halten. Die Sonne strahlte zum Fenster her, das Wetter war wie bestellt, und aus einer Laune heraus begann ich, die verbliebenen Luftballons einzusammeln. Ich hatte eine Idee im Kopf, wo sie mitunter hätte bleiben sollen. Jedenfalls band ich zwei Slips, zwei Büstenhalter und ebenso viele Strumpfbänder, Lana hat einen Fimmel für besondere Unterwäsche, an verschiedenfarbige Luftballons und setzte sie vors Fenster.

Lanas Wohnung liegt im fünften Stock. Die Fenster gehen

hart auf Süd=Ost, was eine gute Thermik versprach und mir Chancen, das Rennen zu gewinnen. Denn sowie die Ballons der Konkurrenz von Schwerkraft und Auftrieb überlassen waren, rannte ich flugs zur Tür, die Treppe hinunter, überrannte beinahe den Stromableser, verpaßte die ersten Wäscheflieger aber trotzdem. Dann eroberte ich einen Strumpfbandballon. Nichts weiter. Zwei Slips, einer gelb, der andere weiß, hingen im Fensterbrettgemüse des dritten, ein Büstenhalter im zweiten Stock. Ich konnte mich vor Lachen kaum halten, ich tanzte barfuß in Boxershorts über den aufgeweichten Asphalt. Lanas Wäsche an den Luftballons machte sich ausgezeichnet in den Geranien.

Schließlich klingelte ich bei den betreffenden Parteien, zusätzlich bei Lana, damit sie nichts versäumte, was sie später bereuen würde, und bat über die Wechselsprechanlage um Flughilfe. Die Frau vom dritten Stock war ganz von selbst ans Fenster gekommen. Ich mußte ihr des langen und breiten erklären, wie Damenwäsche an bunten Luftballons in ihre Geranien käme, insbesondere, daß da keineswegs, wie sie vermutete, Unzucht mit im Spiel sei.

Das war ein Theater. Das Theater ist die Magd der Revolution, mußt du wissen. Und deshalb fand ich die Veranstaltung auch rundum gelungen. Lana nicht, das begriff ich zu spät. Denn als ich oben ankam, erwartete sie mich in der Tür, schnaubend vor Zorn, mit hochrotem Kopf, und fuhr mich an, ob ich den Verstand verloren hätte, ob ich ihren Ruf mit Gewalt ruinieren wolle, noch vor hundert Jahren habe kein anständiger Bürger einen Schauspieler, geschweige denn eine Schauspielerin über seine Schwelle gelassen.

Es roch nach Spaghetti, Lana macht verdammt gute Spaghetti. Ich fragte, ob ich jetzt meine Nase in die Pfanne stecken dürfe, aber das war nicht minder gefehlt. Sie schnappte nach ihren Slips, sie war halbnackt, mein Gott, sie sah aus wie eine irre Luftballonverkäuferin vor dem Moulin Rouge, ihre

Nasenflügel zitterten, sie schrie mir Beleidigungen ins Gesicht, riß meine Jacke von der Garderobe, daß der Aufhänger in Fetzen ging, und warf mich, wie schon eingangs gesagt, hochkant hinaus. Verschwinde, du Alptraum! zeterte sie und knallte die Tür ins Schloß. Ich flehte um meine Hosen, um meine Schuhe, aber die schickte sie mir per Post. Jetzt mag ich sie nicht mehr. Gestern hat der Briefträger das Paket abgegeben und die Nachnahme kassiert. Unter anderem war ein Ziegelstein drin.

Da Lolly keine Anstalten macht, deine Confessions zu kommentieren, diagnostizierst du ihr kurzerhand Frühsymptome von Eifersucht, legst sie aufs Fensterbrett, eh bien, n'en parlons plus, damit sie in der Milde des Abends Gelegenheit hat, sich auf deine Tugenden zu besinnen. Du deinerseits, wiederum, in der Hoffnung auf ein oder zwei erholsame Stunden, verziehst dich ins Wohnzimmer, (jedoch), ziehst dort, nach den Nachrichten und zwei gegen deine Mutter verlorenen Partien Backgammon, auch beim Streit ums Fernsehprogramm, weil die Unterröcke der Revolution nicht ausgerechnet im Wohnzimmer deiner Mutter gelüftet werden müssen, den kürzeren und kurze Zeit später (zermürbt) in Erwägung, die Revolutionsfete am Kanal sausen zu lassen. Im Glauben, Fortuna habe dich entgegen deiner nachmittäglichen Überzeugung doch nicht zu ihrem Schoßkind erkoren, graulst du dich zu allem auch, Lolly mitnehmen oder zu Hause lassen zu müssen.

Ohne in dieser Hinsicht etwas entschieden zu haben, schaust du zunächst in deinem Zimmer nach dem Rechten. Lolly liegt auf dem Gesicht am Boden, ein Luftzug muß sie vom Fensterbrett geweht haben. Du hebst sie auf und brauchst ihr nicht zweimal ins Gesicht zu sehen, um zu begreifen, daß sich die Lage nicht nur nicht gebessert, sondern verschlechtert hat, machst dich daraufhin, widerwillig, mißtrauisch, aber eben als einer der Beharrlichsten am Hofe des Ungefährs, für die Fete zurecht, schlüpfst in deine gelbe Gardejacke, ein Modell mit Aufschlägen und Kordeln, das du für einen Spott beim Trödler erstanden hast, und schlüpfst in olle Schnallenschuhe, denn nobel, nobel geht die Welt zugrunde. Noch schnell das Halsband, Charlotte, scharlachrot, Lotten der untertänigste Dank und, Lolly, Madame, sie möge doch dem Wind bei seinem Tun nicht böse Absicht unterstellen, Turbulenzen wie gehabte können vorkommen, das können sie doch, oder nicht, ich gestehe frei, war eine stattliche Nachlässigkeit meinerseits, die Tür bloß anzulehnen, sagen wir kulant, Madame, Madame stehe ein Wunsch bei mir offen, damit der Gerechtigkeit Genüge geschieht.

Dabei beläßt du es und hoffst, obwohl du dir nicht viel davon versprichst, daß es Lolly gewogener stimmt, wenn du sie gleich am ersten Abend zu einem Happening ausführst. Du holst noch schnell die Weinflaschen aus dem Kühlschrank, verstaust sie in deinem Rucksack und faltest Lolly, indem du ihr vorschlägst, es wie gehabt zu halten, daß du redest und sie schweigt, penibel auf Geldtaschenformat. Du steckst sie in die Brusttasche, und auf dem Weg zum Kanal hofierst du sie mit einem kleinen Lied. Manchen Mädchen imponiert das, zumindest lebst du in dem Glauben, daß manchen Mädchen das imponiert. Und weil Vorbeugen nie schadet, entschuldigst du dich im voraus für die falschen Töne, die nach deinem Dafürhalten unvermeidlich seien, da sich deine Stimme fürs Singen nicht sonderlich eigne.

Ein Chanson: Es heißt WHERE DO YOU GO TO MY LOVELY. Manchmal spielst du es auf der Gitarre, die Griffe machen keine größeren Probleme, und die ersten vier Halbstrophen kannst du auswendig:

You talk like Marlene Dietrich: And you dance like ZiZi Jean Maire / Your clothes are all made by Balmain: And there's diamonds and pearls in your hair: Yes there are.

Yes there are, sagst du.

You live in a fancy apartement: Off the Boulevard Saint Michel / Where you keep your Rolling Stones records: And a friend of Sascha Distel. Yes you do.

Yes you do, sagst du und legst erst richtig los. Denn vom Refrain hast du auch die Melodie piekfein im Hirn.

But where do you go to my lovely; When you're alone in your bed. / Tell me the thoughts that surround you: I want to look inside your head: Yes I do.

Yes I do.

I've seen all your qualifications: You got from the Sorbonne / And the painting you stole from Picasso: Your loveliness goes on and on: Yes it does.

Yes it does.

And when the snow falls you're found in St. Moritz: With the others of the Jet=Set / And you sip your Napoleon brandy: But you never get your lips wet: No you don't.

No you don't.

Doch dann ist's vorbei mit dem Text. Einige lose Fetzen wehen dir noch durch die Landschaft, was mit the Aga Khan und allem, nobel eben, nobel geht die Welt zugrunde. Das Lied scheint wie für Lolly gemacht.

– Du könntest auch, sagst du, wie das Mädchen, von dem in dem Lied die Rede ist, Marie=Claire heißen, was hältst'n davon, Lolly=Marie?

– ...

Your loveliness goes on and on: Yes it does. Yes it does, dadadup, dadadup... You sip your Napoleon brandy: But you never get your lips wet.

No you don't.

No you don't.

Napoleon Brandy hast du keinen dabei, leider, ein Blaufränkischer muß es auch tun, und das klingt, wie du es mehrmals wiederholst, schon fast nach dem blauen Blut des unglücklichen Bürgers Louis Auguste Capet.

Mon dieu, wie makaber diese Franzosen, so eine Show aus ihrer Revolution zu machen! O Louis, alter Pinsel, du Narr, was haben sie mit dir getan? Gekerkert, gekeltert, gekelcht. Nein wirklich!

– Jetzt sag doch mal, Lolly=Marie, wie stehst du dazu? Stell dir vor, du wärst so eine Zicke wie Louis' Frau, die feine Marie=Antoinette, das arme Luder, in eine fremde Welt geholt und als Schlampe beschimpft. Würd ich nie machen, sure, aber stell's dir mal vor, chérie, ein schweres Los, tu felix Austria nube. Was wird nur aus dir werden, Lolly=Marie, kleine Antoinette, where do you go to my lovely? – Maria Antonia Anna Josepha Johanna landete, wie du weißt, auf dem Schafott. Irgendwann nach Louis. Ich bin dein Louis, und wenn dein Louis fällt, fällst du mit ihm. Das übliche Schicksal, Marie.

Für euch ists nur ein Faschingsball, / Ihr
wißt nichts von Gespenstern, / Doch
ich, Fanflan vom Palais Royal / Ich höre
sie vor den Fenstern. / Sie kommen mit
und ohne Kopf, / In weißer Perücke mit
dunklem Schopf.   (René Schickele)

Le quatorze

Das Programm läuft bereits, als du eintriffst. Von weit und
undeutlich wie große Tage, die ihre Schatten vorauswerfen,
hörst du achtbare Musik. MANDINKA. Zum nützlichen Ge-
brauch bei der Übertünchung der aufdringlichen Straßen-
geräusche flackert die schrille Stimme mit derselben rhyth-
mischen Unberechenbarkeit, die auch das gutgenährte
Lagerfeuer erkennen läßt, zwischen den Weißdorn= und Ho-
lundersträuchern – mit einer Unberechenbarkeit allgemeiner
Natur, von der der wachsame Beobachter weiß, daß ihr als
einziger Konstante der globalen Verhältnisse ungeteiltes Vertrauen gebührt.

Mittlerweile ist es finster geworden, die gußeisernen Laternen mit den verbogenen Köpfen erhellen schummrig und
weit gestreut den Fahrradweg sowie den Zaun zur Straße,
nichts weiter, zumindest nichts, was Geschichte wäre. Du erklärst Lolly=Marie, wie sich das verhalte mit den Laternen,
daß sie sich noch vor 200 Jahren vortrefflich geeignet hätten,
um Pfaffen mit gepuderten Perücken, Aristokraten mit
prächtigen Schnallenschuhen und Bürger, die ihre Laternen-
steuer pünktlich bezahlt hatten, aufzuknüpfen, sie luftzuba-
den. Und natürlich gestehst du ihr zu, daß diese Reminiszenz
einer leicht ätzenden Pikanterie nicht entbehrt, doch hältst
du es andererseits sehr wohl für möglich, daß auch Lolly für

solche Geschichten, die das Leben in seiner Geschmacklosigkeit liebt, eine, wiewohl sentimentale, Ader besitzt. Also fügst du deinen Ausführungen der bloßen Vollständigkeit halber auch die improvisatorischen Verwendungsmöglichkeiten von Brücken, Mauerpforten, Dachspeicheraufzügen, von Gasthausschildern, Stadtbalkonen und Fahnenmasten bei, allesamt Dinge, die heutzutage weitgehend ungenutzt herumstehen.

Du trittst ins Streulicht des Feuers.

– Hey Folks, die Aristokratie an die Laternen!

– Ah, DU bist das. Herrjemine.

Nach einer kurzen Sekunde, die ganz dem Andenken der unfreiwillig vom Leben zum Tode changierten Aristokraten galt, schüttelt Krie auf eine Art, wie es Leute tun, die sich keinen Illusionen hingeben, den Kopf, du sollst dich setzen, meint er knapp, um dich, sowie du seiner Aufforderung nachgekommen bist, mit einhaltender Gebärde zu beschwören, den Mund nicht allzu weit aufzureißen, man wisse hinlänglich, wohin das führe.

Er spielt auf vergangenes Wochenende an, als er dich im HAROLD & MAUDE, einem Studentencafé, vor Prügel bewahrte. Eine dieser Geschichten, zudem ein ziemlicher Reinfall. Es drehte sich um eine Kleinigkeit, präziser gesagt, um ein siebzehnjähriges Mädchen mit Dauerwellen, das du nicht kanntest, dessen Kniekehlen du aber küssen wolltest. Nur die Kniekehlen, weiter nichts.

Es stand ohnehin zu befürchten, daß aus dem frommen Wunsch nichts werden würde, das Mädchen zeigte sich von deinem Ansinnen wenig angetan, doch nicht genug, ließ sich auch ihr Freund, Johnny Handsome, von spießigen Gedanken leiten. Daß dir Schwierigkeiten ins Haus standen, zeichnete sich ab, als du seiner Aufforderung, dich zum Teufel zu scheren, bevor ein UnGlück geschehe, partout nicht nachkommen wolltest. Ein kleines UnGlück schien dir gerade angemessen, einer lauen Sommernacht die gebührende Referenz zu erweisen, zumal bei der Überzeugung, deine fein wie von Christo kunstverpackte Nase würde deinem Gegenüber das nötige Maß an Zurückhaltung abnötigen, so daß es dir vergönnt sei, die Regeln des Anstands weiterhin recht frei zu interpretieren.

– Ich will doch NUR ihre Kniekehlen küssen. Ist doch weiter nichts dabei.

Aber Krie vermieste dir dein UnGlück. Solche Leute gibt es – was verwunderlich ist, müßte man doch annehmen, wenigstens das UnGlück sei erzwingbar. Weit gefehlt. Man kann es noch so herausfordern, ihm mit der Schrotflinte auflauern, irgendwer wirft sich dazwischen, und alle Mühe war umsonst.

Johnny Handsome hatte dich aufgefordert, die Sache vor der Tür auszudiskutieren, ihr hattet euch beide erhoben, und eben versuchte er im Stil von Klamaukfilmen deine Nase anzustupsen, als eine fremde Hand dazwischenfuhr, dich von hinten zurückzog und etwas von SCHWACHKOPF faselte: Wenn du unbedingt dein Glück mit Kniekehlen versuchen willst, frag meine Schwester, die hat auch welche.

Du drehtest den Kopf herum, dein Retter und Verhinderer deutete auf ein sommersprossiges Mädchen am Nebentisch und lachte aus unerfindlichen Gründen ganz schamlos, und lachte noch, als er dein Glas vor den Stuhl ihr gegenüber stellte. Dir war das recht, nicht zuletzt beim Gedanken, daß man mit dreiundzwanzig nicht erpicht sein soll, die ersten Zähne im Rinnstein liegen zu lassen, insbesondere wenn sie, von einer unglücklichen Ausnahme abgesehen, noch ausgezeichnet in Schuß sind.

– ... war heute beim Zahnarzt, erzählst du Krie.

– Was du nicht sagst. Hat er gebohrt?

– I wo! Ist nicht so weit gediehen. Kam etwas dazwischen. Seltsamer Tag. Das Wetter. Die Sterne. Einiges los. Begegnungen zweiter Art im dritten Stand.

– Irgendeinen Scheiß willst du mir erzählen, stimmt doch!? Ich denke an deine Nase. Ich denke an den Leichenwagen.

Als hättest du die Bemerkung überhört, zupfst du an der Decke, auf der Hanna sitzt, Kries Freundin. Sie macht dir eine Ecke frei, du wechselst zehn Wörter mit ihr, dann zehn mit Krie. Zuletzt fragst du ihn, wo seine reizende Schwester geblieben sei. Und Krie: Die Schlampe – – sie habe ihn mit ihrer Katze sitzen lassen und sei gestern für eine Woche nach Paris. O=Paris=mon=amour. Lutetia. Mitten in den Revolutionsrummel hinein. Dort sei garantiert der Teufel los.

– Ganz allein nach Paris?

– Ja, die Schlampe, mit einer Freundin.

Kries Schwester ist das letzte Mädchen, das du mit dem Wort Schlampe zu bezeichnen als geeignet empfinden würdest. Sie erweckt eher den Eindruck, nichts vom Schlechten und Guten in dieser Welt zu wissen, so geht sie in der gefühlsintensiven und nicht minder zeitaufwendigen Beziehung zu ihrer Perserkatze auf. Sie spielt mit mindestens fünfzehn begnadeten Fingern Klavier, malt Aquarelle, töpfert und schwärmt für Verlaine (sie studiert Französisch) und ist im ganzen genommen ein Kühlschrank mit Sommersprossen. Als du ihr, auf deine Nase angesprochen, im HAROLD & MAUDE die Geschichte von Lana und dem Leichenwagen auftischtest, wußte sie nichts Besseres, als dir mit hämisch gekräuselten Lippen zu raten, dir bei Gelegenheit die Rechte für die Story zu sichern, ehe sie dir PARAMOUNT wegschnappte.

Augenblicklich war dir klar, dieses Mädchen ist das letzte, das allerletzte.

Ohne dir etwas zu erwarten, schaust du für die nächsten zehn Minuten interessiert in die Runde. Alles funktioniert bereits, das Karussell dreht sich, enzückliert, horizonterweiternd oder vernebelnd, in Form von fingerdicken Joints. Die Cymbalmaschine spielt THE LION AND THE COBRA. Der Citoyen Krie säuft zu Ehren der Freiheit, säuft aus einer Weinflasche, die zu 3/4 leer ist. Citoyenne Hanna schlingt sich um seinen Hals und flüstert ihm etwas ins Ohr, vermutlich TRINK NICHT SO VIEL. Krie lacht auf, trinkt den Wein in einem Zug alle und wirft die Flasche in einer Parabel der Funktion $x^2 = -2py$ in den Kanal. Treffer, versenkt. Zikaden zirpen, möglich, daß es Grillen sind. Du machst dich an das blaue Blut von Bürger Louis Capet, dem armen Schlucker, und hörst mit halbem Ohr in die mondbeglänzten Gespräche, von denen du nur einzelne Fetzen mitbekommst. Es geht um China, old Sir Laurence, der diese Woche für immer abgetreten ist, um CATCH 22, das irgendwem zufolge gerade im Fernsehen laufe, um Alkohol und andere wichtige Dinge. Die Themen wählen sich dort, wo jeder eine Flasche zwischen den Beinen hat, ungezwungen, scheinbar nach dem Lottoprinzip. Die Übergänge verlaufen nahtlos und querbeet. Es wird gequiddelt und gequiekst, Gesundheiten werden getrunken, Dummheiten eingestreut. Von Zeit zu Zeit legt wer Holz nach oder dreht am Rekorder die Kassette um.

Einerseits beneidest du den Haufen um die Sorglosigkeit, mit der er die Zeit totschlägt, andererseits bist du dir sicher, daß die übrigen Abende des Jahres nach demselben Schema revoltieren. Die heilige Kunst der Variation des Identischen: reden, trinken, lachen, lachen, trinken, reden. Du merkst gleich, daß es sich nicht lohnt, über solche Dinge nachzugrübeln, man lebt einmal, das ist die Schwierigkeit, der Aufhänger von allem, der Punkt, an dem der Hund begraben liegt, und trotzdem tust du es: du denkst.

Um Abwechslung zu kriegen, stubst du Krie an, du hättest am Nachmittag ein Mädchen kennengelernt. Ein eigenartiges Mädchen, eins, das es im Grunde nicht geben dürfe. Sie heiße Lolly. Aber du erzähltest ihm besser ein andermal von ihr.

Klar, daß Krie versucht, was dem Zahnarzt versagt blieb, zu bohren. Doch du winkst kopfschüttelnd ab, was ihn veranlaßt, dir eine an den Hinterkopf zu langen. Ob du dich verknallt hättest. Och, schwer zu sagen, sie liege dir am Herzen. Sie interessiere dich. Mädchen interessierten dich überhaupt, vor allem dann, wenn sie dir das Gefühl gäben, alle Chancen zu haben, an ihnen unsinnig zu werden.

Ein Streifenwagen fährt oben an der Straße im Schritttempo vorbei. Niemand außer dir achtet darauf. Du sitzt günstig. Ein Gendarm steckt den Kopf zum Seitenfenster heraus, schnuppert in die Gegend, ob sie nach Arbeit riecht, nimmt dem Anschein nach aber keine Witterung von dem Pot auf, der dir um die Nase streicht. Der Wagen beschleunigt, die Rücklichter verschwinden schnell. Du bläst nachdenklich in die hohle Hand und nimmst einen Schluck auf das Wohl des bedauernswerten Louis Capet, auf das seiner traurigen Familie. SANTÉ, alter Narr, Madame Defizit, unglückselige, auf Ihr ci=devant=königliches Wohl!

Nach einigem Erwägen, Marie=Antoinette vor Augen, beschließt du dich der bislang arg und nicht minder sträflich vernachlässigten Lolly zuzuwenden, mal nachzusehen, so nah an deinem Herzen, Lolly=Marie, was sie dort zu tun geruhe, ob ihr die Revolutionsfeier gefällt? Wer weiß, die Annahme liegt zwar nahe, Lolly verkehre für gewöhnlich in großtürkischen Kreisen und sei daran gewöhnt, die Abende auf Cocktailparties am Rande smaragdgrüner Swimmingpools zu verbringen, doch hast du die Hoffnung, deinereins, umgeben vom Nimbus des proletarischen Stallgeruchs, gewinne in ihren Augen womöglich den Reiz des Exotischen, einstweilen nicht fahren gelassen.

Liberté, Egalité, Varieté!

Doch als du dieses stieren Blicks gewahr wirst, den Lolly schon am Abend mit wunderbarem Talent praktiziert hat, sind diese Hoffnungen dahin. Und da du mit smaragdgrünen

Swimmingpools nicht aufwarten kannst, versuchst du dein gesellschaftliches Manko dadurch wettzumachen, daß du ihr von Louis erzählst, von Louis und seinem Ende.

Ein verregneter Tag in den Straßen von Paris: Quai de la Conférence, Place de Louis XV, Rue Royal, Rue Saint Honoré. Die gesamte Nationalgarde der Hauptstadt, nahezu 80 000 Mann mit Gewehren und Piken bewaffnet, bilden ein Spalier entlang der Boulevards zum Platz der Revolution, um letzte Rettungsversuche notfalls vereiteln zu können.

Das Volk schweigt.

Denn das Volk hat Fieber. Und seltsamerweise stirbt der König daran.

Vorbei an der Madeleine rollt das Geschehen auf das schwarze Rasiermesser der Nation und den roten Galgen zu. Modefarben, Lolly=Marie, ewig Modefarben, diesen wie letzten Sommer. Und heuer, weißt du, welche Töne besonders gefragt sind? Kirsch, Koralle, Bordeaux, Karneol? Die Farbe des Schafotts? Blutrot? Weiß Gott, du müßtest dich auf dem Sektor auskennen. Also was erzähle ich dir.

– Franzosen, ruft Louis schon auf der Plattform, ich sterbe unschuldig und flehe zu Gott, daß mein Blut nicht über Frankreich kommt.

Vielleicht sagte er nichts, gab keinen Mucks von sich, vielleicht versagte ihm die Stimme, vielleicht ist ihm nichts eingefallen. Rien.

Die Legende behauptet, die Trommeln der Tamboure sollen seine schwankende Stimme übertönt haben.

Noch einen Augenblick, meine Herren Henker!

Louis öffnet eigenhändig seinen Kragen und blickt ein letztes Mal auf sein Paris, Paris mon amour, so weit das Auge reicht, nichts als Paris. Kein Eiffelturm stört diesen wehmütigen Abschied. Er blickt ein letztes Mal zum Himmel, Gott steh mir bei, dann zieht er sein Hemd aus, man bindet ihn, schneidet sein Haar. (Welch ein Anblick für seinesgleichen, deren keiner bei dem lehrreichen Stück zugegen weilt!)

– Sanson, tu deine Pflicht!

– Sanson fais ton devoir!

– Mort Louis Capet!

Um 10.20 fällt das Beil, manche behaupten 10.22. Die Ziffernblätter waren hierin unterschiedlicher Meinung, eine subtile Bestätigung, daß der allgemeine Zustand der Uneinigkeit weit ins Metaphysische reicht.

– Vive la république!

– Vive la liberté!

Der Blaufränkische tropft vom hochgehaltenen Kopf des Bürgers. Und die Zuschauer malen sich mit seinem in einem Bottich zusammengelaufenen Blut Schnurrbärte, ehe sie ums Schafott die Carmagnole tanzen.

– Gib mir auch einen Schluck, sabbert Krie.

Dir reißt der Film.

– Wie?

– Habe ich dich gestört? Och, tut mir leid, das richtige Leben, ich weiß, findet noch immer im Kopf statt.

– Könnte von mir stammen, der Ausspruch . . . Stammt der von mir?

– Aber sicher doch. Ich könnte wetten, du schaust wegen dieses Mädchens Löcher in die Luft.

Krie gibt Louis den Rest und überantwortet dessen Hülle dem Carréeausschnitt des Kanals. Ein feuchtes Grab. Die Musik spielt übertrieben laut, BOBBY BROWN, vor welchem Hintergrund du – leidensmienig – bekennst, daß dein löchernder Blick auf deine Zähne ziele, vielmehr, weil man nie vorsichtig genug sein könne, auf deine Zahnpasta oder darauf, wie die Streifen an deine Zahnpasta kämen. Seit gut drei Monaten dächtest du darüber nach und wüßtest es trotzdem nicht.

Aber Krie weiß es, welch Glück: Ach du je, Philipp, was soll nur aus dir werden? So wie die Mixtur hineinkommt, kommt sie wieder raus.

Das Ei des Kolumbus hat er dir nicht auf den Tisch geknallt, kein Wunder, betrunken wie er ist. Da du aber ohnehin keinen Wert darauf legst, mit Zahnpastastreifen auf vertrautem Fuß zu sein, läßt du es als Antwort gelten und wendest deine Aufmerksamkeit ernsteren Obliegenheiten zu. Vor allen Dingen mußt du diese blutrünstige Revolutionsmücke, die sich an deinem Knöchel zu schaffen macht, auf Jacques René Hébert taufen, damit du weniger Skrupel hast, sie unter dem dumpfen Klingen aneinanderstoßender Flaschen zu erschlagen.

Sorgfältig wischst du sie weg, ganz im Bewußtsein, daß turbulente Zeiten ihre Opfer fordern.

Von wegen turbulent. Die Fete fängt allmählich an, dir über Gebühr Verdruß zu bereiten, das Gespenst der Fadesse krault dir sozusagen den Nacken, daß du außerstande bist, noch eine Minute ruhig zu sitzen. Am besten, du schlüpfst aus deinen Schnallenschuhen, um barfuß aus dem Glied zu treten. Und barfuß tappst du zwischen den Büschen durch das Gras, nach dem die Luft riecht. Vom Boden steigt die tagsüber gespeicherte Wärme auf. Es weht ein lauer Wind. Und während du an einen der mächtigen Bäume pinkelst, die wie große Lutscher mit Schokoladeglasur die Nacht in ihren Ästen fangen, blickst du tief atmend in den Himmel: Tüpfel noch und nöcher, wie Schuppen unter einer UV=Lampe, und dazwischen der Mond (o! der Namenlose), der seine pockennarbige Visage verzieht, als hätte er teuflisch schlechte Laune. Vermutlich stören ihn diese Feuerwerksraketen, die allerorts, von irgendwelchen Vollidioten abgebrannt, aufs unleidlichste den Himmel bekleckern, wirklich zu blöd, da bist du ganz seiner Auffassung, wiewohl dir klar ist, daß man schwerlich dagegen ankann. Bedingungslose

Ignoration scheint dir ersterdings als Empfehlung geeignet, dem verehrten Mond über seine Trübsal ob der dem Kalender zuwiderlaufenden Konkurrenz am Himmelszelt hinwegzuhelfen, weitere Ratschläge hast du nicht parat, weshalb du dich nach Beendigung deines Geschäfts Lolly zuwendest, um ihr über Katzen zu reden und über Frauen, die das Zeug zu Katzen haben, über Katzen, die davonlaufen, solche, die nicht wiederkommen, und über die Beziehung von Katzen zur Revolution.

Lolly hört dir ausnahmsweise zu, Lolly=Marie mit ihrem turmalinroten Schmollmund. Sie ist fahrlässig leicht gekleidet, nur mit diesem hypermodernen Fetzen, durch den der Wind pfeift. Sie bibbert am ganzen Körper, weshalb du sie aus Angst, daß sie sich einen Schnupfen holt, nur für kurz herausnimmst.

– Die Revolution, sagst du, ist wie eine Katze, man kann sie nicht zähmen, oder nur mit Gewalt, letztlich tut sie doch, was nach ihrer Natur ist: sie tötet.

Als du nach einer halben Stunde zum Feuer zurückkommst, verschleppt Hanna gerade Krie, der überhaupt keinen Durchblick mehr hat. Er lacht in einer Tour und vollführt bei jeder Rakete, der er ansichtig wird, einen Luftsprung. Und während Hannas beschwörende Stimme allmählich schwächer wird, Kries Gelächter in der Einsamkeit da draußen versickert, nimmst du deinen Rucksack und rückst wortlos auf die Wolldecke eines Mädchens, das du nicht kennst und das bis dahin eher unauffällig mit anderen Mädchen geredet hat. Du köpfst die zweite Flasche, der einzige Grund, der dich nachhaltig zum Bleiben veranlaßt, schnüffelst daran, mit dem einen Nasenloch, mit dem anderen, kaust einen Schluck, spülst ihn im Mund herum und spuckst ihn wieder aus. Billiger Fusel. Langeweile. Du trinkst, nippst, und nebenher gehen dir hundert Sachen durch den Kopf, ein revolutionärer Salat, von wegen

14. juillet, tu felix Austria nube, wenn dein Louis fällt, fällst du mit ihm.

– Willst du das alles alleine trinken? fragt dich das Mädchen, das deine Linke flankiert. Du schaust ihr auf die Nasenspitze, na wunderbar, denkst du und nimmst einen weiteren Schluck.

– Warum sollte ich nicht?

– Weil ich auch gerne einen Schluck abgekriegt hätte.

Wahrhaftig, die Flasche ist schon zur Hälfte leer. Du prüfst den Stand mit einem forschenden Blick, das Mädchen, schaust ihr tief in die Augen, den Louis Capet, schaust tief in seine Seele, lange, als würdest du die Vor= und Nachteile, ihn unter die Welt aufzuteilen, gegeneinander abwägen. Schließlich nickst du und reichst ihr den Wein, womit ihr ins Reden kommt, frei von der Leber weg, als wärt ihr euch sicher, später nie wieder zusammenzutreffen.

Erst nach einem guten Weilchen, als Louis Capets Seele nur mehr ein Geruchsfaden ist, der aus dem Flaschenhals steigt, bemerkst du diese Hand, die sich schlankweg dein Knie als Ruhestatt erwählt hat. Du faßt die Hand ins Auge, wer weiß, wie lange sie schon ist, wo sie ist, sie verhält sich ruhig, anstandsvoll, läßt dabei dennoch keinen Zweifel offen, daß sich hier eine ausgesprochen irdische Kraft willens zeigt, die Innenseite einer Hand zur nutzbringenden Verwendung bei der Suche nach Zerstreuung einzusetzen. Du bist in Teufels Küche. Einerseits macht das Mädchen keinerlei Anstalten, ihre Hand zurückzuziehen, andererseits liegt dir Lolly im Sinn, Marie, so nah an deinem Herz, wo kein Weg vorbeiführt, Lolly=Marie, unbeachtet und verhöhnt in der Innentasche deiner Jacke, innerlich tobend vor Zorn, nicht das einzige Mädchen auf dieser abgetakeltsten aller Welten zu sein.

Louis liebte Lustbarkeiten, er ging für sein Leben gerne auf die Jagd.

In warmen Sommernächten, wenn die Musik unerträglich wurde, langte sich Louis seine Flinte und stieg im Nachthemd auf die Dächer von Versailles, um dem Katzenjammer mit einer Ladung Schrot ein Ende zu bereiten. Der Pinsel, der Narr.

– Wirst du dieses Mal vernünftiger sein?

Obwohl die Frage ganz danach klingt, als ob der Citoyenne das zweifelhafte Vergnügen, deine Bekanntschaft zu machen, bereits zuteil geworden ist, kommt dir das Gesicht auch nicht vom Sehen bekannt vor. Verlegen kratzt du dich hinterm Ohr, vermutlich nicht, überlegst dabei angestrengt, was du wieder vergessen haben könntest, doch auch ihr Name, Katja, hilft dir diesbezüglich nicht auf die Sprünge. Egal. In deinem Kopf ist sie trotzdem komplett, Katja, von vornherein ein Flüchtigkeitsfehler, von dem du weißt, daß du ihn gerne begehen wirst, weil er dir Gelegenheit gibt, auf einer Stippvisite dem handgreiflichen Leben einen Besuch abzustatten, die Liebe ausnahmsweise auf der Haut anstatt unter der Haut zu spüren. Du willst, was nur schwer unter einen Hut zu bringen ist, vergleichen, willst Untersuchungen anstellen, inwieweit es sich lohnt, mit einem normalen Mädchen anzubandeln.

Jetzt tut es dir leid, Lolly mitgenommen zu haben. Aber woher hättest du wissen sollen, daß der Tag diese späte und unerwartete Wendung nehmen würde, war doch in deinem Horoskop nur von EINER Begegnung die Rede gewesen, war doch dort mit keinem Wort eine zweite erwähnt.

Indem du Lolly glattstreichst, die Gardejacke unbeholfen zuknöpfst, schaust du in die Sterne, die dich dazu auserkoren haben, ausnahmsweise der Begünstigte zu sein, die dir diesen hinterhältigen Streich spielen, dir mehr zukommen zu lassen, als du verlangst. Denn mit einem Problem läßt sich leben, das überlastet, selbst wenn es sich um ein Mädchen handelt, nur in den seltensten Fällen. Aber mit zweien, dir ist klar, das gerät, wenn die beiden zusammenkommen, unweigerlich zur Misere.

Dein lebensgroßes Problem, Katja, läßt es sich wohl sein und steckt sich einen Joint an, den sie in hervorragend kurzen Abständen beraucht. Sie hat mahagonirotes Haar, das im Halbdunkel braun wirkt, und einen Mund, der ganz nach deinem Geschmack ist. Groß mit Mundwinkeln, die in die dritte Dimension hinein zu einem steten Ausdruck der Unschlüssigkeit aufgeworfen sind – nicht ungeeignet, geradezu ideal, Sprünge zu machen, Seitensprünge, o lala! Und weil Warten nicht zu deinem Repertoire gehört, küßt du diesen Mund, flüchtig, wie zufällig, als eure Gesichter sich durch eine plötzliche Bewegung ihrerseits nähern. Eure pappigen Lippen verhängen aneinander und scheppern dann, wie Erdplatten, die sich voneinander lösen, mit einem Vorbeben zurück.

3,7.

Doch was ist mit Lolly? Lolly=Marie? Ist es klug, sich alleine aus dem Glauben, alle Spielarten der Revolution zu kennen, in Sicherheit zu wähnen? Ist es überdies ratsam, darauf zu bauen, daß sie das Beben gar nicht mitbekommt, tief im namenlosen Dunkel der Innentasche deiner Gardejacke?

Wohl nicht.

Denn da die bisherigen Vorkommnisse keinen Anlaß zur Zuversicht geben, kann dies nach deiner wohlsituierten Meinung um so weniger der Fall sein, wenn es ihr möglich ist mitzuverfolgen, wie du dem ohnehin verworrenen Tag beim Anrichten weiterer UnOrdnung unter die Arme greifst. Deshalb, der Vorsicht halber, um die ansonsten unüberschaubaren Folgen auf ein erträgliches Maß zu beschränken, fragst du Katja, ob sie wisse, daß sie nicht erwarten dürfe, dir wegen des Kusses besonders viel zu bedeuten.

– Red nicht so viel.

Sie zieht an ihrem Joint, lächelt zufrieden.

– Ich will aber, sagst du mit besonderem Nachdruck, daß

du von dem Mädchen weißt, mit dem ich zusammen bin. Ich habe sie beim Zahnarzt aufgelesen. Aufgelesen ist gut, weil sie von einer gänzlich anderen Dimension ist. Und ehrlich gesagt, bei uns kriselt es seit dem ersten Augenblick – manchmal weigert sie sich sogar, mit mir zu reden.

Katja summt zu THE MOON OVER BURBON STREET. Sie wirft die Kippe ihres Joints ins Feuer und macht mit der Aufforderung, das Mädchen Mädchen sein zu lassen, es interessiere sie nicht, was du mit ihr für Probleme hättest, du sollest besser zusehen, welche mit ihr zu bekommen, ein Päckchen Kaugummi auf.

Probleme, aha. Du nickst wiederholt, zögerst einen genüßlichen Moment, mehr anstandshalber als aus Scheu vor dem Gedränge der UnAnnehmlichkeiten, die dir bald ins Haus stehen (mit der Verwerflichkeit verknöcherter Moralbegriffe läßt sich schließlich alles rechtfertigen). Die Musik reißt ab. Jemand wechselt die Batterien, da der Apparat auch bei Radiobetrieb zu stören begonnen hat. Für einige Sekunden, solange keine Musik spielt, wird irgendwo in den Puppen eine Sirene hörbar. Du überlegst, wann es in der Stadt zuletzt pompös gebrannt hat. Die Zikaden oder Grillen drehen ihr Gezirpe langsam zurück. Dann gibst du dir einen wohlmeinenden Ruck und landest mit deinen spröden Lippen auf denen Katjas. Ihr küßt euch kaugummipfefferminzkühl, Glocken hörst du keine läuten, die Luft bleibt dir auch nicht weg, aber ansonsten ist der erste Eindruck okay. Du vermißt bloß ein gut geschnittenes Himmelbett Louis seize, eines mit Vorhängen zum Vorziehen, damit man seine rechte Ruhe hat.

Denn du willst in der Angelegenheit tiefer schürfen, willst etliche längst fällige Rückstände, wo dich das Leben bislang vernachlässigt hat, aufarbeiten, von deiner Seite wenig erschlossene Landstriche mit der Infrastruktur des Begreifens entmystifizieren oder deren UnBegreiflichkeit gegebenenfalls aus dem Fundament heraus bestätigen. Und während Katja deine à la victime coiffierte Tolle zerzaust, erhebst du deine rechte Hand zum Weltenbummler. Diese, nicht ungeschickt im Aufspüren der vielversprechendsten Passagen, macht sich sogleich mit zielbewußter Fingerfertigkeit an ihrem Büstenhalter zu schaffen, um alsbald, nachdem ihr Katja, die es an aktiver Mitarbeit nicht fehlen läßt, bereitwillig entgegengekommen ist, einen triumphalen Einzug zu halten. Alles geht reibungsvoll vonstatten, alles ist sehr einfach, und Katjas Brüste – nebenbei bemerkt – passen jede genau in eine Hand, ganz toll, tolle KONSTITUTION. Katja züngelt dir ins linke Ohr, ihr Stöhnen meistert spielend den gesamten Parcours deiner Blutbahn, geht dir nach Belieben durch und durch. Ihr schiebt euch gegenseitig ihren Kaugummi zu. Undeutlich hörst du weit weg Bruchstücke von Gesprächen. Ein Dynamo surrt, turbiert durch die Nacht. Du kannst sogar Katjas Hautcreme riechen oder den Puder, den sie aufgetragen hat. Und sie zu riechen ist ein ganz besonderes Gefühl, und für einige Minuten hältst du dich für den letzten Revolutionär, der mit dem letzten Mädchen etwas nie Dagewesenes tut, ehe die Welt ihren endgültigen Kollaps erleidet.

Ein wildes Durcheinander von strengen Mädchenstimmen, Gejohle und Gekreisch holt euch in die Welt zurück, die nicht im Traum daran denkt, sich nach eurem letzten Kuß in Wohlgefallen aufzulösen. Als du die Augen aufmachst, geht es ungewöhnlich rund zu und her, dir dreht sich alles, du mußt dich schütteln, um realisieren zu können, daß die hauptsächliche Aktivität um ein Mädchen zu verzeichnen ist, das an diesen Märchensohn erinnert, der interessanterweise das Fürchten nicht beherrschte. Wie dieser Märchensohn widmet sie sich der heute weitgehend zu Unrecht in Mißkredit stehenden Tätigkeit des AUSZIEHENS (die Kieferheilkunde wieder beiseite gelassen), zigeunert zu Marilyns TEACH ME TIGER formvollendet um die eigene Achse, darauf Wert legend, daß ihre Fetzen ganz kurios herumfliegen. Du liebes bißchen, das läßt du dir gefallen. Sie hat bereits keine Hosen mehr an.

I know that you could love me too, but show me, but show me, what to do – u – u...

Diese Textzeile kostet das T=Shirt. Das Mädchen dreht sich elfig, sommernachtsverträumt über die Wiese, wirft das offene Haar herum, daß die Ohrgehänge schlingern, schlüpft endlich aus der Unterwäsche, verstreut sie unter die Canaille. Der Slip, faktisch gesehen der erste Preis, landet ganz in deiner Nähe, und sowie niemand darauf achtet, bringst du ihn unauffällig in deiner Hosentasche zur Verwahrung.

Das Mädchen strauchelt, fällt der Länge nach in den Rasen, wo es schwer atmend und im Mondlicht schimmernd, von Feuerschatten überflackert, liegen bleibt.

All of my love I will give to you, but teach me, Tiger, or I'll teach you – u – u...

Marylin taumelt durch die letzten Takte. Gleichzeitig entsteht eine kalte Unruhe, zwei Bürger, einer, wie es den Anschein hat, in aimablem Verhältnis zu dem gefallenen Mädchen, machen sich an ihren Gürteln zu schaffen, o nein, nicht was sich – allzu leicht – denken ließe, vielmehr, um sich in den Kanal zu stürzen, um ernst zu machen, wie Geisterfahrer aus Langeweile, die nichts fürchten, die nicht wissen, was sie tun: Bis zur Fahrradbrücke beim Dammtor, wer's schafft. Bis zum Rechen der Schleuse, wer's nicht schafft.

Schon platschen zwei Körper in das stark strömende Wasser. Vier Hände verkrallen sich in die Steine der Begrenzungsmauer. Die Grillen zirpen verhalten, der Wind umstreicht tuschelnd den kalten Mond. Verkehrsgeräusche mischen sich unter die Musik, kurz wird das Gequirl vom Fluchen des nackten Mädchens überlagert, das sich dazu gedrängt findet, ohne Slip, den zarten und weichen, in ihre Jeans zu schlüpfen. Langsam wird es kühl.

– James, würden Sie mir mein Handtuch nachtragen?

– Und geben Sie bitte eine Prise Badesalz ins Wasser.

Die beiden erinnern dich an vollendete Comtes und solche, die mit Entsetzen Scherz treiben.

Die Hände lösen sich mit wildem Schlagen. Ein mitlaufendes Mädchen stolpert und kreischt. Katja zuckt, du gibst ihr einen Kuß und ihren fade gewordenen Kaugummi zurück, nimmst deine Hand von ihrer linken Brust, langst nach dem Radio, an dem du vier oder fünf Knöpfe drückst, bis es endlich verstummt. Erleichtert läßt du dich zurückfallen. Und wartest mit den Händen im Genick auf ausgelassenes Gegröle oder hysterisches Schreien.

– Nicht, Katja, psst!

Mein Gott, ist es möglich, daß ich – geboren mit Charakter und stets meiner Herkunft bewußt – dazu verurteilt sein soll, meine Tage in einer solchen Zeit und unter solchen Menschen zu verbringen! (Marie=Antoinette)

Die Flucht des Königs ist ein Meisterstück von verkehrtem Sinn.
(Konrad E. Oelsner)

Die Flucht

Den Lapsus mit Katja trägt dir Lolly nicht weiter nach, jedenfalls kommt das Gespräch, nach einem ausgedehnten, in Anschluß an die Revolutionsfeierlichkeit gehaltenen Disput über Unmäßigkeit, die Lolly ebensowenig schätze wie deine Mutter, nicht mehr darauf. Das ist dir einerseits recht, weil du gleichfalls bevorzugst, wenigstens den einen mißliebigen Punkt abgehakt zu sehen, beunruhigt dich aber andererseits, da Frauen deines Wissens nur in den seltensten Fällen aus freien Stücken etwas VERGESSEN und dreimal nicht, wenn sie dadurch gezwungen sind, ihren Vorteil hintanzustellen.

Und tatsächlich hegst du die Befürchtung zurecht, Lolly würde sich niemals ohne Hintergedanken in großzügiger Nachsicht üben, denn wie sich nach kurzer Dauer gegenseitiger und erwartungsvoller Rücksicht herausstellt, nutzt sie den Umstand, dich bei ihr in der moralischen Kreide zu wissen, schon bald, um dir mit anderen Dingen auf der Nase herumzutanzen, ohne sich deswegen der dringlichen Gefahr auszusetzen, von dir in die Schranken gewiesen zu werden. Ausgehend von zwar wenig erfreulichen, doch zunächst nur sporadisch eingestreuten Glossen (die sich nach und nach mit geradezu unheimlichem Drang zur Expansion Raum verschaffen), wird dir alsbald klar, welch lasterhafte Unzufriedenheit in Lollys Kopf das Sagen hat. Wenn es nicht du bist, an dem sie kein gutes Haar läßt, oder die Schublade, die ihr stinkt, weil sie nach verschütteter Tinte mieft, schlägt sie ihr Lieblingsthema an, daß sie weggehen wolle, zusammen mit dir oder genauso gern alleine. Ausbüxen will sie, wie in der Geschichte mit Pandora.

– Ich will nicht versauern, mault sie mit derselben betrüblichen Regelmäßigkeit, mit der du die Augen verdrehst. Dir steht das Geseiere bis hier, trotzdem, um des Friedens willen, läßt du es über dich ergehen, stimmst ihr gelegentlich zu, klar, ich verstehe dich vollauf, und vertröstest sie bald auf das Wochenende, bald auf den nächsten Morgen: Klar, Popsy, sowie sich eine glückliche Gelegenheit bietet, sind wir schwups eine Wolke.

– Pff! Wenn ich dir glauben soll, wartest du auf diese Gelegenheit seit dem Frühling. Hast du nie darüber nachgedacht, warum sie sich nie geboten, fragst du dich nie, ob sich diese Gelegenheit vielleicht als beliebiger Sommertag getarnt hat?

– Lolly, bitte, ich will dieses leidige Thema nicht schon wieder durchhecheln. Warum läßt du mich nicht einfach in Ruhe?

– Weil dann wieder nichts geschieht, nichts jedenfalls, was es wert wäre, meiner Freundin zu erzählen.

Das mit der Freundin hat sie sich angewöhnt zu sagen, wenn sie der Meinung ist, sie verplempere ihre Zeit. Sobald an einem Tag nicht die Fetzen fliegen, räumt sie die leere Hülse zu den anderen davor, die ohne Pepp geblieben sind. In ihren kleinlichen Aufzeichnungen muß es aussehen wie auf einem dieser schmucken Soldatenfriedhöfe an der Marne: Tausende im Spalier aufgereihte, ins Leere gefallene Sommertage.

– Sag spinnst du? Fehlt bloß, daß du behauptest, wir hätten nicht ein/zwei abwechslungsreiche Tage miteinander verbracht. Freitag habe ich dich entführt, wie du es nennst, Samstag sind wir mit meinem Vater an einen netten Badesee, ich habe mir eine Scherbe eingetreten, und du hattest reichlich Gelegenheit, über meinen Schwimmstil zu spotten. Sonntag hat dich Mam aus Versehen zum Altpapier geworfen, und ich habe dich vor der Papiermühle gerettet, so daß unserem Kinovergnügen am Abend nichts im Wege stand: NAPOLEON. Die Schachpartie um Josephine. Antonin Artaud als Marat. Anschließend, natürlich war es spät, weil der Film nun mal vier Stunden dauert, und du hast gesagt, um diese Zeit sei eine solche Frage in jedem Fall eine Zumutung, habe ich dir einen durchaus ernstgemeinten Heiratsantrag gemacht, den du, wie alles, was ich vorschlage, mit deiner dir angeborenen Herzlichkeit abgelehnt hast. Montag...

– Es ist zwecklos, vergiß es. Buchattrappen. Dein Leben kommt mir vor wie Buchattrappen in Möbelgeschäften, hohle Pappdinger. Nichts dahinter, einfach null, alles talmi. Jeder Tag beliebig auswechselbar.

Buchattrappen. Buchattrappen? Was sie nur hat? Mein Leben ist ein Roman!

– Lolly, dieses Modeheft, ich will dir nicht zu nahe treten, aber mir scheint, es hat dich in den letzten zwei Jahren völlig ahnungslos gelassen. Ich bin ein ungeschriebener Ritterroman.

– Ach Quatsch, du bist eine Null, ein Hasenfuß. Du bist ein entschlußloses Temperament. Worovsky, du bist ein Spiegelfechter. In Wirklichkeit lebst du am Leben weit vorbei.

In Wirklichkeit, was sie nicht sagt.

– Lolly, du weißt haargenau, daß ich nur auf den richtigen Moment warte.

– Dann bist du zweifellos ein Dummkopf, es sei denn, du bist ein Lügner. Es wäre ein furchtbares Schauspiel vor meiner

Freundin, wenn ich nur die Wahl zwischen einem Dummkopf und einem Lügner hätte. Es gibt nichts zu warten. Jeder Sommer ist ein Weggehsommer. Ein einziger richtiger Moment.

– Nein, wie schön du das sagst aber auch.

– Also pack deinen Koffer! Ich will endlich etwas erleben. Ich habe Angst vor der Langeweile, verstehst du? Ich habe einfach Angst vor der Langeweile.

– Und? Was soll ich tun? Erklär mir das. Du meinst, ein Mann, der ein Mädchen in die Hosentasche steckt, schafft mit dem Rucksack die ganze Welt? Meinst du, die Welt hat so ein handliches Format? Ich bin nun mal keiner, der mit Planeten Boccia spielt, ich muß sehen, wie wir zwei, du und ich, die Bohnenranke runterkommen. Ein für allemal, ich muß denken. Denn schau, handeln wir nicht umsichtig, kann ich nur das Malheur unseres Lebens kommen sehen, dann läuft garantiert alles daneben.

– Mein Malheur ist schon vor zehn Tagen passiert. Und obendrein, bei dir läuft so und so alles daneben. Also kümmer dich nicht darum, irgendwo werden wir schon landen. Schlimmer kann's ja nicht werden.

– Am anderen Ende der Welt, Lolly? In Neuseeland? Werden wir in Neuseeland landen?

– Neuseeland? Neuseeland ist ein Kaff, ich kenn das. Bademoden, Gianni Versace '86 ... oder war es Gianfranco Ferré? Na jedenfalls ein Kaff. Was willst du ausgerechnet in Neuseeland?

– Was ich überall will.

– Dann können wir auch überall hin.

– Also können wir auch bleiben.

– Das täte dir so passen. Ich hab's schon immer gesagt: Ein entschlußloses Temperament. Welches Phlegma! Riskier doch was! Muß man dich zu deinem Glück denn zwingen?

– Zu meinem Glück willst du mich zwingen? Glück, Lolly, wenn du wüßtest, Marie, Pechmarie, dein Schicksal ist es, Un-

Glück zu bringen. Wir müßten das Weggehen proben. Wie wär's mit Kino?

– Nicht ins Kino, auf und davon. Du hast es mir versprochen. Willst du das zuletzt bestreiten? Ich habe einen Wunsch bei dir offen.

– Blanko, natürlich, wie im Märchen. Ewig verächtlich will ich sein, wenn ich mein Versprechen nicht halte, wenn meine tiefen Gefühle nicht der beste Garant für meine Lauterkeit sind. Also munter drauflos. Willst du goldene Berge?

– Über die Berge.

– Ausgerechnet, Lolly. Ich sag's, das wird gefährlich sein. Aber gut, wenn du unbedingt willst: Gehen wir!

Ihr brecht eure Schachpartie endgültig ab, was dir recht ist, weil du drauf und dran warst zu verlieren, und das, obwohl du erkannt zu haben glaubtest, daß man Lollys Verstand nur beschäftigen könne, wenn man sie amüsiert. Und während du mit verkrampftem Ungestüm einen schwarzweiß karierten Kurzreisekoffer unterm Bett hervorzerrst und die Regale, Kästen und Schubladen ins Vertrauen ziehst, um Inventur zu machen, was sich in deinem Leben angesammelt hat und wert ist, mitgenommen zu werden, versprüht Lolly eine überfließende Glückseligkeit, die du bislang an ihr nicht erlebt hast. Nicht ohne Neid kannst du feststellen, daß ihre Zähne ausnahmslos ohne Makel sind.

Lilas Schuhe. Lilas Schuhe, die du über die Monate sorgsam mit Pico Bello gepflegt hast. Als du sie aus dem Regal nimmst, begreifst du in einem lichten Moment, daß Lila an allem schuld ist. Lila war die Geburtshelferin deiner sanften Revolution. Sie hat dich aus dem mit einfühlsamem Takt gehaltenen Tritt der Gewohnheit gebracht. Sie hat dir den Floh mit dem Karussell ins Ohr gesetzt, aus dem schließlich dieser Zirkus wurde, der seine Zelte jetzt abbricht, um mit dir unbeach-

tetem Hungerkünstler und Lolly als großer Attraktion weiter-
zuziehen.

Dann dieses Foto, auf dem Lila abgelichtet ist.

Vom Schnupfen ist nichts übriggeblieben.

Ein stark zerfledderter Leitfaden: KLEINE SCHULE DES
KARUSSELLFAHRENS.

Ein MERIAN ›Neuseeland‹ mit Palmen, Bergen und sehr
viel Himmel vorne drauf.

Fünf Schallplatten. Eine Auswahl: Nina Simone.

Eine Heliogabalusbüste aus Gips. Anarchisten sterben
jung. Du schlägst den Kaiser, den ollen, in Zeitungspapier.

Ein einzeln in den Waschsalon getragener, nur deshalb blü-
tenweißer Revolutionsslip, auch dies ein Requisit von äußerst
fragwürdigem Nutzen, das du nichtsdestotrotz in den Koffer
schmeißt, gefolgt von drei T=Shirts, einer mottenpapiermuff-
ligen Hose, einem Pullover und Wäsche. Zudem Reclam
8926/27, fünf Bände Jerry Cotton. Besser nur drei, Lolly=Ma-
rie, wir wollen keinen übertriebenen Aufwand treiben. Ich
denke da gezielt an den sechzehnten Louis, du weißt, Marie,
das fiat lux war noch nicht gesprochen, die Materie
amorph... Hast du sonst noch Wünsche? Die Gardejacke?
Natürlich, das gute Stück, nobel geht die Welt zugrunde.

Oder gehörte das Meuble zuletzt einem Raubkatzendomp-
teur?

– Meine alten Jeans, Lolly, das ist vielleicht ärgerlich, die
sind in der Wäsche, verdammt. Auch das Geschirr habe ich
nicht erledigt. Warten wir bis morgen.

– Sag, spinnst du?

– Ich frage mich, wer hier spinnt. Ist dir klar, daß ich erst
gestern eine neue Glühbirne in die Schreibtischlampe gedreht
habe?

– Na und? Nimm sie mit, wenn dir an ihr liegt.

– Sonst noch was, Lolly? Wieviel Geld hast du? Typisch,
Madame Defizit. Ein Glück, daß wenigstens ich eine Kleinig-

keit auf der hohen Kante habe. Das Geld können wir verprassen. Du hast zu wenig an, ist dir das schon aufgefallen? Wer erobert so die weite Welt, Marie? Dir wird kalt werden da draußen, bestimmt. Wie geht es dir? Liebst du mich?

Rasch klapperst du die Regale, Schubladen und Fächer ein letztes Mal nach Firlefanz ab, der dir abgehen würde, vergäßest du ihn. Du überprüfst, ob du Geld und Papiere in der Tasche hast, nimmst, während dich Lolly abwartend beobachtet, dein Testament von der Wand, ein Dorn im Auge deiner Mutter, und verrätst Lolly, daß es sich bei dem Mädchen L, das du zur Begünstigten deiner vornehmlichsten Liegenschaft, der Jerry Cotton=Sammlung, eingesetzt hast, um ihre Besonderheit handle, selbstredend, jedoch, dies mitunter zur Warnung, in der Liebe sei es wie mit Testamenten, das jüngste setze alle vorangegangenen außer Kraft.

Gesagt, drehst du den Zettel herum, beschreibst die Rückseite mit SCHLOSS ZU VERMIETEN, KRONE ZU VERKAUFEN und heftest ihn außen an die Tür.

Durch eine verschwiegene Gartenpforte, die unbewacht geblieben war, um Marie Antoinette die Möglichkeit zu gelegentlichen Schäferstündchen offen zu lassen, brannte der sechzehnte Louis – wie ein Lämpchen, dem das fiat lux mit Überstrom widerfährt – durch.

Verkleidet als Kammerdiener der Gräfin von Korff, mit einem gefälschten russischen Paß sowie allen unzweckmäßigen Notwendigkeiten versehen, die geeignet sind, einer königlichen Familie eine Reise angenehm zu machen, tauchte er in der Absicht, einen pechvöglischen Ausflug zu machen, in die Stadt ein.

Eine Stadt ist etwas Praktisches.

Aber die Krone sollte man unterwegs nicht verlieren.

– Toll, wir spielen Theater, jauchzte der Dauphin in Mädchenkleidung.

– Endlich wird es ernst, jauchzt Lolly=Marie.

Doch ehe du das Weite suchst, ganz spontan und improvisiert, um ein flaues Gefühl in der Magengegend zu überspielen, um auf deine Art die Schiffe in deinem Rücken zu verbrennen, wirfst du im Hof mit einem gezielten Fußtritt die Mülltonne um. Sie ist leer. Der Deckel springt ab, rollt dann gegen die Hausmauer, wo er, um seine Achse kreisend, auf= und niederschlagend, zu Boden scheppert

– Es geht los, Lolly=Marie! Es gilt! Wir büxen aus, wir schrecken die Welt in die Höh, wir halten sie in Atem, paß nur auf, wohin uns das führt! Unsere Schlagzeilen kommen in den Jahresrückblick vom Time Magazine. Wir stellen die gewaltigsten Erdbeben in den Schatten, das bringen wir zuwege.

Die Flucht, das Reiseprojekt vom Regen in die Traufe, war ebenso übel ersonnen wie übel ausgeführt. Der Zeitplan kam schnell durcheinander, denn Louis, der Narr, sich in Sicherheit wähnend, war unbedacht genug, seine wiedergewonnene Freiheit allzu ausgiebig zu genießen. Alle naselang vertrat er sich neben der Straße, irgendwo auf einem grünen Flecken Frankreich, seine schweren Beine.

– Kleines, auf solche Sachen lassen wir uns nicht ein. Bei uns wird nicht gesäumt und nicht getrödelt. Der traurige Narr, bei allem Respekt, er hat seine Chance leichtfertig vertan. Naja, was einem König von Frankreich mißlingt, muß nicht notgedrungen auch mir mißlingen. Wir nehmen den kürzesten Weg in die Puppen. Bis in zwei Sekunden sind wir über alle Berge, die goldenen, eins, zwei, drei, los geht's! Laufen wir um die Wette!

Du bist wirklich in ausgezeichneter Form, und das Leben nimmt kofferschlenkernd seinen Lauf, läuft treppab durch die Passage beim Gemüseladen zur Humboldtgasse, springt zwischen den Schnauzen längs der Gehsteigkante geparkter Autos durch, eine Staubwolke wie von einer 8=spännigen Kalesche mit Nachtstuhl und Ofen hinter sich herziehend, Hals über Kopf, quer durch die Milchstraße, Voyager II immer hart auf den Fersen.

– Lolly, wer zuerst Pluto erreicht. Vielleicht gibt es am Pluto einen Postkasten, dann können wir deiner Freundin eine Ansichtskarte vom Rand der Galaxie schicken. Deiner Freundin werden die meerblauen Augen ausfallen, Lolly, SIE WIRD DICH BENEIDEN! Mehr willst du ja nicht – du willst doch bloß mit einem Kerl glänzen, wie sonst keine einen hat, mit einem Langstreckenkosmonaut, mit einem Marathonmann, stimmt's? Stimmt doch?

Das Leben kommt bald außer Atem, worauf du Voyager II ziehen läßt und eine Pause einlegst. Du mußt verschnaufen. Wieder einmal plagen dich Seitenstiche.

Als Ursache für Seitenstechen zeigt sich ein Anschwellen der Milz verantwortlich, Auftreten meist in direkter Folge körperlicher Überanstrengung, speziell bei Jugendlichen.

Symptom: stechender Schmerz seitlich unter dem linken Rippenbogen.

Verrücktheit. Das könnte es sein.

Um den Schwung mitzunehmen, steigst du in den E=Wagen Richtung Südbahnhof, stellst nebenher einige grobmaschige Überlegungen an, inwieweit ein Zusammenhang zwischen Milz, lateinisch splena, und englisch spleen, Tick, besteht, und kommst umgehend zu dem untrüglichen und nicht weniger logischen Schluß, daß du spürbar einen Tick hast. Du läßt die Masche wieder fallen, als du den Koffer abstellst, um im polyglotten Inhalt deiner Hosentaschen nach Münzen für ein Tick=et zu fischen. Sortierst die Stoffusel aus, Brotkrumen, Tabak, ein Heftpflaster, einen Radiergummirest.

Die Münzen klimpern in die Schale. Lolly bekommt die Fahrkarte, du selber fährst schwarz.

Der König amüsierte sich prächtig, er nahm die Sache leicht
und betrachtete sie als witzige Masquerade. Der Pinsel. Der
Narr.
    Che coglione!

– Lolly, freust du dich, na sag, bist du jetzt zufrieden mit mir?
    Genüßlich brichst du eine Rippe von der Schokolade, die
du bei der Gelegenheit, als du von der Küche Abschied
nahmst, eingesteckt hast, ißt die Schokolade an einem Stück,
während die Räder durch die Weichen rammeln, schienenras-
selnd über Kreuzungen schlagen und dir die Namen der über
Lautsprecher ausgerufenen Stationen wie die großer, über das
Land verteilter Städte erscheinen. Orellanaplatz. Rubruk-
gasse. Jakobusstraße. Die Reise geht sehr viel weiter als her-
kömmliche Straßenbahnen fahren, so weit, daß du daran
zweifelst, daß die Menschen dort, wo du hingelangst, deinen
Namen korrekt aussprechen können.
    Am Stadion steigt ein Haufen junger Leute zu, den süßli-
chen Geruch von Türkischem Honig und Zuckerwatte abson-
dernd. In die Bank unmittelbar hinter dir setzt sich ein um-
schlungenes Paar, dessen männliche Hälfte die Rummelmusik
nachpfeift, die zusammen mit einem hellen Glimmen über
der Gegend liegt. Am Parkplatz West hinter dem Stadion findet ein Sommerfest statt, mit Lichtschnüren und allem
Drumherum.
    Der Mast des Piratenschiffs schaukelt lichtgepünktelt
nachgezeichnet in der Dämmerung weit sichtbar über dem
Areal.
    Nach Neuseeland.
    Du zerknüllst das Schokoladenpapier und fragst Lolly,
Lolly=Marie, Mary=go=round, ob sie auch auf das Sommer-

fest wolle, aber da fährt die Straßenbahn schon an, und ihr verschiebt das auf einen andern Tag.

Endstation Südbahnhof. Du steigst als letzter aus und streckst im Gewühl von Ausländerstimmen und Verkehrslärm die Fühler nach der Freiheit aus. Mit einem Koffer in der Hand und einem Mädchen ins Niemandsland zu schlendern, hat noch immer den magischen Reiz von Abenteuer. Und das im 20. Jahrhundert. O Mann! Nur zu dumm, daß du nicht weißt, wo du die Nacht über Quartier nehmen sollst.

Als du Lolly fragst, ob sie jemanden kenne, der unter weißen Laken ein extra für solche Fälle eingerichtetes Gästezimmer bereithalte, wundert sie sich, quasi als zwangsläufige Bestätigung ihrer Unkenntnis in den wirklichen Ernst der Lage, mit einem haarfeinen Lächeln und schlechtverhohlenem Spott, daß es Leute gebe, die noch nie etwas von César Ritz gehört hätten. Dir wird schlagartig klar, daß diese Antwort zu den vorhersehbaren Wahrscheinlichkeiten des täglichen Lebens gehörte, daß diese Antwort aus Lollys Mund unvermeidlich gewesen und es deshalb nicht geraten war, in dieser Sache weiter zu forschen, da ihr ansonsten Gelegenheit gegeben wäre, dir mit demselben Ausdruck der Überlegenheit ein weiteres Dutzend Namen ruhmbefleckter Hoteliers in Erinnerung zu rufen. Alleine deshalb ziehst du es vor, auf den Erfolg deiner eigenen Inventarisierung von Betten, die dir zur kostenlosen Benützung und freien Verfügung stehen, zu hoffen, eine Hoffnung, die von vornherein durch den unerläßlichen Umstand getrübt ist, daß der Posten Verwandtschaft und Freunde der Familie aus dem so und so wenig reichhaltigen Sortiment ausgeschlossen bleibt.

Das Ergebnis deiner mnemotechnischen Bestandsaufnahme fällt dementsprechend karg aus: Es finden sich lediglich zwei Karteikarten, die einigermaßen erträgliche Konditionen versprechen, zwei Karten, die du mit um so zärtlicherer Berücksichtigung aller Einzelheiten vorsichtig gegeneinander abwägst, da man, wie du Lolly auseinandersetzt, nie wissen kann, was davon abhängt, wo man landet.

Die Sache ist die: Buddel hat mehr Platz, aber gegen ihn verliere ich beim Backgammon mit unfehlbarer Sicherheit. Seine Mutter, auch das muß ins Kalkül gezogen werden, ist eine Nervensäge. Krie hingegen hat so gut wie keinen Platz, dafür verliert er gelegentlich eine Partie gegen mich, und seine Schwester, herrje, von ihr lassen sich Balladen singen, ihre Lieblingsbeschäftigung ist es, garstig mit mir zu sein, und zwar aus dem einen triftigen Grund, daß sie mich nicht ausstehen kann. Sie ist das letzte, das allerletzte.

Du überdenkst die Problematik mehr als dreimal, im Grunde bist du mit Lolly gestraft genug, andererseits ist es so, daß Kries Bude im achten Stock liegt und Buddels bloß im ersten, woran man unschwer erkennt, daß die Sache nicht leichthin zu entscheiden ist. Dies mag erklären, weshalb du, nach einigem Hin und Her, letztlich dem Ungefähr das Feld räumst und eine Münze hervorkramst.

Auf Kopf das größere Übel.

Daß du nicht ganz bei Sinnen bist, stört dich dabei nicht, i wo. Du schaffst es sogar, dich damit zu trösten, daß dich Zahl auch nicht davon abgehalten hätte, in die Zitrone zu beißen (der Roman muß ja ohnehin hin, wohin er muß). Im nachhinein beruhigt es dich bloß, die Entscheidung von der weisen Einrichtung des Zufalls abhängig gemacht zu haben, denn solche Ausreden erleichtern einem die tägliche Mühsal ungemein. Warum auch sein Leben dauernd auf die eigene Kappe nehmen? Wo es doch vollauf genügt, daß man sich ständig damit herumärgert. Wenn etwas schiefläuft, soll wenigstens die Schuld bei jemand anderem liegen. Und der Zufall hat genau die richtige Schulterbreite, den Simon von Kyrene zu spielen.

Du also rein in diesen grell beleuchteten Käfig und wählst,

wie es der Zufall wollte (was immer er sich dabei gedacht haben mag), das größere Übel: 26 77 07 – du bleibst mit dem Zeigefinger dran. Es gibt mindestens hundert Kriewel. Null – sieben. Die Wählscheibe surrt zum Anschlag zurück, prompt meldet sich das Freizeichen. Was diese Telefonzelle mit Gekritzel übersät ist. Mit Rotznasen und Krähenfüßen, Spuren von Bleistiftstummeln, die über der Stille in der Leitung, über der Ferne in der Stimme am anderen Ende zu Wort gekommen sind.

Schrilles 26 77 07=Fernmeldemädchen, gar nicht so weit weg. Diese Sorte Scherzartikelschreck, der nicht lange anhält, fährt dir in die Glieder, wie wenn beim Öffnen einer Zigarrenschachtel an einer langen Feder mit triefend roter Zunge eine Fratze heraushüpft. Wer am Apparat sei, will die Stimme wissen. Hallo! Knopf drücken!

Das Mädchen hält dich wohl für ausgesprochen blöd und du die Hand fest über die Sprechmuschel: Lolly, das ist Kries Schwester, ich habe Kries Schwester an der Strippe. O Kleines, das habe ich nicht verdient. Gott strafe mich, wenn ich lüge, sie ist schrecklich, sie ist ein 10er Valium, ich bin überzeugt, sie schafft es mit angeborener Leichtigkeit, Schlafstörungen unterschiedlichster Art in kürzester Zeit zu beheben. Mit einem Wort, sie ist langweilig.

Schluckend legst du auf, machst dich aber dennoch, wiewohl mit saumseliger Gemächlichkeit (denn doch auch vom Ungefähr bedroht), auf den Weg zur Tichystraße 5/27. Der Mond ist zuwenig hell, die Straße zuwenig breit. Jetzt schon bangt dir vor Lu.

Lu ist wirklich das letzte, das allerletzte.

Sie können bleiben meine Herren.
Wenn Sie sich jedoch zu amüsieren
wünschen, dann nicht auf Kosten meiner Katze.   (Ludwig XV.)

Niemand erkennt dich in
Sainte=Ménehould

– Hallo?
  – Ich bin's.
  – Wer?
  – Ich, Philipp Worovsky. Kennst du mich noch?
  – Ich kann mich dunkel erinnern. Du warst vorhin am Te-
lefon.
  – Was du nicht sagst. Ihr habt Telefon? Wenn ich das ge-
wußt hätte, hätte ich zuerst angerufen.
  – Gregor ist so und so nicht da.
  – Macht nichts, ich bringe nur was vorbei. Soll ich's vor der
Tür abstellen und auf der anderen Straßenseite warten?
  Begleitet vom Türschnurrer, der ein launisches Tier ist,
strauchelst du ins Treppenhaus, wo dich das in den Dreimi-
nuten=Lichtschalter eingelassene Lämpchen sofort daran erinnert, was du von Lu zu halten hast. Das Lämpchen wirkt mit
der gleichen trübseligen Ausstrahlung. Und trotzdem zieht es
dich an. Du machst Licht. Der Fahrstuhl liegt bereit, und mit
gemischten Gefühlen, obwohl du den Gedanken angenehm
findest, bald Wände um dich zu haben, befiehlst du dich in
den achten Stock.
  Während der Fahrt, die eine halbe Minute dauert, kaum
länger, trägst du dem dringlichen Erfordernis, dir eine rühr-
selige Geschichte zurechtzulegen, eine Geschichte, die geeignet ist, Lu Gelegenheit zu geben, in ihrem ansonsten unnüt-

zen Leben etwas Redliches zu tun, in aller Eile Rechnung. In Mitleid zerfließen soll sie, dir ihr letztes Hemd aufdrängen, wenn sie die Tragweite deines Elends erkennt, wenn deine glänzenden Augen zur Kontaktnahme mit den ihrigen schreiten, die pfützenbraun sind wie am Rand öder Straßen im Sommer nach einem unentschlossenen Platzregen von kaum zwei Minuten Temperament.

– Na, wie geht's?

Lu begegnet dir zunächst mit dem eindrucksvollsten Schweigen, das man sich vorstellen kann. Sie steht in der halboffenen Tür, eine Hand an der Klinke, die andere am Türrahmen, mustert dich demonstrativ schlafzimmerblinzelnd, und du, du denkst, wo hat sie bloß diese Ringelsocken her, indes sie, nun wiederum, mit einer annähernd synchronen Kopfbewegung zum Muster der Socken, begleitet auch von einem nicht minderen und mißtrauischen Rümpfen, Rumpfkreisen der Nase (was aufblickend genauestens von dir registriert wird) auf den Koffer deutet, ob es sich darum drehe, um den Koffer: Unter anderem, doch zunächst, wenn sie nichts dagegen habe, rein in die gute Stube.

Sie knurrt, grundsätzlich mürrisch, aber dein Augenkollern, in das du nicht umsonst unerschütterliches Zutrauen setzt, macht sie gefügig. Sie tritt zur Seite, du an ihr vorbei, findest dich in der Diele wieder, die zugleich als Küche Dienst versieht. Ein Geruch von Katzenfutter liegt in der feuchten Luft. Du hast Durst, es ist schwül, die verwünschte Reise hat dich ermüdet.

– Was ist jetzt mit dem Koffer? Hast du da eine Million drin?

Lus Augen taxieren dich unruhig, skeptisch. Fast hat es den Eindruck, als spürte sie, daß an der Sache was faul ist. Also fragst du, ausweichend, wann Krie nach Hause komme, mit dem Effekt, daß sie das Kinn nach vor, die Mundwinkel abschätzend nach unten bugsiert, och, da habe sie keine Ahnung, warten lohne sich nicht.

Sie will dich wieder loswerden, schnellstens, diese Erkenntnis dämmert dir zu schmerzlicher Klarheit. Und der daraus resultierende dringende Handlungsbedarf stellt sich, gewohnheitsgemäß, als eine Verleitung heraus, sich in der Hast unzweckmäßiger Mittel zu bedienen. Gegen bessere Überzeugung startest du einen Versuch, mit einer gehörigen Dosis Nettsein ans erhoffte Ziel zu gelangen. Hinter Puderwolken schimmern auf Lus Nasenrücken und jeweils unter ihren Augen, im ganzen schmetterlingsförmig, Galaxien hellbrauner Pünktchen, dieser ominösen Epheliden, die zu Lu gehören wie die fünfzig Sterne in die amerikanische Flagge: Nett, deine Sommersprossen, wie ich sehe, sind dir, seit wir uns zuletzt gesehen haben, ganze Scharen zugeflogen. Ich stelle das mit Freuden fest, ehrlich.

– Wie jedes Jahr, von der Sonne, entgegnet sie mit einem angeödeten Stöhnen und meint dann abgesetzt: Leider. Ihre Augen fallen nach der noch immer offenen Tür aus, durch die es kühl vom Stiegenhaus hereinzieht.

– Ich stehe auf Sommersprossen, finde ich ganz toll, vor allem, wenn sie echt sind. Ich habe auch welche, ist dir schon aufgefallen?

– Gib dir keine Mühe, komm lieber zur Sache. Wenn du willst, kann ich Gregor was ausrichten.

– Nein, nicht nötig. Es ist nur, ich würde gerne den Koffer und dieses Zweite mit dem HANDLE WITH CARE=Aufkleber, ich meine, mich würde ich auch gerne, bis sich etwas anderes ergibt, mit einem Wort, einstellen würde ich die Bagage gerne.

Einstellen? Bagage? Daran hat sie zu knabbern, ihre Lippen kräuseln sich, für den Bruchteil einer Sekunde weiten sich ihre Nasenflügel. Das Mädchen, Lu, ist völlig perplex. Einstellen, erklärst du ihr, ist genau das richtige Wort. Wohnen bräuchte viel mehr Platz.

– Du paßt nicht etwa in eine Quality Street=Dose? Schau dich um! Bei uns reicht's kaum für zwei, dabei, und das frage ich dich, wo, bitte, wo könnte es einem besser gehen, als im Schoß der Familie? Du tust grad so, als ob du fünf Straßenbahnminuten entfernt kein eigenes Bett hättest. Ich fahr dich auch gerne hin.

– Sei nicht grausam, Ute K. Bitte. Du bist meine letzte Rettung. Bei Gottlieb, dem ich Hermann gegenüber den Vorzug gegeben hätte, bin ich abgeblitzt, bei Hermann auch. Bei Buddel war niemand zu Hause, und Lana wollte mich grundsätzlich nicht, ich glaube, sie war gerade mit ihrem Neuen im Bett.

Lana? Du gewahrst das geeignete Reizwort, das dir Raum schaffen sollte, deine schwache Position in gebotener Eile zu festigen. Zunächst bemerkst du beiläufig, Lanas Liebhaber nicht zählen zu wollen, gibst gleichzeitig der Tür zum Flur, die noch immer offensteht, einen Schubs. Zugig, was? Dann brichst du durch eine Bresche an Lu vorbei und schleifst in aller Schnelle, um dich endlich in einem Stuhl etablieren zu können, deine Siebensachen in das Zimmer, in dem Licht brennt, Lus Zimmer.

Lana sei nicht ihr richtiger Name, sagst du, um irgendwas zu sagen, setzt gleichzeitig den Koffer ab (wie andere einen König absetzen) und läßt dich mit wahrem Behagen in einem breiten Segeltuchstuhl nieder: Lana heiße sie nur, weil sie Ähnlichkeit mit Lana Turner habe.

– Du hast mit ihr einen Leichenwagen ohne Leiche geklaut. Und ich soll dir den Flunker glauben.

– Du sagst es. Aber ganz etwas anderes. Unsere erste Begegnung. Eine Ausstellung. Ich bin auf der Treppe gesessen, grübelnd, Rhythmus und Gleichförmigkeit, das Thema der Ausstellung. Dann ist Lana gekommen. Ihre Stöckelschuhe haben wie Kastagnetten geklappert. Ich habe auf ihr Minikleid geschaut, ein zur Hälfte ausgefülltes Kreuzworträtsel, und auf ihre großmaschigen Netzstrümpfe, das Geflecht der Längen= und Breitengrade, das begriff ich, als ich Neuseeland entdeckte, in vollendeter Form. Denn an der Innenseite des rechten Schenkels, mehr beim Knie als sonstwo, hat Lana ein Muttermal. Das ist genaugenommen häßlich, aber es hat die Form von Neuseeland. Ich gebe gerne zu, daß das ungewöhnlich ist, sehr sogar, Neuseeland mit feinen Konturen, allerdings ohne Cookstraße.

– Natürlich. Und die Küsten wie abgepaust, die wichtigsten Städte von Haaren markiert, säuberlich und maßstabsgetreu.

– Zum Verwechseln ähnlich, wenn nicht das Nordkap ein wenig zu breit geraten wäre. Sonst wie aus dem Bilderbuch: Neuseeland. Und dorthin wollte ich heute, nach Neuseeland auf die andere Seite der Welt, down under, wo jetzt Winter ist, wo die Nächte jetzt vorteilhaft länger sind als hier.

– Du meinst, nach Neuseeland auf Lanas sommerlichem Schenkel, wo ihr Neuer Urlaub macht.

– Nein, wenn ich's sage. Auf die andere Seite der Welt, zu den Antipoden, um zu sehen, wie Schnee und Hagel aufwärts fallen.

– War, wenn ich's mir recht überlege, kein schlechter Gedanke, sogar eine gute Idee. Du hättest es tun sollen. Na sag schon, welche widrigen Umstände haben dich von dem Vorhaben abgehalten?

– Leider, tja, das Geld hat nicht gereicht.

– Dann ist nicht alles verloren. Ich kann dir was leihen. Sag, wieviel fehlt dir?

Nicht erst jetzt erkennt dein zu ungewollter Bettlägrigkeit verdammtes Herz (denn dein Herz ist keineswegs, wo du bist), daß Lu keinen Moment an deine Neuseelandreise glaubt. Warum auch? Und wenn sie so tut, als ob, dann nur, um deine eigenen Waffen gegen dich zu kehren.

– Lolly, murmelst du und schüttelst den Kopf, das ist erst

der Anfang, du wirst sehen, Lu macht mich so klein, paß gut auf, von ihr kannst du was lernen.

Und zu Lu sagst du: Krie ist bestimmt einverstanden, wenn ich bei euch übernachte.

– Aber Gregor ist nicht hier. Er ist als Nachtportier im RoSAROTEN PANTHER eingesprungen. Er kommt nicht vor morgen früh.

Dich wundert zwar, daß Krie Nachtschicht macht, denn tagsüber muß er die Wetterfrösche bei Laune halten, ihnen Salamisemmel und Bier anschleppen, aber da dir diese Eröffnung nicht ungelegen kommt, zerbrichst du dir weiter nicht den Kopf, verkündest trocken, in dem Fall in Kries Bett zu schlafen, und schaltest, wohl aufgehoben in dem Stuhl, über deine Gerissenheit schmunzelnd, via Fernbedienung den Fernseher an, siehst den Bildern zu, wie sie sich bewegen, Lu, wie sie sich bewegt. Sie rennt zwischen Klavier und Sofa auf und ab, während sich die Katze, Satan, auf dem Sofa neben einem aufgeschlagenen PAN bauscht, verschlafen, die Augen zur Hälfte offen.

Lu nennt ihre Katze Moustique.

Du nennst Lus Katze Satan.

– Ich hab dir schon einmal gesagt, du sollst sie nicht Satan nennen.

Lu nimmt dir die Katze weg, streicht ihr über den Rücken, schnuggelt mit der Zunge, sagt dann, noch immer der Katze zugewandt: Du kannst nicht in Gregors Bett schlafen, er muß bald kommen.

Hat die Welt noch Töne!

– Was? Du? Ausgerechnet DU lügst mich an?

Sie wirft stolz den Kopf herum, mit einem unnahbaren Spielkartengesichtlächeln von der Sorte Pik=Dame: Du bist ganz selber schuld.

– Was ich?

– Ja du. Du brauchst dir nur gute Umgangsformen anzuge

wöhnen und dich, wie andere das auch können, ganz normal zu benehmen, dann...

– ... dann hieße das, die Rechte des Menschen auf seine Verdrehtheit verhöhnen, die da lauten: Mit dem Wunsch, sich zu drehen, wird der Mensch geboren. In der Erhaltung dieses Wunsches gründet sich sein Wohl. Sein Recht auf Schwindel ist unverletzlich (plumpe Lügen sind davon ausgenommen). Langeweile ist ihm nicht zumutbar. Und danach hat sich das ganze Sinnen und Trachten des Einzelnen zu richten.

– Ich langweile mich gern.

– Lolly, hast du das gehört? Sie langweilt sich gern.

– Hast du was gesagt?

Lu krault die Katze unterm Kinn.

– Das hat nicht dir gegolten.

– Sag bloß, du hast zu allem einen Harvey.

– Im Gegenteil, sie ist ein Igel, außerdem nur eins achtundsiebzig bei sechsundfünfzig Kilogramm und Idealmaßen von 88-57-88.

– Verschon mich bitte.

Sie trägt die Katze in die Diele, wo sie ihr Whiskas oder Gourmet in den erdbeerfarbenen Freßnapf löffelt. Als sie ins Zimmer zurückkommt, schließt sie, um die Katze von dir fernzuhalten, hinter sich die Tür. Als ob dir an der Katze gelegen wäre.

In warmen Sommernächten, wenn die Musik unerträglich wurde, langte sich Louis seine Flinte und stieg im Nachthemd auf die Dächer von Versailles, um dem Katzenjammer mit einer Ladung Schrot ein Ende zu bereiten. Der Pinsel. Der Narr.

Lolly hat das Zeug zu einer Katze, sie hat auch die flapsige Figur. Bei Lu hingegen, deren Topographie vergleichsweise unglücklich zusammengefügt ist, weißt du nicht recht, was von ihr zu halten ist. Zwar besitzt sie diese besagte Neigung, es sich in ungebührlicher Langeweile wohl sein zu lassen, im Grunde ein Pluspunkt für sie, doch fehlt ihr in deinen Augen das abgeklärt Philosophische, das Sprunghafte, die Leidenschaft. Kurzum: Sie hat Froschblut. Und nimmt das PAN vom Sofa, wodurch eine Schachtel mit Pralinen zum Vorschein kommt, deretwegen du, gleich als du sie entdeckst, große Augen machst. Aber Lu denkt nicht daran, auf ihre Linie zu achten, auch ihren Zähnen erspart sie diese Strapaze nicht. Sie bedient sich schmatzend, verdrückt eine Praline um die andere, leckt sich dazwischen genüßlich die Finger, was ihr beim Umblättern in dem Kunstheft sehr zustatten kommt.

— Empfindest du mich als Störung? fragst du mit dem Rükken zu ihr. Du sitzt weiterhin im Segeltuchstuhl, den du zum Fernseher ausgerichtet hast.

— Aber dich doch nicht. Wo denkst du hin?

— War nur so ein Gedanke, aber dann ist's okay. Du empfindest mich andererseits auch nicht als Bereicherung für diese nette, für diese idyllische Sommernacht, was?

Lu ächzt, bittet dich um den Gefallen, wenigstens still zu sein, wenn du schon fernschautest. Überredet. Ein einsichtsvolles Etwas sagt dir, daß es besser ist, in der Sache nach und Lu keine weitere Veranlassung zu geben, sich in ihrer Meinung, du seist unausstehlich, bestärkt zu fühlen. Also sitzt du für mehrere Minuten artig vor der Glotze und bist ein sehr liebenswerter Ausbund an Sittsamkeit, einmal beiseite gelassen, daß du unter Lus strengem Blick deinen Kaiser Heliogabalus aus dem Koffer puhlst und ihn mit einem Ehrenplatz auf dem Fernseher in seine Rechte setzt. Hinterher, nachdem du alle Sender durchprobiert hast, läßt du dich im vierten von hundert Teilen einer brasilianischen Telenovela über den UnSegen menschlicher Leidenschaft erhellen.

Das ist echt zum Kotzen. Da interessiert dich Lu schon mehr. Sie widmet sich ganz, ohne dir weiter Beachtung zu schenken, zumindest tut sie so, dem PAN vom letzten Monat mit einem gauguinschen Tahitimädchen am Cover, sitzt dabei kerzengerade, als hätte sie eine Pike verschluckt, mit leidlich gespreizten Beinen. Ihr Rock hängt zwischen den Beinen durch, zeichnet die Schenkel nach. Und all das ist vom Reiz des Unnahbaren umflort, daß du es nicht einmal wagst, sie auf das BICENTENAIRE anzusprechen, das Luder, Lu, Paris, das kann nicht spurlos an ihr vorübergegangen sein, irgendwo muß, muß auch an ihr ein Haken sein, gewiß, das redest du dir ein, dem Fernseher die Vorhänge vorziehend, aufspringend, Richtung Diele, um die Nikotiana als Beistand aus der Jacke zu fischen. Doch wieder in deinem Stuhl, als du Feuer an eine Zigarette legen willst, mußt du feststellen, daß es dir an den dafür notwendigen Utensilien fehlt. Zu dumm, Lolly, siehst du, da haben wir den Salat. Natürlich.

Zerknirscht leerst du die Zigarettenschachtel und baust dir aus den acht verbliebenen Gitanes ein Floß, du schiebst das Batiktuch zur Seite, schipperst, alleine auf das unbarmherzige Meer hinausgeworfen, am Tisch herum. Die Welt ist eine Scheibe, von deren Rand man stürzen kann, oder ein Schenkel mit einem Muttermal in Form von Neuseeland, das denkst du dir und kenterst fast, als Lu die Pralinenschachtel auf den Tisch stellt, da sind nämlich noch vier Stück drin. Du brauchst bloß Kurs 20 Grad backbord und dann breitseits zu gehen, um die Barke zu entern. Was du auch tust, in der Annahme, daß Lu die Besatzung aufgegeben und der Willkür des Schicksals überlassen hat.

Also langst du zu, denn denen, die im Sinne der Revolution handeln, ist alles erlaubt. Doch leider, wie's kommt im Leben, schon die erste der soeben aufgebrachten Pralinen, die vom Los erwählt den Weg alles Irdischen antreten soll (um in deinem nicht weniger aufgebrachten Magen der dortigen Nervosität geopfert zu werden), triumphiert über ihr Ende hinaus: sie hat zur Hälfte Marzipan, igitt. Du ißt sie trotzdem, du willst nicht unhöflich sein, nur die andere von derselben Bauart läßt du übrig, bietest sie Lu an, ob sie noch eine Praline wolle, eine mit Marzipan, Mund auf, Augen zu, danke, sie möge kein Marzipan. Was? Kein Marzipan? Sie wisse nicht, was ihr entgehe, naja, ihre Sache, du wollest ihr nichts aufdrängen (formulierst du behutsam), und würgst den von niemand geliebten Ishmael hinunter. Setzt wieder Segel. Lotst dein Unbehagen durch eine unerträgliche Stille. Warm ist es auch. Alle Fenster sind geschlossen. Und ein Drink, um diesen üblen Geschmack des Scheiterns aus dem Mund zu vertreiben, wäre die höchste Stufe des Glücks. Aber von Lu vernimmt man lediglich das Reiben von Papier, wenn sie in ihrem PAN geräuschvoll umblättert. In der Wand hört man Wasser durch ein Rohr rinnen.

Dir ist weiterhin nach Reden zumute. Nicht daß du dich zierst oder zu schüchtern bist, das Problem liegt auf anderer Ebene, nämlich darin, daß es dir bei Lu schwerfällt, eine Anlegestelle zu finden. In deiner zugegeben lückenhaften Seekarte, die keineswegs dem Standard der Admiralität entspricht, ist außer Lus Geziefer, Satan, der Katze, die für dich tabu ist, und der faden Kunst nichts eingezeichnet. Dein bevorzugter Gesprächsstoff ist mit einem totalen Embargo belegt, und je mehr du über eine Möglichkeit nachdenkst, diese Restriktion zu umgehen, desto weniger hast du zu sagen. Um Feuer bitten willst du nicht, weil dir Lu den tieferen Sinn der Frage falsch auslegen würde.

Deine Hilflosigkeit ist dementsprechend umfassend. Wenn du leise stöhnst, hat Lu nicht einmal einen Blick für dich – was dich hart angeht und der verzweifelten Überlegung in die Hände spielt, ob es ratsam ist, Lu für einen der nächsten Tage zum Karussellfahren einzuladen, am Rummel beim Stadion. Bestimmt gibt es dort ein Karussell mit bunten Holzpferdchen. Du denkst an Lolly, der du dasselbe versprochen hast, und befindest dich umgehend in der prächtigsten Orestie. Denn eins weißt du, nur Lolly, die von Berufs wegen mit dem

Hintern zu wackeln gelernt hat, schafft es mit ihrem atemberaubenden Hüftschwung, das Bedienungspersonal soweit abzulenken, daß du problemlos schwarzfahren kannst. In der Straßenbahn hat das hervorragend funktioniert. Aber zu dritt, gemeinsam mit Lu, ist nichts zu hoffen, die beiden würden sich garantiert in die Haare kriegen.

Das Zigarettenfloß schippert weiter nach Neuseeland, allen Unbilden zum Trotz auf die andere Seite der Welt, Kurs Süd=Süd=Ost, ein Strich backbord. Du kurbelst am Steuerrad, unter dem von der erbarmungslosen Deckenlampe horizontal einfallenden Licht, auf einem Meer, das eine kümmerliche Abwechslung nur durch die rettende Gefahr am Rand der Welt (die allem Anschein nach ein Rechteck ist) zu bieten vermag. Lu legt eine Hand zwischen die Beine, was ihren Rock zusätzlich strafft, die Wirkung ihrer Schenkel um ein Beträchtliches steigert und ein unvorhergesehenes Abkommen des Floßes vom soeben eingeschlagenen Kurs zur weiteren Folge hat.

Zwischen Wollen und Fürchten, mit einem mißtrauischen Blick auf dein durch das viele Denken der vergangenen Wochen stark in Mitleidenschaft gezogenes Moralgefühl (dich an den Mast deines Floßes binden zu lassen, hast du aus purer Naivität versäumt), wuchtest du dich aus dem ausnehmend tiefliegenden Segeltuchstuhl, um zur Ablenkung von den Gefühlen, die sich deiner in Ansehung von Lus Beinen bemächtigen, mit im Nacken verschränkten Händen im Zimmer herumzutigern. Für eine Weile, solange dein Verstand an der unbekümmerten Nutzung seines Radius gehindert ist, schaust du stillschweigend zum Fenster hinaus, wo die Stadt einer großen Bienenwabe gleicht, in der einzelne Zellen illuminiert sind. Später fragst du dich, wie viele Leute jetzt im Dunkeln sitzen, eine ganze Menge, nimmst du an, weshalb dich eine tiefe Nachdenklichkeit durchdringt. Du reißt sogleich das Fenster auf und stellst dich mit offenem Mund in die Zugluft.

– Mach sofort das Fenster zu. Sonst kann ich vor lauter Mücken die ganze Nacht nicht schlafen.

– Dreh du besser das Licht ab.

Lu, die hinter dich getreten ist, schiebt dich vom Fenster weg, schließt es und kehrt an ihren Platz zurück, während du dich, nach einem kurzen Blick des Taxierens, wieder dem Raum zuwendest, froh, jetzt, da Lus freie Hand auf dem Knie zu liegen gekommen ist und weitere Versuchungen nicht zu befürchten sind, die Desintegrierung deiner Sinne rückgängig gemacht zu spüren. Dein Blick, auch er leidlich aufgeräumt, wandert daraufhin, wallfahrtet geradezu, über Lu, über ein Regal, über die Titel von Büchern, die man liest, um sie gelesen zu haben, einige Bände Molière und selbstverständlich Verlaine, die gesammelten Dichtungen französisch und deutsch. Über die nicht vorhandenen Bände Jerry Cotton, auch das selbstverständlich und trotzdem Grund, für einen Moment zu verweilen, für einen Moment nur, bis dir die Idee kommt, aufs Geratewohl eine der Schubladen an der Kommode rechts neben der Tür herauszuziehen.

Richtig sympathisch wird dir Lu, je mehr du an ihrer Oberfläche kratzt. Denn die allerschlimmste Eigentümlichkeit weiblicher Natur, die Putzsucht, findest du in der UnOrdnung, die du zutage förderst und Lu so ohne weiteres nicht zugetraut hättest, nicht bestätigt: Tod und Teufel springen dir entgegen, Chaos, wohin das Auge schaut. Im Aufblicken ertappst du Lu, wie sie dich mit widerwilligem Interesse beobachtet. Sie solle sich nicht stören lassen, sagst du, einen unangespitzten Duftbleistift aus dem Gewühl angelnd und, damit einhergehend, als Lu sich erkundigt, ob du einen Durchsuchungsbefehl zur Hand hättest, bereits unaufmerksam, so daß du ihre Glosse übergehst.

Teilnahmslos schubst du die liederliche Wirtschaft wieder zu, steckst dir den Bleistift hinters Ohr, ganz in Betrachtungen versunken, die dir um vieles wichtiger erscheinen als dieses kleinliche Getue um dein zugegeben unbefugtes Eindringen in das Innerste ihrer Privatsphäre, die unterste Schublade. Denn eben dein Fehlenlassen an der Loyalität gegenüber den allgemeinen Regeln des Anstands ist Ursache, daß sich in deinem vortrefflichen Kopf ein Meilenstein der philosophischen Anthropologie Bahn zu brechen anschickt, ein erster, hoffnungsvoller Ansatz, das nur widersprüchlich Faßbare im Wesen der Frau unter besonderer Berücksichtigung des Sonderexemplars Ute K. auf einen Nenner zu bringen.

Als du zu Ende philosophiert hast, legst du das Ergebnis vorläufig auf Eis, durchmißt den Raum bedächtig auf Kreisbahnen, holst besagten Duftbleistift hinterm Ohr hervor, schnüffelst daran, Mandarine, ganz klar Mandarine. Aber nach den Abbildungen am Lack zu schließen, Zitrone. Du hättest unfehlbar auf Mandarine getippt, kann passieren, also Zitrone. Und fragst Lu mit einem feinen Lächeln, ob sie wisse, daß er – du läßt den Duftbleistift wippen – mit ihr in enger verwandtschaftlicher Beziehung stehe.

Sie läßt zögernd ihr PAN sinken, fährt sich durchs Haar, lockert es, indem sie alle Finger konzertant durchklimpern läßt, die eigenwillige Begleitung zu deinem Rezitativ Geschwollen=gesagt=ist=es=so: daß sich in Anschauung dieses Bleistifts sehr viel tiefer in die Kalamitäten der weiblichen Seele im allgemeinen und von dir im speziellen eindringen läßt als mit irgendwelchen entwicklungspsychologischen Strukturmodellen, und sei es nur in Hinblick auf eure sagenhafte Wirkung beim vielgeschmähten Geschlecht. Um es auf uns beide umgelegt auszudrücken, erkenne ich in dir die Zitronenscheibe, die meinen Tag wie einen Cocktail gelbmondig abrundet.

Das ist wirklich sehr geistreich. Du hast soeben den ungewöhnlichen Reiz, den viele Frauen auf dich ausüben, in einer Weise versinnbildlicht, daß sich Lu auch prompt geschmeichelt fühlt, danke für die Blumen, wirklich ein nettes Kompliment, Zitronenscheibe, sagt sie, sagt es zu deiner Ermutigung, eine dem Ertrinkenden gereichte Hand, nach der du (tollwütig, gewiß) faßt, schnappst: ob sie dich in dem Fall wieder möge und – ein heikleres Thema, ein radikaleres Kaliber, eins, das mit Leichtigkeit Münchhausen auf Boris Gruschenko reitend über das riesigste Gesprächsloch befördern könnte –, ob ihr, ihr zwei, du und sie, das saure Möndchen, jetzt, da sie dich wieder möge, nicht miteinander schlafen solltet.

Du beugst dich vor und stößt krimigeschult die tief heruntergezogene Hängelämpe an, der Lichtkegel schaukelt über den Tisch, kreuzt bei der Rückkehr eine Wolke Staub, die der Luftzug von der lange nicht mehr abgewischten Oberseite des Lampenschirms aufgewirbelt hat, schaukelt wieder nach vor, über Lus Schoß, erfaßt zum zweitenmal ihr Gesicht, mehrere Wörter schaukeln hin und her, unter anderem: Ich hab's doch nett gesagt? Entweder man hat diesen unwiderstehlichen Charme oder man hat ihn nicht.

Lus Blick kreist irritiert durchs Zimmer. Sie ist sich nicht sicher, ob du meinst, was du sagst. Du weißt es selber nicht, erkennst in Analogie zu verschiedenen Bauernregeln aber immerhin die bedrohlichen Vorzeichen auf Lus himmlischem Gesicht: dunkle Puderwolken, die sich um sich verfinsternde Augen zu einem Donnerwetter zusammenballen. Es kommt, wie es kommen muß. Sie wirft dir einen einwandfrei gelungenen Bette=Davis=Blick zu, stößt einen spießigen Schrei aus: Hinaus!

Du bist überzeugt, daß sie meint, was sie sagt.

– HINAUS! wiederholt sie, schnaubt durch die Nase, deren Flügel ins Leere flattern, springt auf und stürzt zu deinem Koffer, dem garantiert ein Gratisflug aus dem Fenster bevorstünde (achter Stock, du meine Güte), wärst du nicht um eine Spur flinker. Erschrocken zuckt Lus Hand zurück, als eure Finger ineinanderfahren.

– Ich habe keine Moral, mußt du wissen.

Das sagst du im Bewußtsein deiner ganzen Schändlichkeit, mit zurückgelegtem Kopf, ehe du deine Arme um den Koffer schlingst, ihn fest an die Brust drückst, ehe du das Monster ins Rennen schickst, dein gutes altes, von Lila geerbtes Monster, das seine Wirkung bislang nie verfehlt hat und das du, Philipp Worovsky, seist, wie du sagst, eins im Maßstab 1:1.

Aber das Monster ist Lu, und du ein großer bunter Pechvogel, der Federn lassen muß.

Zur Veranschaulichung ihrer ablehnenden Haltung in puncto Philipp W. tritt sie dich mit aller Kraft gegen das Schienbein. Du jaulst gottserbärmlich, bekommst aber dennoch und überdies eine schallende Ohrfeige ausgehändigt, die dich aus allen Sinnen schreckt, dich einmal um die Welt fahren läßt, flugs über Neuseeland hinweg und zurück in Lus Zimmer, über das sich dann unauslotbare Stille breitet, über den Ort des Vergehens. Eine dieser berüchtigten Schweigesekunden, die sich unendlich in die Länge ziehen, klüngelt mit eurer Verblüffung.

Letztlich bist aber du es, der über den ersten Schreck schneller hinwegkommt. Das Lachen, das du zustandebringst, ein ziemlich verrücktes Lachen, das ein Fremder aus dir lacht, klingt einigermaßen überzeugend.

Lolly erzählst du das deiner Freundin, daß ich zuerst mit Pralinen gefüttert und dann geschlagen wurde?

Und Lu, die Arme verschränkt: Du bist gar kein Monster. Ich habe dich im Verdacht, daß das lediglich deine Tarnung ist. Jetzt, ohne deine verpflasterte Nase, sieht's ziemlich schlecht aus.

– Muß ich trotzdem gehen?

– Meinetwegen warte, bis Gregor kommt. Lange kann's nicht mehr dauern.

Herrje, bist du froh, bleiben zu dürfen. Denn falls Lu darauf bestehen würde, deine Zelte abgebrochen zu sehen, wärst du gezwungen, trotz der zu erwartenden UnGelegenheiten den wenig erfreulichen Heimweg anzutreten. Dabei ist dir himmelangst, wie ein ausgetriebener Dämon davongejagt zu werden; ein Umstand, der dir die Fügsamkeit abnötigt, geduldig auf die Etüde zu hören, die Lu, nun mit durchhängenden Knien auf dem Klavierhocker placiert, zur Beseitigung der Mißtöne in ihrer ansonsten wohltemperierten Welt anstimmt – des Themas wie folgt: daß sie deine Art, Späße zu machen, hasse, daß sie dir selbiges schon längst habe sagen wollen, daß du an krankhafter Selbstüberschätzung littest und also ein Fall für die Psychiatrie seist, ferner und hoffentlich, daß es den Leuten vom Fach gelingen möge, einen brauchbaren Menschen aus dir zu machen, zu welchem Zweck es zunächst zwar gelingen müsse, dir beizubringen, daß du in Wahrheit nicht größer als eine Schrumpfleiche seist, aber schließlich gebe es Zeichen und Wunder.

Selbst die Schrumpfleiche, die jeglicher Fundierung entbehrt, läßt du ungehindert passieren und gibst durch ein angedeutetes Kopfnicken fast so etwas wie deine Zustimmung. Wozu Lu fähig ist, kannst du dir an den Fingerstriemen auf deiner Backe problemlos zusammenzählen. Da siehst du es, Lolly, hab ich dir zu viel versprochen? Lus Schale ist ungenießbar.

Dann fällt dir ein, daß Lolly in der Jacke steckt. Mensch, du redest ja mit dir selber, das hört die nie. Und zu Lu, die du am liebsten umarmen würdest vor lauter Sehnsucht nach du weißt nicht was, sagst du: Ich habe ein Sommersprossentrauma.

– Du hast einen schlechten Charakter.

Zehn Minuten später schlägt die Tür. Krie stellt einen Aschenbecher auf den Tisch, nimmt zwei von deinen Zigaretten –

mitten aus dem Floß – und zündet sie an. Eine davon steckt er dir zwischen die Lippen. Lu protestiert: Nicht in meinem Zimmer. Schert euch hinaus.

Ihr grinst. Der erste Zug ist ein vollkommenes Gefühl. Krie will wissen, was du hier machst, mitten in der Nacht, und noch dazu in Utes Zimmer. Und als du ihm erklärst, daß du eigentlich nach Neuseeland wolltest, er aber deine Zigaretten wegrauche, erkundigt er sich bei seiner achselzuckenden Schwester nach deiner Geistesverfassung. Dann fällt ihm dein Koffer auf, der Kaiser Heliogabalus auf dem Fernseher, er kratzt sich durch seine Rasierpinselfrisur, zieht die Brauen zusammen und bestätigt sich nach einigen Sekunden des Überlegens mit verwundert vorgestrecktem Hals, daß du von zu Hause ausgerückt sein mußt.

– Tja, es heißt, es sei ein Weggehsommer.

Du bläst den Rauch über deine ramponierte Medusa, Nebel über dem Indischen Meer oder sonstwo in der Gegend, während Krie lauthals lacht, zwischen zwei Wellen herausdrückt, daß du nicht allzu weit gedacht haben kannst, denn das Sofa sei nicht das Gelbe vom Ei. Und irgendwie findest du das auch komisch, daß du ein Sofa bekommst, und stimmst ungefragt – erleichtert – in sein Gelächter ein, kräftig, eigentlich varennisch, Lu animierend, für die nähere Zukunft Heiteres zu erwarten, daß es heiter werden wird zu befürchten. Tief ächzend wälzt sie ihren Kummer auf der Seele, indem sie sich eine Strähne hinters Ohr streicht, indem sie von irgendwoher die Katze holt. Dann öffnet sie beide Fenster, klappt ihr Bett aus dem Schrank, es ist wie maßgeschneidert für zwei, und Satan, die Katze, rollt sich darauf ein.

... etwas, was der Rede wert war, hatte ich
nicht erlebt und konnte also nichts Wahres
berichten.   (Lukian)

Wie oft wir seufzen, wenn uns Geschichten gefallen, und denken, sie lügen!
                          (Thomas Moore)

Das Fest der UnVernunft

Das kann doch nicht die Möglichkeit sein! Zehn Minuten zuvor, ich war mit meinem Samstagnachmittag allein und ließ
mich auf das beste von ihm unterhalten, schreckte mich das
Telefon aus meiner hochsommerlichen Lethargie, ich raus aus
meinem Schaukelstuhl und ran, Hallo, wer da? Und wie sich
herausstellte, hing am anderen Ende der Strippe einer, der seinen Namen nicht kannte, ein Glück, daß sich wenigstens
seine Stimme einwandfrei identifizieren ließ, na Krie, du
Eumel, was ist los, was gibt's?

Krie überredete dich, den Ventilator abzustellen und bei
ihm aufzukreuzen, da er und Lu aufgelegt seien, etwas zu
spielen, etwas im Freien, an der frischen Luft, weil das dem
Teint und Lus Sommersprossen förderlich sei – eine gar nicht
einmal schlechte Idee. Aber jetzt, pünktlich erschienen wie
sonst nur Mondfinsternisse erscheinen, rührt sich in der
Sprechanlage kein Hauch (obwohl du Sturm klingelst). Und
weil du partout nicht einsehen willst, den Weg umsonst gemacht zu haben, trabst du um den Block, läufst pfeifend in
den Hinterhof ein, wo dir prompt die Augen übergehen: Prot-
zig in seinem gestochenen Hellgrün parkt Kries abgeschau-
kelter Käfer, das Lächeln des Universums – zugegebenerma-
ßen – nur gebrochen spiegelnd, über dem Kanalgitter. Herum

drängt sich ein Sortiment diverser Utensilien, die man für verschiedene Dinge gebrauchen kann, speziell aber fürs Autowaschen. Krie und Lu lehnen an der schattigen Hauswand, mit schalkhaften Pantomimen des Stolzes in den Gesichtern, daß du, Philipp Worovsky, ihnen auf den Leim gegangen bist, sogar verlegen herumdrückst, von Spielen eine andere Auffassung zu haben, eine mehr spielerische, natürlich, verständlich (das versteht ihr doch?), gewiß (Ironie) – denn trotz allen Verständnisses, sieh an, ist Lu zuverlässig mit einem Sprüchlein zur Stelle, das vortrefflich ist, wenn auch nicht patent, weil es von dir stammt. Zitat: Wir rennen bloß zum Spaß auf dem Globus herum. Alles ist ein dummes Spiel, das wird sich herausstellen. Niemand kennt die Regeln, alle würfeln durcheinander, aber ich spiele mit, weil ich nichts Besseres zu tun habe.

Und weil zweifellos stimmt, was sie sagt, du aber tröstlich das letzte Wort haben willst, nimmst du dir, nach einer kurzen Entschuldigung, dich vergessen zu haben, das Recht heraus zu geben: Ute die Scheiben, Nummernschilder und alles Verchromte, Krie die Innereien, du selber gingst dem Wagen an den Lack, darin hättest du Erfahrung.

Es ist schon einige Zeit her, daß du zuletzt mit anderen zusammen bei der Arbeit in der Sonne geröstet und irgendwas wie Zaunstreichen unternommen hast; die abhanden gekommenen Samstagnachmittage im Freien, verschwitzt und dreckig, du merkst gerade, wie du sie vermißt hast. Von Krie bekommst du eine Schirmmütze, eins muß gesagt sein, der Junge denkt mit, alle Achtung, und in Anbetracht der Umstände, daß die Sonne dem Thermometer den letzten Respekt abverlangt, daß die Hitzeglocke während der letzten Tage eine mörderische Kompaktheit erlangt hat, läßt du dich gerne als Werbeträger für einen italienischen Zuckerkonzern einspannen. Du ziehst Schuhe und Socken aus, krempelst die Hosen bis unter die Knie, ehe dir Lu den Schlauch mit der aufgesetzten Bürste reicht, dir erklärt, wo und wie man die Düse abstimmt, Wasser marsch, los geht's, wer den besten Start erwischt.

Du richtest die Mütze zurecht, drehst am Regler der Druckstrahldüse und beginnst deine erste Runde am Dach, nimmst die Fahrertür ins Gebet, streichst prudelig übers Heck, um den Dreck fürs erste einzuweichen. Aus der Bürste schäumt es heraus, ohne daß du etwas dazutust, praktisches Patent, so kannst du deine Aufmerksamkeit ungeteilt den zahlreichen Schatten und Flecken zukommen lassen, egal, ob es sich dabei um Vogelschisse oder minimalste Teile von angetrocknetem Blütenstaub handelt. Sogar verjährten Schmutzrändern an nur schwer zugänglichen Stellen kommst du bei und läßt dich zugleich nicht abhalten, auch nicht von Krie, der mit einem alten Staubsauger herumfuhrwerkt, Lu deine Schrecknisse der vergangenen Nacht zu erzählen. Du behauptest, von ihr geträumt zu haben, das könne sie ruhig glauben, heute früh zwischen Morgengrauen und dem Moment, wo du schreiend und kreischend aus dem Schlaf gefahren seist.

Sie macht sich an der Windschutzscheibe zu schaffen, tut ganz so, als interessiere es sie nicht, welche alptraumhaften Heimsuchungen dir deinen wohlverdienten, ansonsten gesunden Schlaf zunichte machten, murmelt vielleicht, verschon mich mit deinen Träumen, mir reicht vollkommen, was du am hellichten Tag zusammendrehst, murmelt wenigstens etwas Ähnliches, und du, vernehmlich, sie solle sich einen geschlossenen Innenhof zwischen gigantischen Festungsmauern vorstellen, die Morgensonne, die sich von der glitzernden Zinne löse, die letzten Nebelfetzen, die sich ebenfalls lösten, aber auf. Und weit unten, im Schatten unter dem Sonnengeglitzer, dicht an der Mauer, dort denke sie sich dich, so schwer ihr das falle, Philipp Worovsky, frisch geschoren, in Jeans und einem Mickey Mouse=T=Shirt – er solle erschossen werden (das mache ihr die Vorstellung wieder leichter, vielleicht auch das Folgende, nämlich:) daß sich Philipp Worovsky interessanterweise wohl fühlte, WUNSCHLOS nur mit dem einen Abstrich, gerne um seinen letzten Wunsch gefragt zu werden, um den ihn niemand fragte. Die Leute seien gelangweilt in den Ecken gelehnt, ein Bein zurückgestellt, hätten geraucht, gescherzt, über Frauen geredet, und alle hätten Philipps Hemden getragen, was vor allem wieder irritierend gewesen sei.

– He, hörst du mir überhaupt zu? Sie tragen meine Hemden!

Lu zieht mustergültig, als hätte sie als Croupier im Casino von Monte Carlo den letzten Schliff erhalten, ihren Abzieher über die Windschutzscheibe. Die Scheibenwischer hat sie hochgeklappt. Sie ist barfuß, ein Goldkettchen liegt um den rechten Knöchel, nicht genug, ihre Zehennägel sind lackiert, Teufel auch, dunkelrot, sagt nur (und das ist allerhand), nachdem dir Krie, rittlings auf dem Staubsauger sitzend, wohlwollend versichert hat, daß sie, ob du gerettet würdest, zweifellos und natürlich interessiere: Hoffentlich schießen sie schlecht und müssen nachladen.

– Soweit sind wir noch nicht, platzt du nach einer angemessenen Weile der Empörung heraus. Zunächst und vorerst kamst du: IN MEINEN LIEBLINGSSCHUHEN! Das war hart für mich. Sie waren dir viel zu groß, schätzungsweise zehn Nummern. Du bist über den Hof getappt und hast zwei Spuren in den Sand gezogen. Einige Meter vor mir, auf Sicherheitsabstand, an der Kante, wo der Schatten anfing, bist du blinzelnd stehengeblieben. Stimmt es, daß du böse bist? hast du gefragt, stimmt, habe ich geantwortet, ich bin sehr böse, und die Leute in meinen Hemden haben lauthals gelacht. Irgendwo in meiner Antwort muß eine verborgene Pointe stecken, aber leider hat sich mir der tiefere Sinn bislang nicht erschlossen. Die Leute haben noch gelacht, wie ich aufgewacht bin.

– Stimmt es, daß du böse bist? fragt Lu und taucht ihren Lappen ins Prilwasser.

– Stimmt, ich bin sehr böse.

– Und das soll ich dir glauben?

– Aber sicher doch.

Krie erzählt von unreifen Äpfeln, über die er gelesen habe, daß sie Alpträume verursachten, wenn man sie vor dem Schlafengehen esse. Und warum kommt Ute darin vor, ma sure citrone amour, he? Kannst du mir das erklären? Nein, kann er nicht. Er zuckt die Achseln, setzt den Staubsauger wieder in Betrieb. Lu kämpft mit an der Windschutzscheibe angepappten Mücken, mit den aufgekrempelten Ärmeln ihres Hemds. Die Ärmel rutschen ihr fortlaufend runter, weshalb sie ständig mit dem Unterarm zugange ist, am liebsten unterm Haaransatz, da die unvernünftige Hitze den Schweiß beim bloßen Herumstehen aus den Poren treibt. So hat auch niemand etwas einzuwenden, daß Krie, kaum daß ihr mit der Arbeit begonnen habt, seine Schwester nach oben beordert, etwas zu trinken zu holen. Und derweil Lu in dieser Sache unterwegs ist, setzt ihr euch auf zwei Mülltonnen, über denen ein Schatten mit zittrigen Fingern eine angenehme Kühle hält, unterhaltet euch über Hannas Wohnung (denn in Hannas Wohnung, weil Hanna jobbend in Tel Aviv weilt, weil du in der Tichystraße den Familienrhythmus störtest, weil du ihn mit Talent und Hingabe störtest, hat man dich kurzerhand ausquartiert).

Das Gespräch geht eine Weile über das unüberbietbare Gefühl, in einem neuen Bett aufzuwachen, was eine der wenigen großartigen Abwechslungen sei, die dir das Leben zuweilen zu bieten habe, du verbreitest dich über Hannas Zimmerpflanzen, einen fremdenden Haufen, der im wechselseitigen Vorteil, die anfallenden Verrichtungen dir aufbürden zu können, mit ein Grund für deine Umquartierung war. Dann schleppt Lu einen Korb an, zaubert drei Gläser hervor, eine Flasche

Sprite und Eiswürfel, in denen sich sogleich die Sonne fängt, wie sie sich auch in deiner Bemerkung fängt, daß Zitronensaft (womöglich Zitronenlimonade?) neben seiner Eignung als Geheimtinte und Desinfektionsmittel Sommersprossen ausbleiche, ob sie das gewußt habe, Lu, ja doch, alles wisse sie, alles habe sie ausprobiert, knurrt, alles erfolglos, und reicht jedem ein Glas. Du kippst deines in einem Zug, hältst es ihr zum Nachschenken unter die Nase. Ups. Fragst sie im Vertrauen, ob du ihr abgehst, ob ihr die Sehnsucht nach dir nicht langsam das Kreuz beuge. Im Gegenteil, sie habe geputzt und gelüftet, was das Zeug hielt, bis sie wieder das Gefühl gehabt habe, in ihrem Zimmer allein zu sein.

Das ist starker Tobak, und du stimmst sogleich einen Sermon an, daß sie dir außerordentlich abgehe, weil sich niemand mehr ganztägig über deine Anwesenheit in der Welt ärgere und es überdies ein harter Rückschlag sei, daß du deinen Nacken jetzt selber rasieren müssest, wohl oder übel, da es stets geraten sei, auf allerlei Eventualitäten gefaßt zu sein. Kurzum, das Leben sei eine einzige Mühsal ohne sie, du gäbst weiß der Himmel was dafür, wieder ins Paradies einziehen zu dürfen, seist auch gerne bereit, weil du wissest, daß diese kleinen Aufmerksamkeiten doch immer zum Guten führten, sie bei nächster Gelegenheit zu einem weiteren Dutzend Karussellfahrten einzuladen, ihr saures Lächeln, wenn ihr Magen haarscharf am Kentern sei, sei dir das wert.

Lu hatte zuvor eine Riesenportion Zuckerwatte, einen kandierten Apfel und einen Würfel Türkischen Honig verdrückt – alles von dir aus deiner brüchigen Kassa gesponsert. Du hättest nie gedacht, Lu jemals so kleinlaut erleben zu dürfen.

Sowie auch dein zweites Glas leergetrunken ist, läßt du dir die löchrigen Eiswürfel in den Mund rutschen, stellst das Glas in den Korb und trittst zurück in die Sonne, die brodelt und die Glutfetzen nur so ins All schleudert: Na los, komm schon,

Mädchen, hier gibt es Sommersprossen, gratis noch dazu. Wer klug ist, sorgt für den Winter vor.

Du kraulst dem Käfer die Flanken.

Lu badet ihre Hände im Prilwasser, poliert die Scheinwerfer.

Krie räumt den Kofferraum aus.

– Was macht ein Kleiderbügel im Kofferraum? Ein Französischwörterbuch? Ein Trussardi?

Kram von Lu: Du meine Güte, wo hab ich das Trussardi überall gesucht.

– Lolly verwendet KL, Karl Lagerfeld, für die eigenwillige, unberechenbare Frau, die alle Spielregeln beherrscht ... und sie alle bricht.

– Bleib mir bloß mit deiner Lolly vom Hals.

Als du mit Schrubben fertig und selbst den hartnäckigsten Flecken beigekommen bist, legst du die Bürste weg, stemmst die Hände in die Hüften und schaust etlichen Wassertropfen zu, wie sie von der Bodenkante der Karosserie in die Pfützen plitschen, die sich darunter gebildet haben. Du läufst den Käfer ab. Blitzeblank, findest du, wie Butter, du folgst dem rot und orange gewendelten Schlauch zum Wasserhahn und drehst ihn zurück, setzt dich anschließend komfortabel auf den Beifahrersitz, dessen Federung schwer seufzt. O nein, das warst nicht du, der Seufzer rührte von der Federung, wie gesagt, denn das Schöne an Arbeit ist, daß man sich hinterher zufrieden, etwas im Schweiße seines Angesichts zu Ende gebracht zu haben, und in aller Ruhe überlegen kann, wie man sich zum Ausgleich verwöhnen will, zum Beispiel mit einem Asterixheft, das man von der Ablage unterm Heckfenster angelt. Asterix im Morgenland. Du schlägst es auf. Im Seitenspiegel ist es dir möglich, Lu zu beobachten, dann durch das Fenster der Beifahrertür, vor dem sie sich justament aufbaut, um dir mitzuteilen, daß du den Lack abledern müssest, wegen der Wasserflecken.

– Herrjemine. Verschon mich mit deinen Wasserflecken. Es gibt Wichtigeres. Du hast auch Sommersprossen, so groß wie Konfetti, und das stört niemanden. Du mußt wissen, ich stehe auf Comics, wie Che Guevara, und eine besondere Vorliebe hege ich für Asterix. Das erinnert mich immer daran, wozu diese dummen Staatsoberhäupter mit den grauen Wundertüteneminenzen und einem schlagkräftigen Heer im Rücken fähig sind.

Lu läßt sich von deiner intellektuellen Beschäftigung mit Weltpolitik nicht beeindrucken. Sie legt ihre Stirn in Falten, daß dir angst und bange wird, und da du noch halbwegs bei Verstand bist, wirfst du den momentanen Gegenstand deiner geistigen UnRast, das Asterixheft, sofort beiseite und kletterst an die frische Luft, froh, dort, feststellen zu dürfen, daß Krie, Besitzer zweier Lederfetzen, gewillt ist, dir beim Abledern zu helfen.

– Lolly fährt immer in die Waschstraße, das ist so einfach wie praktisch, spart Zeit, kostet nicht viel, klingt zwar wie ein Werbeslogan, stimmt aber.

– Kann schon sein, meint Krie und kramt, während du den Faden wieder aufnimmst, um dein Garn weiterzuspinnen, nach seinen Zigaretten.

– Lolly fährt einen Mini mit Schottenkaros, ein Freund von ihr, der sie auf Händen in den Himmel tragen würde, wenn sie ihn ließe, hat ihr das Muster gespritzt. Tolle Arbeit, muß man ihm lassen. Und das an einem 73er Baujahr, einem Innocenti 1300 Cooper S. Lolly behauptet, das sei ein Bombenauto, 85 PS bei nur 600 Kilogramm. Aber wahrscheinlich fährt sie es nur, weil Twiggy eines in der Garage hatte. Twiggy war ein Model. Und Lolly ist auch ein Model... Sie ist ein Model und sie sieht gut aus, da=dup=da=da=ba=di=ba=dup=da=dam.

Deinen musikalischen Beitrag nutzt Lu, zu Krie gewandt,

damit ihrem Bruder dieser bedeutsame Umstand nicht entgleite, dir zu unterstellen, daß du Opern quatschtest oder, anders ausgedrückt, nobler, gediegener, daß du Beziehungen zur UnWahrheit unterhieltest, was aber, eigentlich, nicht viel heißen will, weil sie dir damit verläßlich kommt, sobald du zu erzählen anfängst, speziell aber, wenn es sich dabei um Mädchen handelt, die sie nicht kennt und von denen sie allesamt vermutet, daß du sie nur zu dem einen Zweck ERFINDEST, um die Bilanzen deines trostlosen Daseins aufzufrisieren.

– Ich schwör's, Ute, du hast Lolly bestimmt schon hundertmal in einer VIVA oder marie claire gesehen. Du liest sie doch auch diese hochinteressanten Modezeitschriften? Lolly gibt sich dort regelmäßig die Ehre. Lolly ist ein DIN A4=Model.

– DIN A4=Model, äfft Lu nervös. Sie rollt die Augen, wirft dir einen Blick wie einen Handschuh hin: Wenn ich das nur höre. DIN A4=Model. Glaubst du im Ernst, ich kaufe dir das ab?

Das hat man davon, wenn man versucht, mit etwas Fantasie Abwechslung in anderer Leute Leben zu schmuggeln. Der gute Wille schlägt einem prompt zum Nachteil aus. Du schaust mit gerümpfter Nase und einer kleinen Sorgenfalte auf der Stirn in den Himmel, als rechnetest du mit einem Wolkenbruch, der jeden Moment fällig ist, eine Tragödie, denkst du, eine einzige Tragödie, das Kind, Lu, sie ist schwierig.

– Das liegt an Lolly, der Ausdruck stammt von ihr. Sie haßt diese kleinen Bilder, auf denen ihre Figur nicht recht zur Geltung komme. Behauptet sie. Deshalb träumte sie schon immer von A=minus=hundert oder noch einer Dimension größer, vom Reich der Großwandwerbeflächen, dem Plakathimmel.

– Jetzt mach einen Punkt. So einen haarsträubenden Schwachsinn habe ich lange nicht gehört. Du übertriffst dich selbst.

– Steh nicht so viel an der Sonne rum, mault Krie, davon kriegst du Sommersprossen. Und dein Dr. Druchrey's Drula Bleichwachs ist meines Wissens so gut wie alle.

Ihr sitzt am Boden, die Hosen feucht, mit dem Rücken an den Käfer gelehnt, Krie und du, nachdem ihr den Lack von vorne bis hinten zum Quietschen gebracht habt. Ihr raucht. Deine Zigarette, die dir an der Unterlippe pickt, wippt beim Erzählen wie eine Wünschelrute, die den Grad von Lus Erregung zeigt. Je mehr desto schlimmer. Wortlos schwirrt sie um euch herum, mit Schmutz beschäftigt, der sich längst auf den Putzlappen oder im Staubsauger befindet, von dem das Wasser in ihrem Eimer eine hübsche Tönung ähnlich Malzbier hat. Wer weiß, vielleicht interessiert es sie doch zu erfahren, wie die Geschichte mit Lolly weitergeht. Wer kann das beurteilen? Du nicht – weswegen du ein scharfes Auge auf sie hältst, denn obwohl es nicht immer ratsam ist, von sich auf andere zu schließen, rechnest du jeden Moment damit, daß sie dir den Eimer mit dem Schmutzwasser über den Kopf stürzt. Du fragst dich seit geraumer Zeit, was sie davon abhält, du bist nicht aus Zucker, das Wetter wie bestellt, die Umstände also günstig, zudem sitzt du, und sie steht, womit sie entscheidend im Vorteil ist. Wenn du nur zwei Sekunden die Möglichkeit hättest, in ihrer Haut zu stecken, würdest du die Gelegenheit, ohne dich mit lästigen Skrupeln zu belasten, dankbar beim Schopf packen. Garantiert sogar.

Die Schirmmütze hast du mittlerweile abgenommen, doch trotz der Wolke, die gerade vor der Sonne liegt, rinnt dir der Schweiß in mehreren Rinnsalen in die Brauen. Man müßte sie festnageln, die Wolke, meint Krie, diesen Gedanken in zwei/drei Sätzen ausmalend, um dann sogleich zur Sache zurückzukehren, wie alt Lolly sei. Einmal zu viel gefragt, enttäuschst du ihn, auch Barbie werde in diesem Sommer dreißig. Jedenfalls sei dir Lolly so lange in den Ohren gelegen, bis du ›okay‹

gesagt hättest, sie bekomme ihre Plakatwand, du gäbst ihr nämlich immer nach, das sei dein Problem, obwohl du aus Erfahrung wüßtest, daß es ihr Schicksal sei, UnGlück zu bringen. Sie habe dir ein Negativ angeschleppt, in Farbe, Lolly sei blond, und du seist herumgerannt, um jemanden zu finden, der es wenigstens auf A null bringen wollte, 120 x 80, weshalb du es zweimal bestellt hättest, um die Plakatwand halbwegs vollzukriegen.

Und Lu: Der Mensch kann lügen, das halte ich nicht aus. Mir ist in meinem ganzen Leben noch keiner untergekommen, der so viel lügt wie er. Er lügt so viel, daß er bald selber eine Erfindung ist.

Für dieses mehr noch wie für die vorherigen Intermezzos, allesamt nicht das erste Mal ins Feld geschickt, um einen Durchmarsch deiner Fantasie zu stoppen, verdiente sich Lu, deine unermüdliche Fastenpredigerin der mageren Jahre, einen Szenenapplaus. In einem Atemzug, mit der Nase an den Noten wie der Pianist von den Muppets, bewältigte sie die Passage. Und obwohl die ›Erfindung‹ anfechtbar ist, erahnst auch du auf die Frage, ob es womöglich geraten sei, weniger dick aufzutragen, damit der Rummel nicht daneben gerate, eine positiv beschiedene Antwort. Denn Lu kommt zusehends in Rage.

Letztlich aber, unter der Vorstellung, Lolly auf Plakathimmelformat zu vergrößern, packt dich eine solche Freude darüber, wozu dein Kopf fähig ist, wenn du ihm die Zügel schießen läßt, daß du darauf brennst, das Pferd, dein Karussellpferd, weiterzutreiben, auch auf die Gefahr hin, daß es zugrunde geht, wie das Bettlern schicklicherweise geschieht.

Nur ungern läßt du Krie den Vortritt.

– Warum bist du bloß so destruktiv, Ute? Laß ihn doch! Er erzählt doch nur von dieser Lolly.

– Aber er lügt. Er versucht nicht einmal, seine Lügen glaubhaft zu verpacken.

– Manchmal könnte man den Eindruck gewinnen, du magst mich nicht.

– Och, du bist bloß unausstehlich, das ist alles.

Krie lacht: Sie liebt dich, die Pflaume. Keine Frage.

Und Lu: Sag, spinnst du? Eingebildet wie er ist, glaubt er den Quatsch noch!

Der Tag entwickelt sich gut. Du bist überaus zufrieden. Und obwohl du berechtigte und dabei wenigstens auch bedauernde Zweifel hegst, daß die Pflaume dich liebt, erleidet dein Elan nicht den leisesten Abbruch. Von Kries regem Interesse ermutigt, eine Hand in der Hosentasche, strickst du die Geschichte weiter, strickst sie durch nächtliche Straßen, um drei in der Früh, verurteilst dich, Kleister, Besen und die Leiter zu tragen, Lolly, Pfennigabsätze, ihr KL und die Posterrolle. Während Lolly an der Ecke Meriangasse/Forstergasse Schmiere gestanden sei, typisch, hättest du, nicht weniger typisch, alles verhudelt, souverän, mit Luftblasen an den Plakaten und SOLCHEN Kleisterflecken auf deinem Hemd.

– Für ihn ist die Welt ein einziges Theater, und er meint, jeder müsse mitspielen.

– Jetzt hör doch auf. Er bringt Lolly nächsten Samstag zum Abendessen.

– Wenn sie Zeit hat, gerne.

– Das möchte ich mal sehen. Die existiert doch nur in seinem Kopf. Wir sind alle nur Spielzeug in seinem Kopf. Sie schaut auf ihre lackierten Zehen, kratzt an ihrer Hosennaht, fühlt sich in ihrer schlechten Meinung auch kopfnickend bestätigt, als du über ihre Spielzeug=Metapher witzelst, bekommt sogar weiße Mundwinkel von verbissenem Zorn, als Krie, genervt, widerwillig, das Gesicht verzieht, sie gifte sich nur, für keine Kurzgeschichte zu reichen.

Das hättest du dich nie und nimmer zu sagen getraut, stündest auch nicht gerade dafür, bestimmt nicht. He, Krie, sag sowas nicht, Mädchen sind immer springlebendig und für eine Übertreibung gut. Oder glaubst du, daß Lu den Luxus eines Überdruckventils besitzt, um Dampf abzulassen? Nicht Lu. Nein. Schau nur!

Wie eine Pusteblume in einem Orkan wirbelt sie mit ihrem von Wasser triefenden Fetzen herum. Überall landen kleine Tröpfchen, die wie Feuer von Himmel nieseln. Ihr Gesicht färbt sich rot bis unter die Haare, ihre Sommersprossen sind plötzlich ein Fieberausschlag. Und erst ihr Schweigen, das Schweigen der Frauen, das den Männern eine Lehre sein soll. Kein Laut dringt her. In die sonnentrunkene Stille formt sich etwas Bedrohliches, bläht sich, endlos, erdrückend, daß man ehrlich erleichtert ist, als sich Lus himmlisches Gesicht entlädt: SCHEISSE! SCHEISSE! SCHEISSE! Du mußt ihn gar nicht ermuntern, diesen Mist zu erzählen! Man könnte meinen, du bist ein Dreijähriger und er dein Märchenonkel!

Sie knöpft Krie von oben bis unten auf, du bekommst gelegentlich Streifschüsse ab, von wegen schlechter Einfluß und dergleichen, aber kaum der Rede wert. Die großen Salven gehen allesamt an dir vorbei. Krie läßt das kalt, die Ruhe in Person. Unbeteiligt spickt er die Asche von seiner Zigarette. Du hingegen, der du im vorigen Kapitel am eigenen Körper Auswirkungen der RevoLUtion zu erleben hattest, als dir Lu eine untadelige Backpfeife ausfertigte, willst dich nicht mutwillig einer neuerlichen Gefahr aussetzen und wagst kaum, den Schweiß auf der Stirn zu verwischen, tust es mit dem minimalsten Aufwand an Bewegung und behältst den Eimer im Auge.

Irgendwann, als Lu mit einer Ladehemmung kämpft oder, wer weiß, die Zitrone ihres Zorns bis auf den letzten Tropfen ausgequetscht hat, ist die Reihe an dir und du bekennst das Graue anstatt der Farben, die Hintertreppen der Revolution.

– He, Ute, das ist doch nicht bös gemeint, wenn ich von Lolly erzähle. Meinetwegen sag sooft du willst, daß ich lüge, manchmal stimmt es ja. Aber das liegt daran, daß ich keine bessere Wahrheit habe, weil nichts Großes passiert und ich es hasse, mich dauernd zu wiederholen. Deshalb erfinde ich dies und das oder runde meine Wirklichkeit auf (um und auf). Na und? Ist das so schlimm? Ich meine, was denkbar ist, ist schon zur Hälfte wirklich. Und diese kleinen Versäumnisse im Streben nach der Wahrheit machen das Leben ein bißchen interessant. Alles in allem ist es ja öde genug, daß man auf ganz andere Arzneien verfallen möchte.

Lu schaut dich an, eine Mischung aus trotzig, gallig, muffig, patzig, besänftigt und zufrieden. Ihre Puderwolken vor dem Sternenhimmel ihrer Sommersprossen sind leicht angetränt.

Ein warmer Platzregen im August.

– Setz dich her, na gib dir einen Ruck. Was jetzt kommt, stimmt.

... der Zufall muß ein b'soffener Kut-
scher sein – wie der die Leut' z'amm-
führt. (Johann Nestroy)

N.

Zwischen den klebrigen Wimpern durchgucksend stellst du
fest, daß der Himmel kitschig pastell wie ein frisch gebügeltes
Leintuch in der oberen Hälfte des Fensters hängt. Das Queck-
silber wird hochklettern, sich bei 40 Grad festbeißen, und dir
werden Schweißbäche ins Hemd sickern, derweil du angestrengt versuchst, die angeeisten Finger von der Coladose zu
bekommen, um die letzten wunderbaren Ringe der letzten
wunderbaren Abreißlaschen, die es morgen nicht mehr geben
wird, wie Frisbees zum Fenster hinaus über die Dächer der
Garagen zu spicken. Das wird dich den lieben langen Tag beschäftigen. Die restliche Zeit, die zwischen den Colabüchsen
übrigbleibt, wird mit Pinkeln draufgehen.

Du setzt Wasser auf und versenkst ein Hühnerei. Hanna
besitzt diesen fabelhaften Wecker, der sich auf Ringelspiele
besonderer Art programmieren läßt, genauer gesagt, er kräht,
wenn zwar blechern, aber er kräht. Du gibst dir zehn Minuten
und trollst dich gähnend ins Badezimmer, um gemütlich zu
duschen. Aber Pustekuchen! Denn was dich an dem Haus, in
dem Hanna wohnt, täglich mehr verwundert, ist, daß die
Nachbarn immer, aber vor allem dann, wenn du unter der
Dusche stehst, an ihren Hähnen herumspielen. Unfehlbar,
auch an diesem Morgen, was zur Folge hat, daß es dich abwechselnd kalt und brühend heiß, hinterrücks und im Nak-
ken erwischt, von wo sogleich ein quälender Schmerz in deinen Hinterkopf kriecht und mit dem Schmerz der Entschluß,
für diesen Tag zurückzustecken, Schäfchen zu zählen.

Das beschließt du seit einer Woche jeden Morgen. Denn seit einer Woche fühlst du dich übertrieben gut. Das geht soweit, daß du nachts kein Auge zubringst, denn entweder klebt eine unerträgliche Schwüle wie Orangengelee über dem Bett oder der Ventilator verschafft dir das Gefühl, eben um Kap Horn zu segeln. Zweiteres verleitet dich dann regelmäßig, in Erwägung zu ziehen, ob es sich lohne, dem Leibhaftigen die Seele an sechs Stunden Schlaf zu setzen, am Ende bleibst du aber standhaft, Nacht für Nacht, schwitzt und fröstelst quer durch die Radioprogramme, strampelst die Decke ans Bettende und kriechst ihr hinterher, wofür du in der Mitte des Vormittags mit einem von aufdringlichen Träumen durchsetzten Halbschlaf belohnt wirst, in dessen Verlauf dir dermaßen unerhörte Dinge vor dein inneres Auge treten, daß du eine Ahnung hast, warum der Vormittagsschlaf den sieben Todsünden zugezählt wird.

Verständlich, daß der Eindruck solcher Nächte zum Nichtstun verleitet. Über den Tag schmierst du dich mit Sonnenöl voll und schlenderst in deinem Kopf umher wie andere Leute in St. Tropez am Sandstrand. Du sammelst Muscheln, wirfst sie wieder weg, baust Sandburgen und zertrampelst sie. Döst bei Blood, Sweat & Tears oder Velvet Underground den Nachmittag entlang. Hast kein großes Programm. Bist aber, zumal im Schaukelstuhl, unabhängig und frei und kannst es dir leisten, dich nach einem dieser Gummiparagraphen des Lebens zu richten: Genieße den Tag. Genau das tust du, bräunst deinen Bauchnabel und liest VOM WINDE VERWEHT oder einen Schmöker von ähnlicher Beschaffenheit, der deine geistigen Kompetenzen nicht übersteigt; ein Zeitvertreib, an und für sich nicht übel, an dem sich jedoch zeigt, daß dem Alltag gerade aus der Qualität des Nichtstuns verschiedentlich Hürden erwachsen. Das Problem ist, munter macht dich dein St. Tropez=Urlaub nicht, im Gegenteil, mit seinen Annehmlichkeiten korrumpiert er dich zusehends und soweit, daß du dich bald mit einem lauwarmen Gefühl von Lustlosigkeit herumschlägst, das nahezu jeder Begeisterung beikommt.

Seit du in Hannas Bude eingezogen bist, gestaltet sich das Leben wie eine Sahnetorte, der du im Vorbeigehen alle naselang zuzwinkerst, in die du vielleicht den Finger steckst, die es dir aber nicht gelingt irgendwem ins Gesicht zu werfen oder ins Gesicht zu bekommen. Die Tage sind müßig, müßig und halbherzig, wenn auch nicht beliebig austauschbar, denn gar so wenig, daß du dir vorzuwerfen bräuchtest, den Segen höherer Dummheit gänzlich aus den Augen verloren zu haben, tust du wieder nicht. Mit einem wehmütigen Lächeln siehst du zu, wie die vergängliche Weltgestalt von Lilas Turm von einer Stahlbirne in die Knie gezwungen und mit Ausnahme des einen Ziegels, der jetzt auf Hannas Schreibtisch liegt, von Lastern weggekarrt wird. Und am darauffolgenden Tag, nachmittags, in der ärgsten Hitze, die alte Leute mit Regenschirmen aus dem Haus zu gehen nötigt, stattest du aus dem Blauen heraus dem Sarg einer Frau, die du kennenzulernen nie das Vergnügen hattest, einen Besuch ab.

Einzig verantwortlich für diesen ungewöhnlichen Schritt, einer dir wildfremden Person die letzte Ehre zu erweisen, zeichnete ihr Name, der dir in der Zeitung bei den Todesanzeigen, die du wie eh und je überblättern wolltest, ins Auge gefallen war: MERET. Du brachtest ihr Blumen mit, für jeden Buchstaben eine, fünf Stück, gelbe Rosen, allesamt in einer Nacht= und Nebelaktion von dir im Stadtpark geschnitten.

– Die Alte wird wohl den Fallschirm vergessen haben, gluckste ein Bierbauch neben dir, du fragtest auf gut Glück, welcher Stock? Siebter, verriet er dir. Hat noch gelebt, um irgendwas zu quasseln von wegen, sie habe wohl das Recht, neugierig zu sein.

So war das.

Die Abende verbringst du allesamt mit Krie, die Wochenenden schlagt ihr euch um die Ohren, meistens seid ihr unterwegs und setzt den Käfer in irgendwelche Schlammlöcher. Lu schleppt ihr ab und zu mit, was ohne größere Reibereien abgeht. Obwohl ihr nicht das seid, was man ein Herz und eine Seele nennt, hat das Eis dem Sommer doch nicht standgehalten und ist mit einigem Krachen gebrochen. Jetzt hüpft ihr zwischen den Schollen hin und her, häkelt an euch herum, weil es Spaß macht, einfach nur deshalb, weil es Spaß macht, euch in die Wolle zu kriegen.

Nach dem Aufstehen jedoch ist es keine Seltenheit, daß dir die Laune nicht nach Lachen steht. An so einem Punkt langst du spätestens an, als du ein Aspirin, das du in Hannas Kosmetikkoffer aufgegabelt hast, auf deine Zunge legst und im selben Moment der Wecker loskräht. Du erschrickst und verschluckst dich an der Tablette. Hustest sie wieder hoch. Und stürzt dich nach einer kurzen Atempause auf die Höllenmaschine, um ihr den Hals umzudrehen.

Die darauffolgende Stille ist von unendlicher Zartheit. Du schließt die Augen, wartest, bis du wieder das Gefühl hast, einigermaßen in deine Haut zu passen, kratzt dann eine Weile am Datumsstempel von deinem Frühstücksei herum. Und du fragst dich keineswegs, was zuerst war, das Ei oder die Henne. Du machst aus deinem Frühstück nur äußerst selten ein philosophisches Sit=in, wiewohl Ansätze natürlich vorhanden sind. Heute: Heute beginnt der Rest meines Lebens, murmelst du, um dich aufzustacheln, wieder einmal Akzente zu setzen, eine Kerbe in die Welt zu schlagen. Aber du schluckst das mitsamt dem letzten Happen hinunter.

Heute wirst du Schäfchen zählen.

Während du die Eierschalen wegräumst, dich bequem in irregular Levis und ein violettes langarmiges T=Shirt einpuppst, erzählst du dir die Geschichte von Lana und Neuseeland, die dir nicht aus dem Sinn geht. Am oberen Ende einer Laufmasche: Neuseeland, natürlich. L wie Lore in ver=lore=n und vertan, L wie Lana, Musik in deinen Ohren, h=moll im Bauch. Du popelst in der Nase und rufst sie dir vor Augen, ihr breites Lächeln, ihren Froschmund, ihr Kreuzworträtselkleid, die Netzstrümpfe. Und dann, dann läßt sie dich fallen – wie eine Laufmasche. Von Neuseeland zu Boden.

Du fragst dich, was Lolly gerade macht. Vermutlich sitzt sie mit ihrer Freundin im Museumscafé und erzählt ihr den neuesten Klatsch, merkt beiläufig an, was für eine Null du doch bist, wie mit dem Zirkel gezogen, und muß sich im Gegenzug die Erzählungen ihrer Freundin anhören, die von Sektparties, von schwarzen Lakaien und VIPs berichten, die ihren Sekt in die Dekolletés schicker Mädchen kippen.

Sowas kannst du ihr beim besten Willen nicht bieten, bist du auch nicht ausgesprochen scharf darauf. Aber bedenklich findest du, daß du selbst mit Schäfchenzählen Probleme bekommen wirst. Wie soll das angehen, wenn der Himmel dieses leintuchpastelle Frischbügelblau aufträgt? Zwei Büchsen Babypuder drüber, und die Sache wäre geritzt. Aber nein, alles blitzeblank, nicht einmal ein klitzekleines Lämmlein im Gehege, geschweige denn ein schwarzes Schaf – nach Neuseeland, wo gerade Winter ist, dorthin solltest du, Millionen Schafe gibt es dort, unzählige.

Um deinen Überdruß zu lindern, schaltest du den Fernseher an. Es läuft gerade ein Western in Wh vom Vortag, nicht gerade Morgentau in deinen Augen, denn Tote und Staub sind das einzige, woran kein ernsthafter Mangel besteht. Besagte Lage steht dann auch in ursächlichem Zusammenhang mit der wohlwollenden Geringschätzigkeit, mit der du der Glotze nach wenig mehr als zwanzig Schnitten den Gnadenschuß gibst, um anschließend mit dem Fächerventilator über dem Bett zu spielen, den Krie dort installiert hat, weil er beim Pudern immer am Hintern schwitzt. Deshalb. Als dir auch der Ventilator keine Abwechslung mehr verschafft, ringst du dir, derweil du Hannas Grünzeug Strawinski auflegst (Pkt. 3 in ihrer Haushaltungsliste: Täglich eine halbe Stunde klassische Musik, sie lieben Beethovens Sechste), die Entscheidung ab, in die Clarks zu schlüpfen und die tote Zeit gegen Mittag in die Pathologie zu bringen.

Den Strawinski läßt du pauken, da du in einer Dreiviertelstunde zurück sein willst, läufst dann, Stockwerk für Stockwerk der Geräuschspur des Westerns in die Niederungen der zivilisierten Welt folgend, frisch fröhlich, denkst nichts Böses, in den Tag ein, die Sonne steht bereits auf einer der oberen Sprossen ihrer Leiter, kielst über den Hof, pfeifst vor dich hin und köderst nebenher Gedanken: Lolly, Neuseeland, Wellington, Napoleon. Du bist beschäftigt. Bestellst dir in der Universitätsbibliothek ein Buch über die finsteren Machenschaften des Mondes und andere Himmelserscheinungen. Tust das deshalb, weil Mittwoch durch die seltsame Revolution des Mondes um die Erde und der Erde um die Sonne eine Mondverdunkelung entsteht, die du unter keinen Umständen versäumen willst. Unweit der Bibliothek spürst du einen Bankomaten auf, mit dem du vertrauensvoll Sesam öffne dich spielst; die zeitgemäße Art, sich in Märchen zu tummeln. Im Weitergehen fragst du dich, ob es auch in Neuseeland Märchen gibt, vom Kiwi, wie er seine Flügel verlor, von der cleveren Brückenechse, die mit dem Riesenmoa um die Wette läuft, und gelangst, mit solcherlei Geschichten befaßt, am Randstein balancierend, dessen Granit im Sonnenlicht glitzert, unversehens zum Kaufhaus in der Schiltbergergasse, wo du über die Papeterie, du legst dir ein Farbband für Hannas Olympia 1200 zu, in die Abteilung für Damenwäsche vorstößt. Dort willst du die heikle Sache mit dem Dekorationsbein zu einem Abschluß bringen. Die diesbezüglichen Verhandlungen, die du auf zweierlei Ebenen führst, ziehen sich seit anderthalb Wochen durch den Thermidor.

Deine Anlaufstelle ist die Wasserstoffblonde in den Gesundheitsschlapfen, an die du bereits beim ersten Mal, als du nach einem Plastikbein fragtest, geraten warst. Sie bedient soeben eine Frau um die Vierzig, der sie Bodysuits von der feinen und flimsigen Sorte ins Neonlicht hält, und zwar der Reihe nach das ganze Sortiment, manche Modelle zweimal, manche dreimal, bis sie sichtlich lahme Arme bekommt. Trotzalledem, auch trotz guten Zuredens, bleibt die Kundin unschlüssig, begehrt etwas anderes, etwas, das sie mit einem vagen Schnalzen der Zunge umschreibt, mit einem ebenso vagen ›Sie wissen doch‹. Nein, sie wisse nicht, erwidert das Mädchen in liebenswürdiger Weise und kehrt erneut das Unterste zuoberst, während du verlegen und nicht weniger ungeduldig von einem Fuß auf den anderen trittst; weil du dir gänzlich überzählig vorkommst, weil außer dir weit und breit kein weiterer Vertreter der Spezies, die vergewaltigt und lustmordet, auszumachen ist, weil dich, Philipp Worovsky, obwohl du dich von derlei Anwandlungen unfehlbar außer Gefahr zu wissen glaubst, ein heimtückisch schlechtes Gewissen ankommt. Denn seitdem du die Abteilung durch deine bloße Anwesenheit bereicherst, schauen dich die feinen und flimsigen Damen an, als wärst du weiß Gott mindestens der Marquis von S. und M. Und allerorts, weil dieselben flimsigen Damen es andererseits nicht schaffen, die Vorhänge der Kabinen ordentlich zuzuziehen, wirst du mit dicken weißen Hintern behelligt, was die freie Tätigkeit deines Blicks unterminiert, dich ungefragt nervös macht und so dein schlechtes Gewissen beträchtlich vertieft.

In diesem Zustand hampelst du an einem Ständer mit Nylons herum, wo du etwas Luft zu haben glaubst. Als sich dort zwei Frauen nähern, schummelst du dich, um ja die gebührende Distanz zu wahren, um keiner gedankenverlorenen Kundin über den Slipgummi zu springen, zu den Corsagen und Corsetten und was Napoleon auf der Etage sonst noch für Landsleute hat.

Du denkst an Napoleon und studierst Slipfarben: lago, citrus, flieder, meer, lavendel und smoke, opal, tulpe, mint und apricot. Nett, wirklich nett. Lila gibt es auch, in allen Variationen. Du atmest tief durch.

Das Gemurmel der Frauen und Verkäuferinnen wird von der Musik aus den Deckenlautsprechern überlagert. Little Peggy March trällert I Love Him, einen Song, der diesen Sommer unter dem Sauerstoffzelt des Dollars wiederbelebt wurde. Daß der Kerl, von dem Peggy singt, sein Liebchen womöglich sitzen lassen wird, kannst du ihm in Anhörung der entsetzlichen Stimme, die das Lied intoniert, nicht verübeln. Auch du neigst, obschon aus Gründen anderer Natur, die nicht weniger auf der Hand liegen, der Möglichkeit zu, dich aus dem Staub zu machen. Denn auf Dauer werden dir diese krummen Blicke, die dich als Eindringling in einzig Frauen vorbehaltenes Terrain und etwaigen Sittenstrolch strafen, peinlich. Obendrein üben das viele Schwarz und die vielen Spitzen, denen ein Hauch kleiner Tode anhaftet, eine stark deprimierende Wirkung auf dein sensibles Gemüt aus, so daß du schwerlich weißt, wohin mit dir. Du ziehst Gesichter und Slipgummis lang, befühlst scheinbar interessiert die Stoffe, als kämst du von der Stiftung Warentest. Irgend etwas willst du tun, solange die Wasserstoffblonde, die bei dieser Schwüle unter ihrem Kittel mit Sicherheit nichts als einen Hauch Chanel No.5 trägt, mit dieser lästigen Kundin beschäftigt ist. Kann ja auch Männer geben, denkst du, die jemandem mit einem delikaten Geschenk eine Freude bereiten wollen, muß ja nicht sein, daß alle Männer das Zeug heimlich anziehen.

Schließlich wird besagte Verkäuferin, deren Kittel ein Namensschild mit der Aufschrift M. Nader ziert, frei. Du paßt sie an der Kasse ab, und als sie deiner gewahr wird, weißt du sofort, daß etwas Großes geschehen wird. Du siehst es an ihrem Gesicht, an der Art, wie sie lächelt. Sie verschwindet durch eine Tapetentür am unteren Ende der Umkleidekabinen, die mit heliotropfarbenen, dicken Wollvorhängen bestückt sind.

Und während sie der Erfüllung deiner Sonderwünsche nachkommt, nimmst du, endlich mit gutem Recht, die dem Blick offene Abteilung ebenso offen ins Visier.

Wäsche gibt es in ausgesuchter Fülle, überall Wäsche, natürlich, das ist dir schon früher aufgefallen. Aber dich interessiert ganz etwas anderes, dich ziehen vorwiegend diese Frauen an, von denen du unterrichtet bist, daß sie den neuesten Umfragen zufolge an erster! Stelle in Kaufhäusern Jagd auf Liebhaber machen (eine ständig im Gerede befindliche Zeitung hat das unlängst in ihrer fingerdicken Sonntagsausgabe verbreitet).

Und siehe da, der erste Blick ist durchaus vielversprechend. Du beobachtest etliche todschicke Frauen, für die du aus deiner zugegeben subjektiven Sicht in Frage kämst. Leider jedoch, wenn man es leider nennen will, bringt der zweite Blick wenig Fortschritte, denn keine der Frauen macht Anstalten, deine subjektive Sicht durch eine wie auch immer geartete Andeutung zu objektivieren. Zuletzt vereinnahmt dich wieder die Verkäuferin, die in ihren Birkenstocks und mit dem Bein aus durchsichtigem Kunststoff in der Hand über die Bühne klappert und dich so an die vorrangige Ursache deiner Anwesenheit erinnert.

– Fantastisch, auch noch ein linkes, das trifft sich gut. In diesem Sommer. Sehr gut. Anziehen sollten wir es.

Als das Plastikbein in einem halterlosen, großmaschig schwarzen Netzstrumpf steckt, bittest du das Mädchen in der zwielichtigen Absicht, das Ende deiner nicht weniger zwielichtigen Geschäfte solange als irgend schicklich hinauszuzögern, um eine Rechnung, wodurch sich dir Sekunden später, als sich M=Punkt beim Schreiben vorbeugt, Einblicke eröffnen, die von besonderer Art sind, perfekt ausgeleuchtet, über jede erfinderische Spekulation erhaben. Aber du, der du im Augenblick, da dein Leben als ganzes Siesta hält, nichts Besseres zu tun hast, beschäftigst dich gerne mit diesen UnErheblichkeiten, für eine gewisse Zeit, eine kurze Zeit, denn nach wenig mehr als zwei Blicken haben sich die Brüste abgelutscht. Schlagartig weißt du, daß M=Punkt nicht in die Verlegenheit kommen wird, von dir gefragt zu werden, ob sie gewillt ist, dich unglücklich zu machen. Der Funke, sehr wohl vorhanden, weigert sich in boshafter Weise, überzuspringen. Sie tippt den Betrag fingerfertig in die Maschine, die Lade klingelt heraus, sich zärtlich an ihrem bereitwillig vorgewölbten Bauch reibend. Und dieselbe Lade nimmt Sekunden später den großen Schein, den du zuvor von deinem wie üblich lose in den Bluejeans befindlichen Geld entnommen hast (so daß das Mädchen es sorgsam von Verknitterung befreien mußte), anstandslos auf. Der Durchschlag der Rechnung wird aufgespießt, du streichst das Wechselgeld in die Hand und stopfst umständlich den übriggebliebenen Strumpf in die Hosentasche. Im selben Moment wendet sich M=Punkt einer Kundin zu, die zur Kassa hergetreten ist und sich nach Teddies erkundigt.

Endgültig befindest du das Einläuten des Feierabends für die einzig vertretbare weitere Entscheidung. Und um dir diesen Schritt schmackhaft zu machen, erinnerst du dich an den Vorsatz, den du vor kaum zwei Stunden gefaßt hast, nämlich, daß du nichts Anstrengendes anfangen willst, solange dich die Ereignisse der Jahreszeit hemmungslos deiner Kräfte berauben. Am geeignetsten für diesen kitschigen Sommertag erscheint dir weiterhin, dich am Fluß der Illusion von Neuseeland in Form von Kumuluswolken hinzugeben, die sich im Laufe eines gefälligen Nachmittags vielleicht noch bilden werden. Zuvor aber, ehe du den Geruch von Seide, Baumwolle und Acryl mit dem der Straße vertauschst, machst du dir ein letztes Bild, wie die Jagd auf Liebhaber läuft, derer du schließlich der einzig mögliche bist. Du denkst auch jetzt nichts Böses, du denkst überhaupt selten etwas Böses, und die Kaufhausmusik spielt, und Frauen stecken mit zerzupften

Frisuren, die wieder im Kommen sind, beratend die Köpfe zusammen. Alles hat seine Ordnung, wie in einer großzügig ausgestatteten Puppenstube, fast perfekt. Aber – auch das gehört zu der Ordnung – es muß immer etwas geben, das herausfällt. Du denkst da ersterdings an dich, doch dann, du schaust noch keine fünf Sekunden in die Runde, springt sie dir ins Auge: NAPOLEON.

In absatzlosen Schnürstiefeln. In giftgrünen Nylons, die zum Knie hochsteigen. – – Und fünfzehn Zentimeter über dem Knie fragst du dich, ob dieses Grün jemals aufhören wird, und endlich, nach schätzungsweise achtzehn unschicklichen Zentimetern, setzt ein lederner Minirock an. Den Rest, das Darüber, bewältigst du nicht, vorerst nicht, kannst du dir aber gut vorstellen, froh, es nicht beschreiben zu müssen. Die Summe sagt genug: ein Mädchen wie in Romanen oder Filmen mit schlechtem Ausgang, das eigentlich erfunden oder doch zumindest schöngeschummelt sein müßte.

Und doch ist es erschreckend echt.

In dem Moment, als du die Achtzehn=Zentimeter=Marke erreichst, registrierst du, wie etwas zu Boden fällt, aber es fällt nicht zu Boden, sondern in die Tasche, die zwischen Napoleons Beinen, zwischen diesem atemberaubenden Grün ihrer Nylons, großmaulig den Kiefer renkt. Die Annahme, daß es sich beim Gegenstand deiner Ablenkung um einen dieser flimsigen Flitterslips handelt, wird Sekunden später bestätigt.

Ein weiteres Exemplar folgt. Mund auf, Augen zu.

Und dein erstes Wort ist: NEIN!

Du hast dir vorgenommen, nichts Anstrengendes anzufangen. Und trotzdem ist deine Kehle staubtrocken, trotzdem klebt dir die Zunge am Gaumen. Wegen nichts und wieder nichts, wäre man zu sagen geneigt. Du schluckst leer.

Als wär's ein Kinderspiel plündert das Mädchen ein Regal mit Garnituren, tut es mit der unvergleichlichen Leichtigkeit, die Gestiefelten Katzen zukommt, geläufig, während sie mit der freien Hand ihr Haar lockert, filmreif obendrein, da ihr Rock entgegen den Erfordernissen achtzehn Zentimeter über statt unter dem Knie ansetzt (was angesichts der miserablen Zeiten auch dem Rocksaumindex eindeutig zuwiderläuft). So kannst du zwischen ihren grünen Beinen die Wäsche fallen sehen. Wie Laufmaschen. Von Neuseeland zu Boden. Aber niemand bekümmert sich darum, obwohl sich die hübsche Niedertracht allzu offensichtlich begibt.

Napoleon dreht sich um, und zum ersten Mal siehst du ihr Gesicht, den unerschrockenen Ausdruck von zufriedenen Katzen vermischt mit dem hochknochigen Einschlag von Ho Chi Minh an den Wangen. Sie liebäugelt mit an einem Wandregal aufgelegten Tops, sie nimmt sich ein Stück, hält auf die Kabinen zu. Ihr weitgeschnittenes T=Shirt ist rechts über die Schulter gerutscht, die Haut schimmert hellgelb im grellen leeren Neonlicht.

Kurz bevor Napoleon bei den Kabinen anlangt, dreht sie ab, wirft gleichzeitig, mit nur mehr der Tasche in der Hand, ihr schulterlanges Schnittlauchhaar herum, daß es dir scheint, in den Linien ihres feinen und doch strengen Mundes lesen zu können, daß sie die Gefahr verachtet. Zwischen den Drehständern schlendert sie zum Gang, der die einzelnen Abteilungen voneinander trennt, überquert ihn zu den Kurzwaren, schaut weder links noch rechts, zieht an einer Rolle mit tüpfelgemustertem Baumwollstoff.

Sie hat es geschafft.

Das überrascht dich nicht: Sie ist ein Glückskind, eine schnürGestiefelte Katze.

In warmen Sommernächten, wenn die Musik unerträglich wurde, langte sich Louis seine Flinte und stieg im Nachthemd auf die Dächer von Versailles, um dem Katzenjammer mit einer Ladung Schrot ein Ende zu bereiten. Der Pinsel. Der Narr.

Ganz unter ihrer Wirkung wartest du, was sie als nächstes tut. Sie trollt gemütlich weiter, von dir im Auge behalten, bis sie hinter einem Regal verschwindet. Fünf Sekunden später erspähst du sie nochmals in einem Quergang. Und im selben Augenblick stellt dich die Leidenschaft vor die vollendete Tatsache, dem frischbügelblauen Himmel aus der Verlegenheit zu helfen, indem du auf das Schäfchenzählen verzichtest. Als erste Maßnahme reißt du dir ein Skiny unter den Nagel, es ist gelb und s, s wie small, du denkst, Napoleon, sie muß einfach small sein, und steuerst, obwohl denen, die im Sinne der Revolution handeln, alles erlaubt und es ein großer Schwindel ist, in dieser schlechten Welt kein Gauner zu sein, auf die Kasse zu. Wenn du dadurch zwar wertvolle Zeit verlierst, bevorzugst du doch, und zwar in Erinnerung dieser hartnäckigen schwarzen Masse, die dir an den Schuhen klebt, auf Nummer Sicher zu gehen. Denn garantiert starrt der Hausdienst seit deinem von rechtschaffenen Motiven geleiteten Erscheinen unverwandten und sturen Blicks auf dich.

Mit einem schmuddeligen Schein, den du auf den Ladentisch knallst, bist du im Geschäft. Geld ist dir nicht teuer, denn wer verkennt, daß einem gewisse Dinge nicht in den Schoß fallen, daß man verwegen sein muß, was in diesem Fall heißt, Geschick zu beweisen, der soll sich umgehend mit einer warmen Mütze über den Ohren auf einen gottverlassenen Hügel setzen und auf die Landung des Großen Kürbis warten. Du selbst weißt genau, daß man in solchen Augenblicken keine Kleinmütigkeit zeigen darf, hältst der Verkäuferin, die eben an der Kasse beschäftigt ist, die Garnitur unter die Nase und erzählst ihr, ehe du davonstürmst, sie solle das Wechselgeld in die Kinderdorfbüchse werfen. Dann bahnst du dir den Weg zur Stoffabteilung, wo Napoleon von Staats wegen sein müßte, zur Kosmetik, wo sie dein untrüglicher Instinkt vermutet, zur Treppe, zur 1. Etage, ins Erdgeschoß, dir wird schon mehrerlei, verflucht, die muß doch irgendwo sein, du schlüpfst durch den Luftvorhang am Eingang, verharrst am Gehsteig wie in Krimis von der Sorte, richtig, Jerry Cotton (das machst du ganz fein, mit dem Plastikbein in der einen, dem Skiny citrus in der andern Hand). Schaust dich um, reckst den Hals. Und siehe da, hinter einem Pulk von Leuten fünfzig Meter die Straße hinauf an einer Haltestelle für Bus und Straßenbahn, machst du ein grünes Schimmern aus.

Dein Plastikbein schwingend, manövrierst du dich sogleich durch den regen zweispurigen Verkehr, heftest dich der Gestiefelten Katze an die Sporen. Und sowie du von dem Skiny den Preis abgemacht hast, tippst du ihr verwegen die Schulter an.

– Das hast du noch vergessen.

Du hebst das Skiny leicht an, sie dreht die Henkel ihrer Tasche in der Absicht, sie vor deinen Blicken zu verschließen, herum, indem sie sich dir zuwendet und ihr Haar mit einer kurzen Bewegung nach hinten wirft. Die Spitzen streifen über die nackte Schulter. Alles an ihr vibriert, jede Fiber befindet sich im Schwerpunkt der Bewegung, die ein Lauern ist auf den günstigen Moment, ab durch die Mitte zu gehen. An ihrem T=Shirt stecken zwei Gummibärchen aus Kunststoff, das eine rot, das andere hellgrün, sehr nett – alles nur Taktik, bist du überzeugt.

– Das Wechselgeld hast du auch liegenlassen.

Mit Speck fängt man Mäuse, und mit Mäusen fängt man Katzen. Also kramst du in allen Hosentaschen nach Münzgeld, klimperst, während du aus großen dunklen Augen gemustert wirst, auffallend dringlich damit. Napoleon schaufelt ihre Augenbrauen in die Stirn. Jetzt, wo ihr aufgeht, daß du ihr keine Blechmarke unter die Nase halten wirst, versucht sie dich einzuschätzen, schaut auf das Plastikbein, durchdringend, wieder auf dich.

Als Louis wieder geliebt werden wollte und seinen nach der Krone bemessenen Kopf mit einer Jakobinermütze schmückte, hielt sich ein junger Offizier an der Place du Carrousel auf, Napoleon Bonaparte, und hieß seinen König ›Che coglione‹: Der Pinsel. Der Narr.

– Magst du keine Skiny?

Napoleon schaufelt erneut ihre Brauen hoch, sie hat die schönsten Brauen, die dir je untergekommen sind, vielleicht ebenfalls gestohlen. Manchen Mädchen gelingt alles, sie versetzen mit einem Zwinkern Berge. Und genau das tut Napoleon, das heißt, zunächst lächelt sie, kaltschnäuzig, dann langt sie, zwinkernd, mit der Selbstverständlichkeit, die Katzen ihrer Art zu eigen ist, nach dem Skiny, nicht genug, hält die Handfläche auf, um das schweißfeuchte Geld in Empfang zu nehmen.

In dem Moment, als sie das Geld ins Außenfach ihrer Tasche rieseln läßt, als sie ›Sehr aufmerksam‹ sagt, ›ich müßte mich jetzt bedanken, wenn ich einen Funken Anstand hätte, den habe ich aber nicht, gottlob‹, wird dir klar, daß Napoleons Charakter nicht mit den Worten zu schildern ist, deren man sich gewöhnlich bedient, daß sie in jedem ihrer Züge mehr sein muß oder weniger von dem, was du kennst, also gefährlich wie alles Lohnenswerte.

Sie zeigt auf das Plastikbein: Das Bein wäre mir ohnehin lieber. Das gefällt mir. Das hätte ich gerne.

– Mal sehen, darüber läßt sich reden, vorausgesetzt, daß sich die Puppe, der das Bein gehört, nicht findet. Solange wir keine Gewißheit haben, werden es deine grünen Beine hoffentlich noch tun.

Zur Milde geneigt, lächelnd, schüttelt Napoleon den Kopf: Suchen wir nach der dazugehörigen Puppe.

– Na dann los, sonst verpassen wir sie noch.

Gebt euch nicht mit Leuten ab, die
Bonnie und Clyde für Gewaltverbrecher
halten.   (Diane DiPrima)

Das Spuckkästchen drunten, das Pißbi-
dorchen, das ist der Planet!
                           (Jean Paul)

Das Goldene Zeitalter

Ins Blaue hinein bummelt ihr die Straße hinunter und redet
für eine Weile nichts, was dir erlaubt, dich zu fragen, ob es
vielleicht sogar neunzehn Zentimeter sind, die Napoleons
Rock über dem Knie ansetzt. Du beschließt, das bei Gelegenheit nachzumessen. Ansonsten erscheint dir die Welt ohne besondere Geheimnisse, du denkst an nichts anderes als daran,
wie brillant du die Sache hingekriegt hast, wie famos, und bist
vorderhand sehr zufrieden mit dir. Steckst die freie Hand in
die Gesäßtasche deiner Jeans, verwickelst das Mädchen, das
um ein gutes Stück größer ist als eins sechzig, fast so groß wie
du, in ein Gespräch über das Liebesleben von Kumuluswolken oder sonst einen Scheiß, nichts nach dem Motto ›What's
your name and who's your Daddy‹. Nach mehreren Seufzern,
mit denen Napoleon deine Eskapaden ins Verdrehte kom-
mentierte, erlaubst du dir sogar, sie wissen zu lassen, daß du
für Mädchen, die klauten, eine Schwäche hättest. Und der
Effekt, den du damit erzielst, ist unerwartet.

Verärgert, mit dem verbissenen Gesichtsausdruck von Kindern, die den Topf als Beschneidung ihrer Freiheit verwei-
gern, befördert sie bei dem Asienshop, den ihr gerade passiert,
einen ungesicherten Ständer, einen Karussellständer mit indischen Baumwollhemden, vom Bürgersteig auf die Straße, wo

er umkippt, weil sich die kleinen Räder querstellen. Sogleich gerät das gesamte Panorama in UnOrdnung: Autobremsen kreischen, Dutzende unbescholtene Bürger bedenken euch, auch dich, der du ebenfalls ein grundanständiger Mensch bist, mit empörten Blicken, mit Unmutsbekundungen verbaler wie rein akustischer Art, wobei sich in letzterem eine Dreitonhupe besonders hervortut.

Ihr türmt, Napoleon in Ausnutzung der durch die Kürze ihres Rocks gewährleisteten Beinfreiheit flink vorneweg, lachend, quiekend, als sie dich im Umblicken einen deiner vollendeten Fehlschläge ausführen sieht. Denn dem Passant, der dir mit seinem Aktenkoffer plausibel macht, was du ohnehin weißt, daß das Leben kein Gang durch freies Feld ist, knallst du das Plastikbein ans Ohr, daß von dort eine nicht näher zu definierende Brille in hohem Bogen aufs Pflaster fliegt und bösartig zerbricht, damit auch du von nun an bescholten bist.

Auf dein späteres Klagen, du fändest das überhaupt nicht lustig, auch, weil dich der Aktenkoffer empfindlich getroffen habe, antwortet Napoleon mit um so heftigerem Gelächter, kriegt vom Lachen Seitenstiche, holt mehrmals tief Luft und schiebt die Linke unters T=Shirt: Na komm schon, kein Grund, sauer zu sein, ich lade dich zu einem Eis ein.

Napoleon bezahlt die zwei Portionen, tatsächlich, sie bezahlt (das Wechselgeld, das du ihr zuvor angedreht hast, deckt die Kosten spielend). Aber sowie sie die Waffeltüte in den Abfalleimer geworfen hat, will sie ein Schuhgeschäft anpeilen, um das Plastikbein mit einem Stöckelschuh auszustatten, mit Stilettoabsatz, versteht sich, und auf deine Kosten. Aber du willst wenigstens deine letzten Schäfchen, die mit dem Brandzeichen von der Nationalbank, zusammenhalten, wenn schon deine eigene Person – wie das zugegeben den meisten Schafen widerfährt – nicht ungeschoren davonkommen kann. Napoleon von ihrem Vorhaben abzubringen, gelingt dir jedoch erst, als du ihr den Vorschlag machst, auf das Dach eines der drei Wohnriesen an der Kanalschleuse zu steigen. Du sagst, Hochhäuser hätten etwas Erotisches. Und Napoleon ist ganz deiner Meinung, sie strahlt, ist hellauf begeistert, nennt dich Knalltüte und Goldfisch.

Die Knalltüte reichte vollauf. Im Stillen hegst du ernsthafte Zweifel an der Ausführbarkeit des Vorhabens. Zwei Kilometer vom Problem entfernt, aber in ständigem Sichtkontakt damit, während ihr durch die gleißende Sonne schlendert und den Staub schluckt, den die Autos aufwirbeln, besitzt du nicht die leiseste Ahnung, wie du zu einem der Dächer hochkommen willst. Das einzige, was du weißt, ist: Krie und Hanna haben unlängst dort oben gepicknickt, was immer sie darunter verstehen. Damals war, soweit du dich erinnerst, die Protektion einer gewissen Cousine Cordula im Spiel.

Aber Napoleon, dieses Kompendium, das Ungefähr, auf das man stets hoffen muß, läßt sich von Türen nicht aufhalten.

Passe auf, Josephine, ich rate dir tunlichst, dich gut zu verwahren. Denn in einer der nächsten Nächte wirst du gewaltigen Lärm hören. Ich trete die Türen ein und bin bei dir.

Im Zeigefinger versteht Napoleon mehr von diesen Dingen als du im Kopf. Zielstrebig steuert sie auf das Spalier der mit Namensschildern unterlegten Klingeltasten zu, drückt bei einem Augenarzt im 14. Stock. Die Sache läuft wie am Schnürchen. Du kannst dich bloß hinterm Ohr kratzen, als das Summen des automatischen Türöffners erfolgt, dir auf die Lippen beißen, als ihr mit dem Lift in den achtzehnten Stock fahrt, den Hals in alle Richtungen verdrehen, als ihr vom achtzehnten Stock über zwei Treppen zu einer verschlossenen Stahltür gelangt. Gleich neben dieser Tür, in einem feuerroten Blechkasten, hängt für den Brandfall unübersehbar ein Schlüsselring.

Du schlägst den Glaseinsatz ein, Scherben rieseln, ohh! ein erotisches Geräusch. Napoleon langt sich den Schlüssel, schnell aufgesperrt, psst! – – schon tretet ihr auf das geschotterte Dach, in grelles Licht, in ein unermeßliches Meer aus Hitze, dessen Oberfläche sich in einem leichten Wind sacht kräuselt.

Napoleons Mähne weht ihr ins Gesicht, sie legt den Kopf zurück, streckt die Arme aus und murmelt irgendwelchen Kokolores, den du nicht verstehst. Später schlüpft sie aus ihren Schnürstiefeln, und als sie deswegen im Schotter sitzt, ist es dir ein leichtes, nachzusehen, was oberhalb der grünen Strümpfe anschließt: ein knapper weißer Slip, der aus kaum mehr Stoff als deine, Philipp Worovskys, traurige Existenz besteht und dich in der Überzeugung, daß die Geschichte genau deine Taillenweite hat, auf anschauliche Weise bestärkt.

Auch du ziehst die Schuhe aus, drehst auf dem Dach mehrere Runden. Die Steine sind heiß. Du streckst die Arme in die Horizontale, segelst mit zusammengekniffenen Augen schaukelnd um Napoleon herum. Ihr lacht. Du weißt plötzlich wieder, was es heißt, an nichts zu denken, einfach nur herumzuhüpfen, den Kopf in den Nacken zu legen und ein langgedehntes Juchhe gegen den Wind zu schreien. Das gefällt dir. Du fühlst dich federleicht und frei und rundum wohl.

Ihr lehnt euch, den Wind im Gesicht, frech über die Balustrade, 2 x 2 Jahrzehnte sehen von der Höhe auf die Welt hinab, schaut auf den Kanal, in dessen Becken Honig fließt, schaut auf das E=Werk, auf den weiß schraffierten Parkplatz direkt unter euch, der nur schwach belegt ist, und die Bäume im Grün, die taumelnd den Föhn in den Köpfen haben. Die ganze Stadt liegt euch zu Füßen, sie blendet wie ein Eldorado aus Katzengold, und ihr, Napoleon und du, seid zwei bunte Splitter in einem Kaleidoskop, das von einer begnadeten Hand gedreht wird.

Von fern ist eine Sirene zu hören, die sich langsam nähert. Napoleon zeigt auf das Wärmeheizwerk über dem Kanal, das Ähnlichkeit mit dem Centre Pompidou in Paris hat. Sie will wissen, was sich dahinter verberge, ob es das Labor des Dr. Jekyll sei. Ihr lacht, und ehe du Zeit zu einer Erklärung findest, meint sie, daß es jetzt angebracht sei, nachzusehen, ob der Aktenkoffer bleibende Schäden verursacht habe.

Noch während sie redet, macht sie sich an deiner Hose zu schaffen, sie trödelt nicht lange herum, muß man sagen, du weißt gar nicht, ob dein Karussell dem Tempo standhält. Die Sirene kommt näher. Tschip! macht es, ganze vier Mal. Napoleon knipft ihre Strapse auf, rollt sich die grünen Nylons über die Knie, zupft sie von den Zehen. Dann löst sie den Reißverschluß an ihrem Minirock und die Welt sich obendrein in Nichts auf.

Die Luft flimmert, es hat mindestens fünfzig Grad, obwohl ihr in eurer Annäherung an den Äquator nichts überstürzt. Ein schönes Stück Weg steht euch noch bevor: du liegst auf dem Rücken, die groben Steine im Kreuz, hast aber ganz ein anderes Gefühl, du bist in der Schwebe und hörst, je näher du dem großen Kreis des Erdballs kommst (letzterer ist, wie das Wort schon sagt, rund und dreht sich geschwind um die eigene Achse), eine fröhliche Leiermusik; zumindest glaubst du, diese Musik zu hören – und schaust dabei Napoleon an, deine Kirschblüte, sie kniet über dir, den Rücken durchgestreckt. Der Kopf, die Haare, die an den Rändern das Licht fangen, ragen irgendwo in die Wolken, die nur vereinzelte hauchdünne Schlieren sind, fast keine Schafe, aber doch Neuseeland auf der anderen Seite der Welt. Napoleons Hände liegen auf ihren Schenkeln, die Arme hat sie nach außen gedreht, und trotz des Hohlkreuzes, das sie macht, sind die Schultern leicht vorgezogen. Ihr Becken kreist, hebt und senkt sich. Du stöhnst, ah, die Erde!

Die Sirene verliert sich im Nirgendwo weit weg, alles um dich ist Schwerelosigkeit, dreht sich. Über Napoleons tanzenden Brüsten schaukelt ein Goldzahn an einer feingliedrigen Kette, schaukelt hin und her. Du siehst, wie sich ein Wolkenschleier auflöst, wie Napoleon lautlos die Lippen bewegt, ihre Hände in den Nacken schiebt. Ihre Achselhöhlen sind frisch rasiert oder entcremt. Es gibt Tage, an denen würde dich die Ungewißheit in die Klemme bringen, rasiert oder entcremt? Egal. Du kannst hören wie Napoleon stoßweise atmet. Irrlichter in allen Farben tanzen dir im Takt zum Kreisen ihres Beckens vor den geschlossenen Augen. Du krallst die Finger in den Schotter, weil Napoleon nicht will, daß du sie berührst. Der Goldzahn schlägt gegen ihr Brustbein. Ihre Nasenflügel zittern. Alles ist in Bewegung. Die Spitzen ihrer Brüste wippen, ihr Atem wird in dem Maß, in dem die Musik schneller wird, zunehmend spitz. Du hast fast keinen Durchblick mehr, entzifferst aber doch die versammelten Flüche der Welt auf dem leintuchpastellen Himmel.

– Shit, du hast mir gerade das Leben gerettet, sagt Napoleon, nachdem ihr mehrere Flecken in das Leintuch gemacht habt. Schäfchen. Sie läßt sich mit gespreizten, aufgestellten Beinen neben dich auf den Rücken sinken, du selbst bist nicht aufgelegt, irgendwas zu reden. Atemlos bohrst du mit den Zehen Löcher in den Schotter und fragst dich, ob dieser Moment der Hauch eines kleinen Todes war und das davor ein Stück vollendetes Leben vom Anfang bis zum Ende.

Napoleon, die ein wenig für sich alleine gestorben ist, dreht sich auf den Bauch, räkelt sich. Die Sonne, die die Sonne von Austerlitz ist, knallt ihr auf den blanken Hintern, derweil sie dir in ihrer Überschwenglichkeit direkt aus der Ewigkeit des Alls Augentropfen aus flüssigem Gold zwischen die Wimpern träufelt. Du fühlst dich entspannt wie ein gerissener Slipgummi, ja, und daß die Liebe für das persönliche Glück und die Revolution schädlich sei, das kümmert dich einen Dreck. Von wegen Revolution, die kann dir gestohlen bleiben, Napoleon ist die Überwindung der Revolution, die Überdrehung (wie man eine Schraube überdreht), denn du liebst Napoleon, du liebst sie wie man nur Mädchen liebt, die man erst seit einer Stunde kennt. Du liebst sie trotz ihrer Fehler oder besonders wegen dieser Fehler, daß sie verdorben und durchtrieben ist, ein Luder, aber von höherer Art.

Sie spielt mit Schottersteinen, die sie vor sich hinwirft, einen halben Meter weit, klack... klack... immerzu, während du wie aufgezogen lächelst, säuselst über dem Gedanken an die Hitze, darüber, daß du einen Stich hast oder einen bekommen wirst. Von der Sonne oder von Napoleon? Aber eigentlich ist das egal. Man wird dich ins Irrenhaus stecken und Napoleon und die Eroberung als Wahnvorstellung abtun. Du schaust sie mit zusammengekniffenen Augen an, sie sieht jetzt etwas plusig aus, ihr Haar ist durcheinander, dagegen ihre Haut, puppig und glatt, glänzt wie von Plastik. Das rechte Bein hat sie zum Hintern zurückgeklappt, die Luft schwirrt filmig.

Inzwischen wirft sie mit den Kieseln nach dir, ohne sonderlich zu zielen, ohne überhaupt in deine Richtung zu schauen.

– Ah, Napoleon.

– Napoleon?

– Du heißt Napoleon, das weiß jedes Kind. Wollte ich dir schon früher mal sagen, ist aber immer etwas dazwischen gekommen.

– Aber sonst geht es dir gut oder was?

– Klar, ich liebe dich und warte auf Regen. Aber hauptsächlich liebe ich dich. ICH LIEBE DICH! NAPOLEON! NAPOLEON!

Sie nimmt die Zeigefinger aus den Ohren, guckt zum Himmel und schnieft mit gerümpfter Nase: Du spinnst.

– Das sagen seltsamerweise alle, dabei bin ich erst in fünf Minuten so weit. Dann bin ich fällig.

– Ach, in fünf Minuten? Ich glaube, du hast Probleme mit der Sommerzeit.

– Keineswegs. Aber wenn wir noch länger hier herumhängen, kannst du mich umgehend wegschütten wie Milch, die einen Stich bekommen hat. Ich bin eben dabei, in einen anderen Zustand zu wechseln. Wenn dir daran gelegen ist, daß ich bleibe, was und wer ich bin, und daran sollte dir gelegen sein, denn ich bin ich und Rußland ist Rußland, sollten wir uns auf den Weg machen.

Sie wechselt das hochgeklappte Bein, erzählt dir, wie angenehm alles sei, wunderbar, da könne man richtig durchatmen, hundert Meter über dem Dreck, und eine Handbreit unter einem blitzeblanken Himmel. Und natürlich hat sie auf der ganzen Linie recht, denn was euch auf diesem Dach geboten wird, ist nahezu vollendet. Nahezu. Ein Sonnenschirm wäre imstande, dir einen Eindruck vom Paradies zu vermitteln, naja, du willst nicht unverschämt sein, ein kleiner Makel, der einem die UnVollkommenheit des Daseins vor Augen führt, soll einem den Tag nicht trüben. Du sagst dir, wenn man einen Platz an der Sonne will, muß man:

a) anderswo fünf Mark zahlen

oder

b) die Möglichkeit eines Sonnenstichs miteinbeziehen.

Das Leben schenkt einem, und das nicht jedem, eine Blinddarmentzündung, gelegentlich Zahnschmerzen oder einen Reim auf Kürbis, wenn es in Geberlaune ist. Aber den Rest – und das hat seinen Sinn – muß man sich mit großen Schweißperlen, wie sie dir in den Brauen kitzeln, verdienen. Also bleibst du eine Weile liegen, drehst dich alle naselang auf die andere Seite, dein Atem geht flach, du fühlst dich schwabbelig wie Pudding und vergräbst die Hände unter den Steinen.

Dummheiten höherer Art sind eine ganz besondere Sache, und das beste überhaupt sind Dummheiten ohne größere Folgen. Deshalb fragst du Napoleon, ob sie die Pille nehme, nein, sagt sie, darauf du: Was sonst? Stöhnt sie, sie genieße das Leben. Und weiter, sie liebe den Geruch hinterher, wenn ihr der Glitsch über die Schenkel laufe.

Du lieber Schwan. Du reißt dich zusammen.

Aber irgendwann weißt du endgültig, daß der Zeitpunkt gekommen ist und du dich entscheiden mußt, ob du die Brandblasen in Kauf nehmen oder alle UnVernunft in den Wind schlagen willst, um schleunigst in deine Klamotten zu fahren, bevor dein Hintern Feuer fängt. Napoleon döst vor sich hin, sie stöhnt vor Wohlbehagen, ihr Körper erinnert dich an Sonnenblumenfelder, auf alle Fälle hat sie gut machen, sie mit ihren stehenden Backenknochen. Aber du hast keine Treibhauserfahrung, und am Ende nützt alles nichts, im schmerzhaften Wissen um dein mangelndes Vermögen, die Dinge in ihrem natürlichen Hang, sich zum Unangenehmen zu wenden, zu bändigen, fügst du dich kurz entschlossen in die Konsequenzen der nicht weiter aufschiebbaren Erkenntnis, daß es hier und so nicht weitergehen kann.

Erst als du beim Schuhebinden bist, setzt sich auch Napoleon auf, gähnt und schaut aus matten blinzelnden Augen mit einem müden Lächeln zu dir. Die Sonne umfaßt mit großen zarten Händen ihre Brüste, tippt auf die dunkelbraunen Knubbel.

– Ich bin faul. Du mußt mich hinuntertragen.

Sie langt nach ihrem Slip, mustert ihn zwei Sekunden, zerknüllt ihn, und flups fliegt er, sich wie ein Fallschirm entfaltend, über die Balustrade. Du würdest dich gerne daranhängen und mit einem achtzehn Stockwerke langen Freudenschrei in die Tiefe gleiten. Aber zu spät. Der Slip verschwindet aus eurem Blickfeld, fällt vom Himmel, allein und schäfchenweiß, und landet sanft wer weiß wo, schauen willst du nicht, du kennst das. (In Neuseeland, Lolly? Werden wir in Neuseeland landen? – Ausgerechnet! Neuseeland ist ein Kaff.) Napoleon öffnet ihre Tasche und fischt das zitronengelbe Skiny heraus, worin du eine große Zärtlichkeit entdeckst. Aber die grünen Strümpfe tut sie beiseite, bedauerlicherweise tut sie sie beiseite, obwohl Grün so gesund für die Augen ist.

Dann kehrt ihr in gravitätischer Zufriedenheit zur Erde zurück. Dort, solange die Wohnblöcke in unmittelbarer Nähe sind, fühlt ihr euch ganz klein, gedrückt, die Beine zu kurz, ohne Hals, weshalb ihr rasch den Bus Richtung Zentrum nehmt. Ein großes Eis, Fiocco und Walnuß, Kirsch und Zitrone. Plötzlich fällt Napoleon ein, daß sie seit dem Morgen nichts gegessen hat: Shit, hab ich vielleicht einen Hunger. Mal sehen, ob ich noch aufstehen kann.

Du hilfst ihr, läßt ihre Hand aber gleich wieder los, um einfach nur neben ihr herzuschlendern. Hoppsassa! Denn allein mit ihr zusammenzusein, ist Zucker, mehr kannst du nicht verlangen. Das Leben geht knausrig genug mit solchen Momenten der Vollendung um, du staunst, was es alles auf Lager hat, unglaublich. Dieses bescheidene UnWesen stellt sein Licht Ewigkeiten unter den Scheffel und entpuppt sich dann als Zauberer, wenn es dir mit spielerischer Leichtigkeit vor Augen führt, daß es in der Lage ist, ein Mädchen wie Napoleon auftauchen zu lassen, ganz plötzlich, wenn niemand damit rechnet, und das an einem Tag in der Sauregurkenzeit, an dem für gewöhnlich das Ungeheuer von Loch Ness bemüht werden muß. Du bist richtiggehend stolz, stolz auf Napoleon und dich, die schräge Einheit, den Imperator und seinen Narren, die durch die Straßen ziehen, während die Leute ihre Hüte hoch und Papierschnitzel aus den Fenstern werfen.

– He, verrat mir doch mal, woher du kommst, forderst du Napoleon auf. Du hüpfst rückwärts vor ihr her.

– Mußt du alles von mir wissen?

– Was heißt hier alles?

– Alles eben. Oder bestehst du darauf, durch mich hindurchsehen zu können?

Napoleon betrachtet sich die Ausstellungsstücke in den Schaufenstern von Modegeschäften, Juwelieren und Plattenbuden. Manchmal, wenn ihr etwas besonders gefällt, rote Boxhandschuhe mit weißen Schnürsenkeln, ein Tamburin, steht sie minutenlang davor und rollt die Lippen ein. Aber bei Palmers geht sie vorbei, ohne im Schritt zu stocken.

– Hast du die tollen Slips gesehen? Mein lieber Schwan, Tangas nur aus Spitzen. Und dann diese Schlüpfer mit Leopardenmuster. Hast du auch solche?

Sie stiefelt auf einen Supermarkt zu. Napoleon ist zu solchen Anfällen der Nüchternheit fähig. Einen Moment lang bist du versucht, vor der Tür zu warten, da man nicht wissen kann, ob Napoleon von Lebensmitteln eine von Wäsche grundsätzlich verschiedene Auffassung hat. Als dir jedoch einfällt, daß du sie liebst (wie man nur Mädchen liebt, die man seit kaum zwei Stunden kennt), wagst du dich bis zum Drehkreuz vor, das den Verkaufsraum abgrenzt, spielst damit herum, was dir ermöglicht, aus der Distanz zu beobachten, daß Napoleon alles artig in einen Einkaufswagen räumt.

Na wenn das so ist, kannst du getrost den kleinen Jungen, der schon hilfesuchend um sich blickt, durch das Kreuz winken und ebenso getrost hinterhermarschieren. Da spielt es auch keine Rolle, daß Napoleon behauptet, kein Geld zu haben, und daß ihr Appetit hart an den Rand deiner Geldreserven reicht. Obwohl dir unbegreiflich ist, was sie mit dem Zeug anfangen will, kannst du doch damit leben – das Wochenende steht vor der Tür, und im Hof streunen reichlich Katzen umher, die gewährleisten, daß nichts verkommt. Also was tut's, Hauptsache, das Karussell dreht sich, Hauptsache, ich sitze mit drauf.

Nach deiner Rechnung habt ihr sogar einen Fingerbreit Spiel, als ihr euch an der Kasse einreiht. Jedoch: du streichst soeben dem Plastikbein zufrieden übers Knie, als dir mit Nachhaltigkeit in Erinnerung gerufen wird, daß die Bekanntschaft Napoleons nicht nur mit Annehmlichkeiten verbunden ist. In aller Seelenruhe, wie ihr das wohl ansteht, bugsiert Napoleon nach der Reihe eine Flasche Mokkalikör, ein Viertelkilo Cambozola, Truthahnaufstrich und Champignons in ihre Tasche. Cela te passe – sie tut es einfach so, obwohl du zugesichert hast, alles zu bezahlen.

Und dann ihr Lächeln, als du mit dem Plastikbein herummachst, um von ihr abzulenken, als du die Rechnung für den Rest begleichst und Napoleon unaufgefordert ihre Tasche hochhebt und damit schlenkert, was Scharlatanerie ist, aber von höherer Art, als ihr ein Letztes wagt und euch selber stehlt, nämlich davon, dieses Lächeln, es ist ungeniert – und Napoleon maßlos, wie in allem, und mehr noch ungewöhnlich, daß sie sich weder mit anderen vergleichen noch in eine Reihe stellen läßt. Dieses Lächeln, es ist vollendet, Ozeane trennen es von dem, was andere Leute unter Moral verstehen.

Er achtete kein Gesetz, keine ideale oder abstrakte Norm, er sah die Dinge nur in Bezug auf ihren unmittelbaren Nutzen, und allgemeine Grundsätze waren ihm zuwider wie ein Feind.

(Germaine de Staël)

Verfügen Sie über meinen Tag, Général!

Als ihr Hannas Wohnung betretet, die kühl ist und leer, empfindest du den Schritt über die Schwelle als das erste Atemholen auf der Flucht, da kommt es dir sogar vor, als wärst du irgendwo angelangt, wo es sich zu bleiben lohnt.

Ihr setzt die Taschen ab, ächzend, schnaufend, Napoleon mault, daß ihr schleierhaft sei, wie man in einem Haus ohne Lift wohnen könne. Aber du läßt sie reden und peilst den Wasserhahn in der Küche an, wo du zwei Gläser in einem Zug hinunterkippst. Es stört dich weiter nicht, daß du davon Schluckauf bekommst, du befindest dich in absolutem Einklang mit der Welt, sie könnte ins Schlingern geraten, aus dem letzten Loch pfeifen, du würdest sie gefällig tätscheln, ihr Mut zusprechen oder den Witz der Woche vorlesen, den von den zwei Kerzen, die am Abend ausgehen wollen. Ups. Napoleon zwinkert vergnügt, sie räumt ihre Tasche aus, du hältst zehn Sekunden lang die Luft an, steckst ein Buttermesser in ein Wasserglas und trinkst auch dieses mit der Klinge zur Stirn in einem Zug. Aber der Schluckauf bleibt, kommentiert die Lebensmittel, die Napoleon aus der Tasche befördert, einen Slip, ups, die Zeitung, die du auf dem Weg zur Wohnung im vergeblichen Wunsch, Napoleon zu gleichen, geklaut hast.

Als Louis wieder geliebt werden wollte und seinen nach
der Krone bemessenen Kopf mit einer Jakobinermütze
schmückte, hielt sich ein junger Offizier an der Place du Carrousel auf, Napoleon Bonaparte, und hieß seinen König ›Che
coglione‹: Der Pinsel. Der Narr.

Ein Walkman, ups, die übrige Wäsche, eine Puderdose, ein
Flacon Panthère, ups, von dem sich Napoleon etwas hinter die
Ohren tippt, zwei Lippenstifte, die den Schluß nahelegen, daß
die Heimsuchung der Kosmetikabteilung vor der Wäsche er-
folgte. Du drehst einen der Lippenstifte aus, herzschlagrot,
sehr nett, und steckst ihn in die Hosentasche. Derweil stellt
Napoleon den Mokkalikör in den Kühlschrank, fliegt dich
gleichzeitig um eine Dusche an.
– Die Tür links neben der Garderobe, brummst du und
gestattest dir, sowie Napoleon im Bad verschwunden ist, die
läßliche Indiskretion, noch ein wenig in ihrer Tasche zu
kramen, deine Neugier zu befriedigen, mit einem Streifen
Paßbilder, Napoleon, die Fratzen zieht, mit einem Tränenspray, ui=ups, vor dem du sogleich tief Luft holen mußt
(oder tust du den besagten Atemzug erst im übernächsten
Absatz, dort wiederum, um dem Bevorstehenden gewachsen
zu sein?).
Denn gleich mußt du Lolly vom Schreibtisch nehmen, du
mußt es mit blutendem Herz tun, aber erst, nachdem du die
grünen Nylons ins Wohnzimmerfenster gehängt hast, dir aus-
rechnend, daß die Sonne so gegen vier, fünf nach vier, praktisch jeden Moment, zur Stelle sein wird.
Also Lolly.
Bestimmt kitzelt sie der Geruch, den du mitgebracht hast,
bereits in der Nase. Dir ist klar, ihr mußt du nichts vorma-
chen, sie sieht dir den geringsten Fehltritt an der Nasenspitze
an, und den Luftsprung mit Napoleon, da gibst du dich weder
falschen Hoffnungen noch Illusionen hin, wird sie dir nicht

verzeihen. Also schüttelst du wiederholt den Kopf, begreifend, daß es mit euch keinen Zweck hat. Im ersten Moment ist das hart, man trennt sich nur schwer von dem Mädchen, mit dem man den halben Sommer verbracht, gestritten hat, mit dem man durchgebrannt und in die weite Welt gezogen ist, das bricht einem fast das Herz. Aber – naja – es hat nicht geklappt. Und ehe sie dir auf ihre eigene, ganz andere Art aufs Dach steigt, ziehst du lieber einen Strich unter die Sommerromanze. Rechtzeitig abspringen, murmelst du und faltest ihr zwei Ecken nach innen, ziehst mittendurch einen Bug, bringst hier eine Falte an, dort eine, bis du nach drei Minuten den flottesten Set=Jet aus ihr gemacht hast, den man sich vorstellen kann.

Nobel geht die Welt zugrunde.

Und das, obwohl sich ihr DIN A 4=Format nicht ausgesprochen gut für den Flugzeugbau eignet, obwohl du alles andere als wohlbewandert bist in den Geheimnissen der Aeromechanik.

Bye=bye my love. Du beugst dich aus dem Fenster und verschickst Lolly auf ihre Güter, die luftiges Nichts sind, schaust ihrem Flug zwei/drei Sekunden lang nach. Das mußt du ihr lassen, sie behält auch in dieser Situation Stil, elegant gleitet sie über den Hof. Then go and forget me forever. Trällernd trittst du vom Fenster zurück.

Ein Jammer, wenn solche Mädchen auf der Straße landen.

Aber wie sagte schon die arme petite rousse, Maria Antonia Anna: Man muß zu fallen wissen, meine Damen.

Danke, Marie.

Als du ohne bestimmte Absicht, noch immer schnackelnd und nur mehr in Unterhosen ins Badezimmer schneist, eine kalte Dusche hast du allerdings nötig, klappert Napoleon gerade ihre Eroberungssinfonie an Hannas Toilettenschrank. Ihr Anblick macht es dir leicht, den Abschied von Lolly wegzustecken, und insgeheim bist du froh, daß die betrübliche Notwendigkeit, Lolly die völlige Freiheit und so die Chance auf ein besseres Glück zu schenken, ohne große Sentimentalität vonstatten gegangen ist. Nicht eine Träne weinst du ihr nach, vielleicht eine kleine, aber im ganzen besteht kein Anlaß zur Trauer. Denn was war, das war. Und jetzt siehst du besseren Zeiten entgegen, und diese Zeiten sind splitternackt und haben am Hintern einen leichten Sonnenbrand, behandeln den Sonnenbrand mit einer Creme, reiben mit derselben Creme das Gesicht ein, umkreisen mit beiden Händen die kleinen runden Brüste, wovon dein Schluckauf schlagartig vergeht.

Daß du in der darauffolgenden Erleichterung, von dieser mittlerweile unangenehm gewordenen Laune des Zwerchfells befreit zu sein, die Gelegenheit vom Zaun brichst, Napoleons Sonnenbrand zu tätscheln, muß man dir als Unüberlegtheit anrechnen, denn wie du aus dem Blick, den Napoleon sogleich mit dir wechselt, buchstabierst, betrachtet sie es weiterhin als abgemacht, daß du dich zu keinen Eigenmächtigkeiten aufschwingst, daß, selbst wenn die Stadt in Flammen stünde und du Ihre Majestät um Erlaubnis bätest, die Stadt zu löschen, die Stadt brennen müßte, bis Seiner Majestät Antwort gegeben ist.

— Raus mit dir, sagt Napoleon, sieh zu, daß du Land gewinnst (ja Land gewinnst). Wenn dir langweilig ist, kannst du Brötchen herrichten. Ein Dutzend für mich.

Mit einem Handtuch unter den Achseln trällert sie eine Viertelstunde später aus dem Badezimmer heraus, verdrückt fünf Brötchen am Stück, ohne sich recht Zeit zum Kauen zu nehmen (Schling nicht so!), steht dabei auf einem Bein, schlenkert das andere durch, zufrieden, die reinste Freude, ihr zusehen zu dürfen, wie sie – ein Gott in Frankreich – mit vollem Mund über den Sommer und ihren Sonnenbrand redet, über die Folgen dieses Sonnenbrands auf ihr Immunsystem. Sie redet von all diesen Dingen nicht nur mit großer Geläufigkeit, sondern auch mit vollem Mund, und leckt sich eine Spur Mayonnaise aus dem Mundwinkel, was ebenfalls, wie das Lächeln, das sie dir schenkt, als du so aufmerksam bist, ihr eine Cola zum Spülen zu reichen, zu einer Manifestation ihrer natürlichen Ausstrahlung gerät. Alles steht ihr gut, vor allem das Handtuch, das um ein Stück kürzer ist als ihr Minirock. Gerade lang genug, daß es ihren schwarzen Schelm bedeckt. Du tippst auf zweiundzwanzig Zentimeter über dem Knie, willst es aber genau wissen, schnappst dir ein Lineal aus einer Schreibtischlade und gehst der Sache nach.

Die 20,3 cm enttäuschen dich maßlos, aber Napoleon will nichts davon wissen, daß das Handtuch während der letzten Minute runtergerutscht sei, sie zupft sogar zusätzlich daran, obwohl du sie bittest, die Güte zu haben, damit ein Weilchen zu warten. 20,1 ... 20,0.

Bevor das Handtuch unter die 20=cm=Marke rutscht, streckst du die Fahnen, schlägst eingeschnappt die Zeitung auf, verbirgst den Kopf dahinter. Napoleon läßt sich von deinem Schmollen nicht beeindrucken, sie öffnet den Kühlschrank und wühlt ein Heidelbeeryoghurt hervor, das sie trinkt und anschließend mit dem Zeigefinger der Rechten ausschleckt. Zwei lilafarbene Tropfen landen auf dem hellgrauen Kunststoffboden. Napoleon achtet nicht darauf, sie sagt nur, im Grunde möge sie kein Heidelbeer, aber lila.

Ja LILA. – Mittlerweile kannst du das Wort hören, ohne Herzklopfen zu bekommen. Es hat zwar einen Beigeschmack wie von gerade reifen Mangos, wie nach dem Abschlecken einer Briefmarke, seltsam und schwer, aber deswegen wirst du nicht melancholisch. Du sagst dir, hoffentlich läßt sich Lila dort, wo sie ist, ordentlich den Wind um die Nase wehen, vielleicht regnet es bei ihr, und schwere Tropfen steppen am blechernen Dach ihres Karussells.

– Laß mal überlegen, sagst du zu Napoleon, bestimmt bist du im Sternzeichen Flieder. Stimmt doch?

Sie wiegt zackig den Kopf hin und her, poltert mit den Lippen, bup=bup=bup: Du solltest noch einmal überlegen.

Wieder in die Zeitung vertieft, erfährst du, daß das Horoskop der eisernen Lady für die nächsten fünf Jahre düster aussieht. Ein fünfzehnjähriges Mädchen aus Frankreich findet mit der Anschuldigung, von John=John Kennedy jr. im fünften Monat schwanger zu sein, breite Erwähnung, ferner wird dem geneigten Leser eine neue Theorie über den Tod von Märchenkönig Ludwig dem II. vorgestellt, deren Besonderheit weniger darin besteht, daß sie zu dem Ergebnis Freitod gelangt, als in der aus dem geheimen Tagebuch Ludwigs gewonnenen Erkenntnis, ein unsittliches Verhältnis zu einem Diener mit Namen Alfons hätte auf seinen Schritt, dem eigenen Leben ein Ende zu setzen, ausschlaggebenden Einfluß genommen.

Du denkst gerade an Schloß Neuschwanstein und schaust dir die 100er Oberweite einer angeblichen Ex=Freundin von Prinz Andrew auf Seite fünf an, als du aus dem Kabinett das Klappern von Kleiderbügeln vernimmst. Je länger du darüber nachgrübelst, was das zu bedeuten hat, desto deutlicher kristallisiert sich dir Napoleons Absicht heraus, Hannas Kleiderschrank auszuräumen, um dort mit einer den Räumlichkeiten des Nachmittags angemessenen Uniform fündig zu werden.

Tatsächlich tappt sie Sekunden später mit einem Ballen bunter Stoffe unterm Arm durch dein Blickfeld zum Spiegel an der dem Bett gegenüberliegenden Wand. Das Handtuch fällt auf ihre Zehen, nackt wedelt sie ins Badezimmer, von wo sie gleich darauf zitronengelb in Tanga und Rio=Shirt zurückkehrt.

Du wechselst den Stuhl, machst es dir bequem, die Lehne zwischen den Beinen, das Kinn in die Hände gestützt, mit einem prüfenden Blick: Nur Napoleon ist wichtig. Du sitzt da, vollkommen vernarrt in sie, unfähig, etwas zu denken, das über das Maß des Notwendigen hinausgeht.

Inzwischen griffelt die Sonne längst nach den im Fenster wehenden Strümpfen, bestreicht das liederliche Grün mit einem Gegengift, transportiert es in einen helleren Ton. Auch macht sich die Hitze allmählich träge und stickig im Zimmer breit. Aber das gehört dazu. Die schlimmste Affenhitze würde dich nicht jucken, denn du liebst diesen Tag, weil du Napoleon liebst. Du liebst sie, wie man nur Mädchen liebt, die man erst seit Stunden kennt, du liebst sie trotz ihrer Fehler, die sie unbestritten hat. Zum Beispiel mangelt es ihr an der Einsicht, was wem gehört, was ihr, was jemand anderem, und welche Folgen für ihr Betragen daraus erstehen müssen. Ständig ist sie damit beschäftigt, fremde Dinge für sich in Beschlag zu nehmen, tut es mit der unbekümmerten Leichtigkeit, mit der sie Dinge tut, die nicht selbstverständlich sind, mit dieser Leichtigkeit, die es ihr erlaubt, in den Problemen anderer nicht die ihren zu sehen.

Du bewunderst sie darum.

Schließlich entscheidet sie sich für eine großgeblümte 7/8= lange Hose im Marlene=Dietrich=Stil, für ein grünes luftiges Shirt mit Knopfleiste. Sie hat einen Hang zu knalligen Farben, kirschrot die Socken, sie meint, ihr gefielen die gelben Bettbezüge, die du hast, die Bezüge, auf die sie sich Sekunden später wirft, weil sie aufgelegt ist fernzusehen. Aber keines der Programme will ihr in den Kram passen. Sie rät dir, Kabel anzuschaffen, und verlangt nach Rommékarten, damit sie Patiencen legen könne.

Napoleon ist unerklärbar.

Zum Küssen hat sie keine Laune.

– Ich hätte noch ein Puzzle, könnte ich dir anbieten, von der Titanic, fünfzehnhundert Teile, schwarzweiß. Das wäre doch eine Aufgabe, nicht?

– Damit kannst du im Waschbecken spielen, brauchst nur ein paar Eiswürfel hineinzutun.

Na gut, wie sie will. Du kramst nach Rommékarten, findest auch bald in einer Schreibtischlade welche und überläßt ihr eher widerwillig diesen mit einem Haushaltsgummi gebündelten Packen purer Langeweile.

Was will man machen. Mädchen sind einmal kompliziert. Das ist bekannt oder müßte es sein. Weil es aber immer welche gibt, die ihre Hausaufgaben nicht machen oder auf der Leitung stehen, kann man das nicht oft genug sagen: Es gibt Mädchen, die sind kompliziert, komplizierter als ägyptische Traumbücher, man würde das nicht für möglich halten, aber es ist so. Da gibt es die Gattung, die fortwährend lacht, zu jeder passenden und unpassenden Gelegenheit. Andere wieder setzen mit ihrem Flennen ganze Städte unter Wasser. Dann gibt es solche, die würden am liebsten Männer einfach abschaffen, und die meisten sind überhaupt zu allem fähig, die kriegt man unter keinen Hut. Zu letzteren gehören auch solche, die Patiencen legen und wie Glucken auf ihrem Mokkalikör sitzen, Napoleon zum Beispiel.

Im allgemeinen wie im speziellen bleibt dir vor allem letzte Kategorie unerklärlich. Da hilft dir wenig, daß du auf den Mokkalikör, von dem dir Napoleon ohne Angabe von Gründen, vermutlich, weil sie keine besonderen Gründe hat, nichts abgeben will, gerne verzichtest und dich mit einer halbvollen Flasche Ballantines aus Hannas Bar verständigst, womit du eindeutig auf der Überholspur bist, da hilft dir auch wenig, daß dein UnVerständnis, nachdem du das Farbband gewechselt und einen Bogen in die Schreibmaschine gespannt hast, sich minutenlang mit den grünen Strümpfen in einer Sommerbrise wiegt.

Später bedienst du mit der großen Zehe das Radio, das unter dem Schreibtisch herumfliegt, die grünen Strümpfe schillern dich fast um den Verstand, Napoleon kriecht auf allen vieren zur Bar, schnappt sich einen Cognacschwenker, ihr Hintern hat so große Blumen in allen Regenbogenfarben, sie sortiert die Joker und Asse aus und legt wohlgefällig an sich und ihrem Getränk eine Harfe. Im Radio wünscht sich jemand für ein blondes Mädchen COME ON EILEEN. Du legst den Kopf in den Nacken, lauschst auf die Streicher, von draußen vernimmst du das Bellen zweier Hunde, die in der Stimmung sind, sich zu streiten, dazu Flugzeuglärm. Zwischendurch genehmigst du dir einen kräftigen Schluck, old Scottish Whisky, du trinkst aus der Flasche und beginnst, was dir durch den Kopf geistert, in die Schreibmaschine einzutippen.

Es läßt sich gut an, dein Kopf ist (um in Schottland zu bleiben) ein Spukschloß an den Ufern von Loch Ness. Eine Reihe vollkommen unwichtiger Dinge gibt sich dort ein Stelldichein. Schäfchenwolken und Neuseeland, Laufmaschen, die achtzehn Stockwerke fallen, Gestiefelte Katzen mit Gummibärchen am Hemd, Schrotflinten und Louis, Mädchen, die als Jets auf der Straße landen, der Märchenkönig, der dir wieder aufstößt, auch er ein Louis, Plastikbeine und das große Los, das du gezogen hast.

Im Radio geben sie die Wassertemperaturen vom Schwarzen Meer bis zur Biskaya durch. Napoleon sitzt seelenruhig über den Karten, nuckelt während jeder Denkpause, die ihr das Spiel aufzwingt, an ihrem Glas, du trommelst auf den Tasten, der Verkehrsdienst meldet sich mit einem Geisterfahrer, und dein Spukschloß nimmt ihn gastlich auf. Du gehst mit der Sprache um, als wärt ihr Abbott und Castello als Gespenster, ihr stellt allerhand Schabernack an, zum Kringeln, wie total bescheuert ihr durch die unheimlichen Gemächer deines Kopfes flattert. Ein wahres Glück, daß Papier diese sprichwörtlich gefestigte Geduld besitzt – eine Tugend, der keine drei Meter südwestlich der Schreibmaschine schändlich gehöhnt wird.

Mit unauffälligem Interesse vermerkst du, daß Napoleon fortwährend mogelt. Wenn ihr eine Karte hoffnungslos den Weg versperrt, schiebt sie sie einfach zur Seite oder steckt sie in den Stoß zurück. Dabei ist sie bemüht, es dich nicht merken zu lassen, meint vermutlich auch, dich in Unkenntnis zu wissen, aber da müßte sie früher aufstehen. Dir macht sie so leicht kein X für ein U. Du kennst die Masche, nicht zuletzt, weil du ähnlich vorgehst, wenn du bei einem Spiel ins Stocken gerätst, wenn das Leben hinterhältig ist, eine einzige Schule der Täuschung, wenn es einen verleitet, geradezu zwingt, gelegentlich, wenn einem Knüppel zwischen die Beine fliegen, Sprünge zu machen.

Und Napoleon, sie hat den Dreh heraus, so daß ihre Spiele ausnahmslos aufgehen. Dann schenkt sie nach.

Das Licht im Zimmer zeichnet den Stand des Inhalts ihrer Flasche ab. Neunzehntel. Achtneuntel. Siebenachtel. Leuchtet das Treiben des Staubs aus, wenn Napoleon aus Freude über eine glückliche Karte, die sie sich zugeschanzt hat, mit der flachen Hand auf die Parketten haut. Natürlich tut sie das nur, um dich glauben zu machen, das Patiencenlegen mache ihr jede weitere Gesellschaft überflüssig. Aber da kannst du nur lachen bei dir und betrübt sein für sie, wie unbarmherzig sich manche Leute zum Narren halten.

Denn daß Napoleon lediglich versucht, den Eindruck völliger Behaglichkeit zu erwecken, stellt spätestens ihr Verhalten als Reaktion auf deinen großen Zeh unter Beweis, als dieser sich durch eine erschreckende Wendung, die die Musik im Radio zum Unerträglichen nimmt, in die Notwendigkeit versetzt sieht, nach der Ein/aus=Taste zu langen. Kaum daß die Handvoll Amerikaner derart des Zimmers verwiesen ist (die Stille spreizt sich noch, wie das nach besonders schlechter Musik immer beobachtbar ist), bittet sie Napoleon wieder herein, mit deutlich abstehendem Mittelfinger und dem dazupassenden sauertöpfischen Murren, das in keinem Verhältnis zu der Ursache steht, die dein unberufener Sinn fürs Melodische veranlaßt hat. Napoleon mag es einmal so, das Tschimbum hat es ihr angetan, ihr redet nicht darüber, halb so wichtig. Es käme einer Sünde gleich, diese Nichtswürdigkeit als Anlaß für etwaige Unstimmigkeiten zu nehmen. Also tippst du weiter drauflos, mit dem Ballantines als Unterstützung, mit Napoleon als Gedankentinte. Du bist noch immer gespenstisch in der Schwebe, kannst das alles nicht recht fassen. Woher kommt dieses Mädchen? Warum blüht sie bei dir auf dem Fußboden? Ist sie zuletzt tatsächlich das Ungeheuer von Loch Ness? Ja, warum nicht? Die dafürsprechenden Indizien summieren sich bei eingehender Betrachtung zur drückkenden Beweislast. Wer weiß, womöglich gelingt es dir, dem Universum eines seiner am besten gehüteten Geheimnisse zu entreißen, womöglich bist du es, der das Dunkel dieses Mysteriums lüftet. Du hältst dich ran und musterst Napoleon von ihrer schnuckeligen Schnute bis zum Kirschrot ihrer Schwanzflosse. Ja, sehr schön, und du bist King Kong und du liebst sie.

Sie mogelt.

Sie trinkt.

Du trinkst und geisterst.

Mit einer Zigarette versuchst du, den Blutdruck auszugleichen und die fatalistische Stimmung lausiger Filmhelden in den Mundwinkel zu locken. Wenn dir gerade etwas im Kopf herumschwirrt, das es wert ist, Napoleon bei ihrem Harfenkonzert zu stören, mußt du es jeweils zweimal sagen. Sie sitzt wie ein Stilleben von Blumen herum, den Mokkalikör in Griffweite, einen Stoß Karten in der Hand, und meistens gibt sie nur eine Retourkarte ab, wiederholt, ohne den Kopf zu heben, womit du sie angeflogen hast. Sie hängt vielleicht ein ›ach‹ hintendran, was aber das höchste der Gefühle ist.

– He, Napoleon, bist du dir dessen bewußt, daß ich den schöneren Bauchnabel als Madonna habe. Und die eingebildete Gans behauptet immerhin, den schönsten der Welt zu besitzen. Da, schau nur.

– Den schöneren Bauchnabel als Madonna ... ach.

– Ich mache dich zu einem Welterfolg. He, Napoleon, ich habe gleich gewußt, daß du eine entsprungene Romanfigur bist.

– Eine entsprungene Romanfigur ... ach.

– Ich habe verschiedenfarbene Augen, ist dir noch nicht aufgefallen, was? Willst du mal sehen?

– Verschiedenfarbene Augen ... ach.

– Kannst du mir gerne glauben. He, hörst du mir überhaupt zu?

Sie deckt die nächste Karte auf, sie ist etwas mundfaul nach dem Motto ›störe meine Kreise nicht‹. Aber davon läßt du dir den Kopf nicht scheu machen, du weißt sehr gut, was für ein epochales, was für ein pyramidales Glück du hast, groß und prächtig wie das Trojanische Pferd auf dem Gemälde von Tiepolo.

Du holst deinen Paß, hältst ihn Napoleon aufgeschlagen unter die Nase, zeigst auf ›Besondere Kennzeichen‹.

– Blau, grün, bestätigt sie, blickt dann auf, verformt mit einem Stirnrunzeln ihre wunderbaren Brauen. Mir ist gerade was eingefallen, sagt sie, überlegt, schnalzt mit der Zunge: Aber das hat keinen Zweck. Das läßt sie im Blauen stehen, und fünf Minuten später, als hätte irgendwo ein Gong geschlagen, unterbricht sie ihre Patience, springt auf und verschwindet Richtung Küche, wo sie am Telefon herumhantiert, nach zwei Minuten Gemurmel den Hörer auf die Gabel knallt, indem sie etwas von ›Scheiße‹ mault. Dann wird es ruhiger. Du vernimmst Geräusche, die du nicht zuordnen kannst. Wenig später tritt sie in vergammelten Turnschuhen und mit einem Apfel in der Hand zum Schreibtisch, nimmt dir die Zigarette aus dem Mund, und während du langsam den Rauch vom letzten Zug ausbläst, hört man sie flink die Stiege hinuntertrappeln.

Das stört dich weiter nicht. – – Du atmest tief durch, ganz in Gedanken, daß du soviel Glück an einem Tag gar nicht verdient hast. In diesem Zuge gelangst du auch zu einer Reihe von Fragen, warum die Wahl ausgerechnet auf dich gefallen ist, warum man Napoleon ausgerechnet dir beschert hat, und wie das weitergehen soll mit dem großen Los, für das es keine Annahmestellen gibt, nur die eigene Verantwortung, die unsichere Fähigkeit, es in glückliche Tage umzuschlagen. Du kannst bloß hoffen, daß alles den gewünschten Lauf nimmt und nichts daneben geht, daß nicht Gewöhnung die Dinge, die noch kommen, schmälert. Denn das Besondere, das obendrein die Ausnahme ist, geht rasch vor die Hunde, wenn man es Ungelegenheiten aussetzt, derer Verschleuderung und Inflation nur zwei Beispiele sind.

Daraus, daß die grünen Strümpfe im Fenster zu wehen beginnen, schließt du, daß Napoleon die Tür sperrangelweit offen gelassen hat. Der Wind des Sommers, der Wind des Dolce vita streicht durch die Wohnung. Aber du machst dir nicht die Mühe, ihr hinterherzudienen, das Schließen der Tür kann sie besorgen, wenn sie zurückkommt. Denn daran, daß sie zurückkommt, und dann für hundert Stunden, zweifelst du keinen Moment. Sie hat ihre Eigenarten, okay, aber ihre Klamotten würde sie nicht zurücklassen, nicht die Beute eines Feldzugs, eine fast volle Flasche Mokkalikör, niemals, soweit glaubst du sie zu kennen, ohne dir viel darauf einzubilden. Möglich, daß du nur wenig mehr von ihr weißt als von den Riesen der Osterinsel, vielleicht auch weniger, du hast nicht die geringste Ahnung, woher sie kommt, wohin sie geht, deine Gestiefelte Katze. Aber daß sie ihren Krempel mitnehmen würde, verließe sie dich, weißt du vor dem Angesicht der dir heiligen UnVernunft.

Über alle Zimmer hat sie ihre Spur gelegt. Das reinste Tohuwabohu. Überall liegen ihre und Hannas Habseligkeiten verstreut. Du machst gemütlich die Runde, beginnend beim

Mokkalikör, von dem du nicht trinken darfst, von dem du dir trotzdem einen Schluck genehmigst, nur um zu probieren, wie das ist, an Napoleons Flasche zu nippen. Das Wenige des einen Schlucks reicht aus, um festzustellen, daß das Zeug nicht übel schmeckt, wenngleich du überzeugt bist, daß es in dem Maße, in dem es süß ist und getrunken wird, die Fähigkeit besitzt, einem Kopf und Laune zu verderben. Du stellst die Flasche an ihren Platz zurück, wirfst einen kurzen Blick in die Karten, die schlecht liegen, ausgesprochen schlecht, so daß die Patience unter normalen Umständen nicht aufgehen wird. Für Napoleon siehst du dennoch kein Problem. Wie gehabt: Sobald sie zurück ist, wird sie dem ungelegenen Schicksal, das die Karten gemischt hat, ihren Willen entgegensetzen und nicht den leisesten Zweifel offenlassen, daß sie es ist, die den längeren Arm besitzt.

Weitschweifigen Tätigkeiten nachgehend, flanierst du noch eine Zeitlang durch die Wohnung, fummelst hier und dort an Napoleons Firlefanz herum, an ihrem Minirock. Du riechst am Leder, außen wie innen, begehst diverse andere Lasterhaftigkeiten, ehe du mit dem Plastikbein zur Schreibmaschine zurückpilgerst und mit dessen großer Zehe eine Tante, die im Radio von ihrem wunderbaren Waschmittel erzählt, hinterrücks erschlägst. Das Wort ›blütenrein‹ erstirbt auf ihren Lippen. Du verschränkst die Hände im Nacken und nutzt die entstandene Stille, um dir Gedanken über die verschiedensten Belange des Lebens zu machen. Das dauert so seine fünf Minuten, obwohl du nicht weit kommst, denn um dir mit der Sinnfrage oder dem Treppenwitz der Weltgeschichte auf die Nerven zu fallen, geht es dir zu gut. Du schaukelst ein wenig mit dem Stuhl, wiegst die Schwere jenes Ziegelsteins in der Hand, der von Lilas Turm stammt und den du in dem Fall, jemals ein Haus zu bauen (was glücklicherweise nicht zu erwarten steht), verpflichtend unter die Türschwelle zementieren würdest, und genießt dabei einen dieser scheuen Momente, von dem dir nichts weiter abverlangt wird, als den grünen Strümpfen, die guter Laune im Fenster baumeln, mit einem verschmitzten Lächeln zuzuzwinkern.

Das fiebrige Grün der Strümpfe schillert in einer Tour. Das Blau des Himmels ist noch immer pastell, die Sonne verfärbt sich allmählich, spielt ins Orange – ohne daß das diesmal etwas zu bedeuten hätte. Du lächelst in allen Slipfarben: lavendel, tulpe, meer, apricot, smoke und opal, und vielleicht würdest du es auch in flieder schaffen, wenn nur Napoleon nicht fehlte. Denn die Trennung heilt die kleinen und steigert die großen Leidenschaften, und da Napoleon bald eine Stunde außer Hauses ist, liebst du sie über alle Maßen und hältst es an der Zeit, daß sie zurückkommt.

Mit einem Mal kannst du den Moment ihrer Rückkehr kaum erwarten und versicherst dich wiederholt des Fensters, um Ausschau zu halten, ob sie auf der Straße herumirrt, ob sie nicht endlich antrabt, um dich weiter schwindlig zu machen. Daß sie Begabung hat, wenn es darum geht, für Abwechslung zu sorgen, hast du bemerkt und für gut befunden, weil es die Dinge, wie du sie hauptsächlich gewohnt bist, angenehm ins Gegenteil verkehrt. In den letzten Monaten war es an dir, hinter du weißt nicht was herzulaufen, und das meiste, was dabei zustande kam, war Hampelei. Jetzt sitzt du da und wartest gelassen, am Schreibtisch, mit einem grünen Leuchtstift deine Gedankenlosigkeit auf die Monde der Fingernägel malend, daß etwas Großes passiert.

Passe auf, Josephine, ich rate dir tunlichst, dich gut zu verwahren. Denn in einer der nächsten Nächte wirst du gewaltigen Lärm hören. Ich trete die Türen ein und bin bei dir.

– He, du Stinktier, shit, ich weiss deinen Namen nicht!
Das unbändige Geschrei, das vom Hof heraufschallt, spielt

vermutlich auf den richtigen Klingelknopf an. Du lehnst dich zwischen den grünen Strümpfen über das Fensterbrett, offerierst Napoleon erleichtert, daß mit Pauken und Trompeten eure hundert Tage eingeläutet werden, ein breites Grinsen und die Glosse, nichts geben zu wollen.

– Du verdammter Stinkstiefel, du sollst auf den blöden Knopf drücken!

Das Mädchen rückt mit einer dermaßen miesen Laune an, daß du es für klüger hältst, sie nicht länger warten zu lassen. Du drückst auf den blöden Knopf, und zwanzig Sekunden später fegt Napoleon türenschlagend herein. Schuhe knallen gegen den Garderobenschrank, du hörst ihr lautstarkes Herumhantieren in der Küche. Ach du je! Du willst schon nachsehen, was sie kaputtmacht, da stolziert sie ins Zimmer, thront im nächsten Moment schnaubend vor ihren Karten. Den Rücken kerzengerade, stürzt sie den Rest ihres Glases hinunter, prüft den Stand der Flasche, schaut dich kurz an und beginnt, ohne ein einziges Wort mit dir gewechselt zu haben, die Patience fortzusetzen. Mit einem knappen Handgriff stellt sie das Radio an, setzt sich auf die Fersen zurück. Es läuft schon wieder Werbung.

– Dreh den Heuler ab, mault sie, zieht eine Schippe, daß die Unterlippe einen Schatten aufs Kinn wirft.

Du tust ihr die Gefälligkeit, zu Befehl, mon général, fragst dich aber doch, warum du dich von ihr herumhudeln, vielmehr turbieren läßt. – Weil das um ein Vielfaches besser ist als die Strapazen ihrer Abwesenheit.

Sie schiebt die Karten der angefangenen Patience grob ineinander.

Ob sie jetzt Kartenhäuser bauen wolle, fragst du sie, vielleicht schaffe sie 18 Stockwerke, das wäre doch was. Aber sie knurrt nur, Kartenhäuser, ach, was du nur für tolle Ideen hast, und wirft sich bäuchlings aufs Bett, genauer gesagt, vor den Fernseher, starrt rotzig in die Beziehungskiste irgendwelcher

Vorabendprogramm=Serienstars, dir beiläufig auftragend (als du dich neben sie setzt, mit ihren Haaren spielst, daran schnupperst), die Pizze zu belegen.

Und du weißt, daß sie dir den Auftrag nicht erteilt, weil sie hungrig ist, sondern nur, um dich zu beschäftigen, um dich von ihrer schlechten Laune fernzuhalten. Mit finsterer Miene dreht sie die Lautstärke am Fernseher bis zum Gehtnichtmehr auf, der Kasten beginnt zu vibrieren, du ziehst den Kopf ein und verdrückst dich, weil du einsiehst, daß es momentan wenig bis gar keinen Sinn hat, mit ihr zusammen zu sein. Okay, sagst du dir, was will man machen, von langer Dauer kann die schlechte Laune zum Glück nicht sein, Katzen, auch Gestiefelte Katzen, fallen immer auf die Beine.

Bereits in der Küche, als du die Schachtel mit den Pizzaböden öffnest, nebenbei schiebst du dir in unablässiger Folge blaue Trauben in den Mund und zerdrückst sie mit der Zunge, reißt der Ton des Fernsehers für die fünf Sekunden ab, die Napoleon benötigt, um dich von ihrem Entschluß in Kenntnis zu setzen, am Abend nichts unternehmen zu wollen. Aber was juckt das dich, wenn sie ein paar schönen Stunden auf dem Kanapee den Vorzug gibt? Dir ist ausreichend gedient, wenn sie bei dir ist, mit einem Lächeln von ihr, damit auch, doch weitere Interessen verfolgst du keine. Immerhin hast du dir am Morgen vorgenommen, nichts Anstrengendes anzufangen, und so hast du Aussichten, ein versöhnliches Ende zu finden. Der Abend wird zutraulich heraufziehen und euch die Wohnung als idyllischen Schlupfwinkel für untergetauchte Outlaws adaptieren. Alles wird sehr beschaulich sein, bei kargem Gespräch und sehenswert schlechten Filmen, die schlecht genug sind, daß man die Gelegenheit wahrnimmt, den eigenen Weisheiten nachzuhängen.

Du wühlst nach dem Dosenöffner, machst dich über eine Büchse mit Tomaten her, ziehst ihnen die Haut vom Fleisch und fragst dich in einem Anfall von Grübelei, wer du bist, warum du ausgerechnet du bist und warum nicht einfach ein anderer, womit du das verdient hast, und wie die anderen damit zurechtkommen, daß sie nicht du sein können, sondern sonstwer sein müssen, als die Türklingel in der ihr ureigenen Gewohnheit, zu den unpassendsten Zeiten auffällig zu werden, deine existentialistischen Betrachtungen jäh unterbricht. Auch das noch.

Und Sie, Madame Junot, essen keine
Oliven? Sie haben recht. Und wie recht
Sie haben, daß Sie nicht Madame
Duchâtel nachahmen, die ganz unnach-
ahmlich ist.   (Napoleon I.)

Wie lange dauern hundert Tage?

Das hast du ganz vergessen, natürlich, eine dieser glorreichen
Ideen von Lu, ein Flamencokonzert zugunsten eines Studen-
tenkindergartens, der unter chronischem Geldmangel leidet.
Ein Blick auf die Küchenuhr bestätigt, daß der verabredete
Zeitpunkt bereits überschritten ist.

Die Türklingel geht erneut, Napoleon macht dich gütigst
darauf aufmerksam: He, es hat geklingelt! mault sie, was
ebenso richtig ist wie überflüssig zu sagen. Du überlegst
rasch, ob du für die nächste Minute, bis Krie und Lu wieder
abziehen, die Luft anhalten und das Gebimmel überhören
sollst, aber schließlich, in deiner noch jungen Liebe zum Un-
vorhersehbaren, sagst du dir, daß es nicht schaden kann,
wenn frischer Wind in die Bude kommt. Du bist bereits im
Begriff, zum Türknopf zu marschieren, als dich der Gedanke
an Napoleons Klamotten, die Hanna gehören, die entgegen-
gesetzte Richtung einschlagen läßt.

– Zieh diese Shorts an, bitte, Lu, es ist Lu, du kennst sie
nicht, und wenn es so wäre, ojemine. Wenn sie dich so sieht,
passe ich innert einer Minute in keinen Schuh mehr. Tu mir
den Gefallen. Bitte!

Du stülpst ihr rote Shorts über den Kopf, die deshalb un-
bedenklich sind, weil sie deinem Fundus entstammen, und
springst zum Fenster, wo du die grünen Strümpfe schonungslos von den Reißzwecken zerrst. Der Einfachheit halber

nimmst du an, daß Napoleon sie nicht mehr benötigt. Sie gehen kaputt, natürlich. Nervös zerknüllst du sie in der Hand, ehe du deinen von Stoßgebeten überfließenden Kopf zum Fenster hinaussteckst.

Krie und Lu, wie du vermutet hast. Krie winkt mit seiner Schirmmütze: Ahoi, alter Schlafpelz! Der Flamencogitarrist hat sich in der Weltgeschichte verirrt. Das Konzert fällt ins Wasser. Ist doch fantastisch, alter Banause! Mach schon auf!

Wie lange braucht man für vier Treppen? Nicht sehr lange, wenn man durchtrainiert und sich der außerordentlichen Tatsache bewußt ist, daß jede bewältigte Stufe das Leben um drei Sekunden verlängert. Also quatschst du in aller Eile irgendeinen Schmus, ich mache gerade Pizza, hahaha, der Käse ist aus Frankreich, die Tomaten sind aus Italien, die Artischocken ganz frisch, aus Ägypten, die Champignons einheimisch. Und weil du intuitiv spürst, daß ein Hinweis auf Napoleons Anwesenheit zur schonenden Vorbereitung angebracht ist, läßt du beiläufig einfließen, dir nicht sicher zu sein, ob der Teig für VIER Personen reiche. Mitunter werde es notwendig sein, die Pizzaböden auszuwalken.

Nach der üblichen, an dich adressierten Aufforderung, keine Opern zu verfassen, schlenderst du ohne Hast zum Türknopf. Der Anblick von Napoleons Citrushintern beruhigt dich. Über den Daumen geschlagen hat sie noch eine Minute ab dem Moment, in dem du auf den Knopf drückst. Sowie du das getan hast, steckst du die grünen Strümpfe mitsamt dem Strumpfgürtel in ein knietiefes Küchenfach mit Stechformen für Weihnachtsbäckerei (ist ja nicht nötig, daß Lu auf den Gedanken verfällt, Napoleon – die gerade die geblümte Hose glättet und zum Kleiderschrank spaziert – trage diesen Flitter, dieses verdorbene Grün), fegst den Tränenspray mitsamt den übrigen Dingen, die auf dem Küchentisch liegen, mit dem Arm in Napoleons Tasche, pferchst die Tasche in den Zählerkasten, um zuletzt nochmals das Wohnzimmer aufzusuchen, wo Napoleon ihren Platz auf dem Bett wieder eingenommen hat.

– Verdammt, zieh die Shorts an!

Das Resultat deiner Erregung ist die schonungslose Erkenntnis, daß deine Autorität bei Napoleon auf verlorenem Posten steht, das deiner Vergeßlichkeit die nicht mehr gutzumachende Dummheit, die komplette Wohnung trotz der erst vorgestern getroffenen Verabredung auf dem linken Fuß postiert zu haben. Von der Tür vernimmst du ein gedämpftes Scharren, den akustischen Vorboten einer Peinlichkeit, die dich in Lus Meinung um Wochen zurückwerfen wird. Du gibst dich hoffnungslos verloren, schocherst aber doch, um mit Würde zu scheitern, für die ärgste Kosmetik den Plunder, der noch am Boden verstreut liegt, Klamotten von Hanna einschließlich deiner roten Boxershorts, in den Kleiderschrank. Während du das tust, bist du eindringlich bemüht, dir plausibel zu machen, daß es so schlimm nicht werden wird, das Bett sei tadellos und der Rest unabänderlich, Napoleon liebe es einmal, das Haar in der Suppe zu sein.

Sie klappt in trotzigem Beharren ein Bein hoch. Ihr zitronengelber Hintern verschwindet fast im Untergrund der Bettlaken.

– Sie hat sich diesen Moment ausgezogen, sagst du zu Krie, als er ins Wohnzimmer tritt und stattlich große Augen macht. Die Sache ist nämlich die, daß ich ihr deine Schwäche für lange Beine ausgeplaudert habe. Deshalb.

– Finde ich großartig. Ich nehme an, du bist… Ist sie's, Philipp, oder ist sie's nicht? Lolly?

Eine gute Frage. Immerhin wagt Krie, was Lu, die im Durchgang zwischen Küche und Wohnzimmer stehengeblieben ist, die betreten und zwanghaft bemüht, die Unbeteiligte zu mimen, an einer Haarsträhne zupft, niemals zu fragen gewagt hätte, da sie in dem Fall das Risiko laufen müßte, eine positive Antwort präsentiert zu bekommen und mit der Antwort die Widerlegung all ihrer ständig gegen dich gerichteten Vorwürfe, die allesamt darauf hinauslaufen, daß du ein Lügner seist.

– Nein, natürlich nicht. Lolly ist blond. Lolly ist verreist. Sie heißt Napoleon.

Um Krie mit einem gequälten Lächeln zu verstehen zu geben, daß Besagte einen hübschen Tick hat, wedelst du mit der Rechten vor Napoleons Fassade, dann vor deiner. Napoleon tippt unbeirrt mit dem zurückgeklappten Bein ihren Hintern an, ihren Blick mit keiner Sekunde vom Fernseher lösend. Mittlerweile läuft ein Tierquiz. Krie schmeißt seine Mütze auf den Schreibtisch, stolpert beinah über den am Boden stehenden Mokkalikör, hoppala, dann tritt er vor den Fernseher und taucht in Napoleons Blickfeld, stellt sich mit ›Gregor‹ vor, bietet seinen amtlichen Namen zum Tausch gegen ihren. Napoleon, sie heiße Napoleon, sagt sie, weiterhin auf den Fernseher konzentriert, gibt eine Antwort, Seepferd, ehe der Kandidat sie gibt. Und du staunst noch, daß ein Mädchen Napoleon heißt, ausgerechnet, also Sachen gibt's, als Lu verlegen hüstelt: Komm, Gregor, wir wollen noch zu Judith.

Lu ist eine Zitronenscheibe, die einen Tag wie einen Cocktail gelbmondig abrundet. Lu ist sauer, weil du ein Mädchen kennst, über das sie sich in Zukunft die verrücktesten Geschichten anhören muß, ohne rechte Handhabe zu besitzen, deine Berichte als Produkt eines erfinderisch möblierten Kopfs abzutun. Es kommt einiges auf sie zu, deine Fantasie, wenn sie in voller Blüte steht, ist eine botanische Sensation.

Und Lus Sommersprossen machen sich grundiert von einer leichten Blässe noch sehr viel besser als ohnedies.

– Ich habe ein Sommersprossentrauma.

– Du hast einen schlechten Charakter.

– Ich finde mich okay.

Der Einstand ist gelungen, ihr seid mittendrin, alle zusammen leicht verunsichert und doch spürbar im Bereich von etwas Lohnenswertem. Krie kratzt sich am Hinterkopf, Lu zupft betulich an derselben Haarsträhne wie schon zuvor, unbeholfen in der Notwendigkeit, irgendwo hinschauen zu müssen. Lu trägt ein knielanges Kleid. Napoleon trägt ein Skiny citrus, nigelnagelneu, ein wenig knapp, aber für sie durchaus kein Anlaß, in Verlegenheit zu geraten: Weil ihr sofort wieder gehen wollt, habt ihr die Schuhe ausgezogen, bemerkt sie, ohne von der Glotze aufzublicken. Schaut dann doch: Zum Pizzaessen werdet ihr doch bleiben?

Lu und Napoleon, letztere noch immer zwanglos gekleidet, verdrücken sich in die Küche. Krie grinst, nickt respektvoll, die Frage im Anschlag, wo man SOLCHE Mädchen aufgable. Wahrheitsgetreue Antwort: Im Kaufhaus. Denn das sei der letzte Schrei, wenn auch nicht billig, von wegen täuschend echt und fast wie aus dem wirklichen Leben. Man habe dir Napoleon als von Grund auf anständig, umgänglich, als ausdauernd genügsam und weiß der Teufel was noch alles bezeichnet. Aber mittlerweile seist du froh, daß man dir vierzehn Tage Umtauschrecht und hundert Tage Garantie zugesichert habe. Ob ihm der Katalog nicht zugeschickt worden sei, dir nur zufällig, Punkt 9 in Hannas Schrift DIE NIEDERUNGEN DES ALLTAGS, Postkasten leeren, er sei an sie adressiert gewesen, wegen der Männerabteilung, nähmst du an und verstündest das.

Krie kennt noch Steigerungsformen beim Grinsen, glaubt sogar in einem plötzlichen lichten Moment, deine Ausführungen dahingehend verdolmetschen zu können, daß Napoleon aus einem Kontaktmagazin sei. Aber da empörst du dich kurzerhand, er möge sich halblang orientieren, aus dem Kaufhaus, wie schon gesagt, und ganz legal, weil Napoleon nicht echt sei, sondern eine Erfindung, um es mit Ute zu sagen. Sie habe sich nämlich selber erfunden. Im übrigen, da die Dinge so einfach lägen, könne er ruhig laut reden: He, Napoleon, sag ihm bitte, daß ich dich gekauft habe, zuletzt denkt er noch, ich hätte dich gestohlen, wo ich doch gar kein Talent für Un-Geheuerlichkeiten habe.

– Stimmt alles haarklein. Gekauft. Wie käme ich sonst an diese erschreckende Niete.

An diesen Pinsel. An diesen Narren. Questo coglione.

Krie schüttelt befriedigt den Kopf, langt nach dem Plastik-bein, bedenkt es mit einem prüfenden Blick, dann zeigt er auf die Schreibmaschine und will wissen, ob du dich entschlossen hättest, die Geschichte mit dem Leichenwagen und wie hieß sie noch?

– Lana.

– Die Geschichte mit Lana zu Papier zu bringen?

Du setzt ihm detailliert auseinander, daß dein Vorhaben tatsächlich mit Lana zu tun habe, denn deine Absicht sei es, eine Ode an ihr Plastikbein zu verfassen, arme Leblose, Bein-lose. Lu erkundigt sich, ob jemand keine Kapern möge, Arti-schocken, Oliven. Ihr schüttelt einträchtig die Köpfe. Und Krie entebt die Mädchen mit dem Hinweis darauf, daß Na-poleon außerhalb der übrigen Welt stehe, der Schuldigkeit, ihrer verdorbenen Fantasie Zügel anzulegen. Moment mal, zu viel generalisiert – mon général. Denn da einmal das Ge-spräch auf Napoleons Vorteile gekommen ist, Hochwohlge-boren zu sein, willst du auch ihre Verpflichtungen, vorzüglich in Dingen repräsentativer Art, gebührend beachtet wissen. Deine Darlegungen laufen in dem einen Punkt zusammen, daß du Napoleon den Vorschlag machst, den Ansprüchen ih-res Namens auch dahingehend Rechnung zu tragen, sich für das bevorstehende Essen Hosen überzuziehen.

– Nö, warum auch?

Warum auch: Sie mag einmal gelb.

Und du weißt, daß der Grund für Napoleons Verhalten

gleichermaßen in ihrem Wohlbehagen zu finden ist, maßlos zu sein, wie in der un=glücklichen Veranlagung, die sie zwingt, stets das Gegenteil von dem zu tun, was den Erhalt der bürgerlichen Ordnung garantierte. So wenig Anhänglichkeit du für diese Ordnung empfindest, so bist du doch der Meinung, daß in Fragen des Anstands alles eine Grenze hat. Und diese Grenze ist nicht nur erreicht, sondern überschritten, weshalb du verkündest, Napoleon gegen deine zweite Wahl eintauschen zu wollen, eine syrische Bauchtänzerin, von der man dir versichert habe, daß sie den Koran auswendig kenne.

– Allah hat euch eure Häuser als Stätten der Ruhe gegeben, deklamierst du mit beiden Händen im Haar (als suchten sie in profanen Verstrickungen Zuflucht). Dann warnst du Napoleon, warnst sie knirschend, daß sie dich besser nicht als doch enttäusche, denn wenn sie in der Gangart weitermache, dann ...

Ja, was dann, Philipp Worovsky?

Rien.

Natürlich: Rien.

Eine pralle Handvoll korallroter Sonne sinkt langsam hinter das Gebäude der Ocean Company, das euer achtzehnstöckiges Hochhaus um Längen übertrifft. Du stehst am Fenster, die Daumen an den Gürtellaschen links und rechts vom Hosenknopf eingehakt, und läßt dir das Licht ins Gesicht funkeln. Hundert Tage, sagst du dir, hundert Tage, wiederholst du, dein Blick schweift über die Dächer, Mansardenfenster, Schornsteine und Fernsehantennen, die gerade den Wetterbericht einfangen, der hinter dir abläuft und für das Wochenende Gewitter vorhersagt. Krie segmentiert den Wetterbericht mit Fragen nach Napoleons Namen. Lu, in ihrer Schnulzenseligkeit, schleppt Kerzen an. Sie kurbelt die Jalousien ein Stück weit herunter, stellt die Lamellen so, daß in der letzten

Sonnenschräge ein Zwielicht hereinfällt. Napoleon, inzwischen in denselben Klamotten, die sie am Nachmittag aus Hannas Kleiderschrank requiriert hat, faltet kunstvoll Servietten, und Krie, wiederum, nachdem er begriffen hat, mit seinen Fragen nichts zu erreichen, nicht bei dir, holt die beiden Pizze aus dem Rohr, sengt sich dabei die Finger an.

Das hat man davon, wenn man sich nützlich macht. Der Satz von der Unnötigkeit, sich bei eigenem Schaden um den Spott zu sorgen, findet sogleich eine treffende Bestätigung. Napoleon und Lu singen Spottballaden auf seine Ungeschicklichkeit, was ihn nicht davon abhält, den beiden Trinen mit einer tiefen Verbeugung die Stühle zu ziehen. Das gefällt ihnen, o ja, aber wenig später kann man auch Klagen hören, he, Worovsky, binde deinem Tischnachbarn die Beine an den Stuhl.

– Was ist denn mit seinen Beinen, mon général?

– Mit denen will ich nichts zu tun haben.

– Ich finde seine Beine ganz toll, solltest mal sehen, die sind fast so haarig wie Kiwis ... Apropos Kiwis, Ute, willst du am Ende nicht doch mit mir nach Neuseeland auswandern?

– Ach laß mich doch in Ruhe.

Lu knurrt und wippt nervös mit der Gabel. Sie fühlt sich vernachlässigt, das wird es sein. Daß dir der Gedanke nicht früher gekommen ist.

Von allen unbemerkt, ziehst du die Socken aus. Deine Zehen gehen geräuschlos vor. Im Untergrund.

Zu Hause, denkst du (und das beweist, daß die vorrangigen Motive deiner momentanen Beschäftigung keineswegs eigennütziger Natur sind), ziehen jetzt Schwaden von Verbrennungsabgasen lärmender Rasenmäher von Haus zu Haus, von Garten zu Garten: die betrügerischen und freitags, seit die Inbetriebnahme dieser Geräte samstags ab der Zwölfuhrsirene und sonntags ganztägig behördlich untersagt ist, nicht weniger hartnäckigen Handlungsreisenden in Sachen Sommerabend. Manchmal vernimmt man auch das Rasseln elektrisch betriebener Heckenscheren.

In der Küche surrt der Kühlschrank gedankenlos, doch wenig später, als du nach eingehender Suche, ob sich von Lus Gesicht ableiten lasse, inwiefern deine Sorge um ihr Wohlbefinden auf Verständnis stößt, keine weitere Veranlassung siehst, dich länger mit der geboten geglaubten Mäßigung aufzuhalten, deutet das Rinnen von Wasser beim Füllen einer Toilettenspülung ebenso große wie hämische Feinsinnigkeit an. Langsam steigt es auf und endet, ebenso langsam auslaufend, mit einem hohen Ton, den man vortrefflich als Parallelismus zum Bevorstehenden auffassen kann.

Leichte Wellen vor sich herschiebend, gleitet dein linker Fuß die Innenseite von Lus Schenkel hinauf, über eine Haut, die so glatt ist wie das Meer in den Roßbreiten. Keinerlei Fährnisse hindern dich, dorthin zu gelangen, wo das irdische Paradies zu sein vermutet wird, denn Lu, ihrerseits in wohlwollendem Entgegenkommen, öffnet leicht die Beine, mehr noch, spreizt sie fast, als du glaubst, dein Ziel in nächster Nähe zu haben.

Aber am Ende liegt dann als traurige Folge deines Zurückschreckens, als Lu ihre Fingernägel in deine Zehen schlägt, eine Kerze in ihrem Teller. Dort dekorierte sie Sekundenbruchteile zuvor die Pizzahälfte mit lindgrünem Wachs und löschte anschließend, unterstützt von Öl und Tomatensoße, mit einem indignierten Zischen ihr Licht.

Napoleon, weniger zurückhaltend in der Art ihrer Unmutsäußerung, knallt sogleich ihre Gabel auf den Tisch: Worovsky, du Stinktier, du wirst Frauen nie verstehen.

Selbstverständlich glaubst du ihr aufs Wort, was sie dir vorhält. Niemand bewundert, was er versteht, weshalb von deiner Seite auch jegliches Interesse fehlt, in die Mysterien des Weiblichen eingeweiht zu werden. Interessieren würde dich nur, woraus Napoleon schließt, daß du trotz umfangreicher

Studien, die du vor allem in letzter Zeit betrieben hast, in den Boudoirs spanischer Dörfer umgehst, denn mit der Reiselust deiner Zehen kann dein UnVerständnis nicht in Zusammenhang stehen. Du findest, galante Artigkeiten dieser und ähnlicher Art müßten auch erlaubt sein, wenn man Frauen nicht auswendig kennt.

Aber die Mädchen sind fortan für sich, können die Köpfe nicht eng genug zusammenstecken, belustigt, können nicht leise genug im Mundwinkel tuscheln, Geheimnisse krämern, als hätten sie eine Leiche im Keller, die nur ihnen gehört. Die bloße Korrespondenz ihrer Augen spricht Bände und legt im Verband mit diesem einträchtigen Kichern, das Männer, o Mann, einfach auf sich beziehen müssen, die Vermutung nahe, daß diesen Moment eine dieser hübschen Niedertrachten im Entstehen begriffen ist, derer man zwei übermütige Mädchen jederzeit für fähig halten muß.

Schließlich rückt Napoleon mit der Sprache heraus, wir, sagt sie und streicht sich mit gespreizten Fingern eine Strähne hinters Ohr, eine Strähne, die sogleich wieder nach vor fällt, als Napoleon im Weiterreden den Kopf herumwirft: Wir wollen ausgeführt werden.

Wohin es gehen soll, fragt Krie gefällig, seine Augen glänzen wie gebohnert. Doch du, obgleich du nicht leugnen kannst, den Vorschlag wegzugehen, ebenfalls ansprechend zu finden, hältst es für desto geratener, dich zu verwahren, um so bedenkenloser Krie den ungewissen Plänen der Mädchen Vorschub leistet: Woher der Sinneswandel? Ich dachte, du hättest vorhin anklingen lassen, heute keine Lust zum Ausgehen zu haben?

– Ich habe meine Meinung geändert, das wird man hoffentlich noch dürfen. Ute und ich sind zu der Übereinkunft gelangt, daß Frauen eine Menge Erfahrung sammeln können, wenn sie eine Peepshow besuchen.

Krie ruckt auf, wischt sich wie in Erwartung von etwas

Außergewöhnlichem mit der gefalteten Serviette den Mund ab, allerprächtigst, das war schon immer mein sehnlichster Wunsch. Die Angelegenheit geht zwei/dreimal zwischen Napoleon und dir hin und her. Doch schließlich, als Lu die Kerzen bedeutungsvoll ausbläst, preßt du kurz, aber heftig die Lippen gegeneinander, stehst auf und läßt billigend die Jalousien hoch. Mittlerweile ist es dämmrig geworden. Die vor kurzem untergegangene Sonne legt mit einem Glimmen des äußersten Spektrums letzte Hand an den Tag, an dessen Hut – für den bevorstehenden Weg in die Nacht.

Nach draußen blickend, das Panorama des vergangenen Tages vor Augen, glaubst du die Chance, daß sich die Dinge in deinem Sinn entwickeln und das Bevorstehende mit dem Gewesenen farblich harmoniert, gewahrt zu wissen. Vermutlich, mehrere Anzeichen lassen darauf schließen, wird es kein Hut, sondern eine Kappe sein, eine, die man schräg aufsetzt, von roter Farbe, rot wie die Lampen am Eingang der Etablissements, in denen bis zum Morgengrauen getanzt wird. Das Rauschen aufwendiger Kleider würde fehlen, ein bedauerlicher Abstrich zwar, aber durchaus im Sinne der Revolution.

Und deshalb nickst du zustimmend, mit dem gutmeinenden Rat an Napoleon, ihren Tränenspray, der sich im Zählerschrank finde, einzustecken, da nicht unwahrscheinlich sei, daß sich ihm schon demnächst Gelegenheit biete, seine Nützlichkeit unter Beweis zu stellen.

– Na dann los, fügst du hinzu, springt in den Farbtopf, Dummheiten höherer Art (du rollst die R wie Zarah Leander) sollte man nie bereuen.

– Amen.

Der Tag neigt sich wie ein Schiff mit Schlagseite seinem Ende zu, und die Nacht franst langsam aus einem dunkelvioletten Wolkenstrich über dem Horizont. Mückenschwärme, vom letzten Licht erfaßt, tanzen vor dem Hintergrund immergrüner Hecken.

Die Mädchen, wie Ölpfützen schimmernd, Krie stubst dich an, ob sie nicht urhäßlich seien, legen ein hübsches Tempo vor, Napoleon in schwarzen Pumps, Lu in sherryfarbenen Ballerinas. Sie unterhalten sich schnatterig. Krie schlendert in naturweißen Segeltuchschuhen nebenher, zieht sämtliche Register beim Versuch, Napoleons Namen in Erfahrung zu bringen, die mit Stempeln versehene, einzig glaubwürdige Wahrheit. Aber Napoleon, gewappnet mit einer wohlabgewogenen Mischung aus gespielter Langeweile, Verachtung und Naivität, besteht weiterhin auf der Freiheit, Napoleon zu heißen.

– Wie nennt dich zum Beispiel dein Vater?

– Miststück... oder Schlampe, je nach Laune.

Dann lachen die Mädchen wieder, kichern hämisch, was du aus immer weiterer Ferne hörst, weil sich deine Schnallenschuhe nach einiger Zeit zurückfallen lassen, weil sie in einem Abstand von gut zwei Metern die Nachhut bilden, stillschweigend, später mit verhaltenem Argwohn.

Denn daß die schwarzen Pumps, die Napoleon trägt, dieselben Schuhe sind, die dir Lila geschenkt hat, erkennst du erst, als ihr den halben Weg bereits hinter euch habt. Napoleon muß sie zufällig aus dem reichlich bestückten, unter der Fensternische der Küche eingebauten Schuhkasten gewählt haben, von eben dort, wo du das Paar in Rücksicht auf Lolly und ihr leicht entflammbares Temperament in geschickter Tarnung untergebracht hattest.

Für einige Zeit bist du irritiert. Lila. Du fragst dich ernsthaft, wie das kommt, daß ein anderes Mädchen in ihre Schuhe paßt, ob das zulässig ist (in Märchen gibt es solche Übereinstimmungen nie). Doch schließlich, fast dankbar, auf alle Fälle zärtlich denkend, daß Lila eine Vorgängerin war, außerdem, daß es schlimmerweise im Märchen ist, wo ein sich ewig gleichbleibender Zustand (oder Fuß) für Glück, ein gläsernes Glück, genommen wird, erscheint dir nur mehr relevant auf dem Weg zu dieser gottverdammten Peepshow, der du mit äußerst geringer Spannung entgegensiehst, daß dir Lila durch ihre Schuhgröße zu etwas von dem Wenigen verholfen hat, das du von Napoleon mit Sicherheit zu sagen weißt: daß sie zu den schrecklichen 38ern gehört, die nichts und niemand aufhalten kann.

Die schwarzen Pumps passen ihr nämlich vorzüglich und behindern sie kein bißchen bei dem weitausholenden Schritt, dessen sie sich bedient, um möglichst schnell dorthin zu gelangen, wohin auch immer sie will. Andauernd macht sie dir Beine, der du in Gedanken um Lilas Schuhe zeitweilig unnötig weit zurückfällst. Zunächst mit über die Schulter geworfenen Bemerkungen, später, als sie wartet, bis du zu ihr aufgeschlossen hast, indem sie deinen schwärmerischen Kopf an den Haaren herumreißt: He, Stinkstiefel, beweg dich, dir könnte man ja, während du gehst, Knöpfe an die Knie nähen!

Dich macht fast stutzig, wie sehr den Mädchen diese Peepshow unter den Nägeln brennt, sie stöckeln ohne Umweg die Fieberkurve der Stadt hinauf zum kritischen Punkt.

Meine verehrten Damen, heben sie den Saum ihrer Röcke, wir gehen durch die Hölle.

– Ihr bleibt draußen und wartet auf uns, verkündet Lu, sowie sich Napoleon für einen Laden entschieden hat, der sich im Schaukasten mit dem reichhaltigsten Angebot der Stadt rühmt und dessen riesige Leuchtreklame alle fünf Sekunden aufflammt, rot durch eine Neonröhre die Kurven einer üppigen Frau abfährt, die Farbe wechselnd zweimal kurz aufsticht und für zwei Sekunden erlischt. Lu hat dieses Rot im Gesicht, wird weiß, dann blau. Sie vermeidet es, Kries Blick zu treffen.

– Du bist wohl total plemplem. Ich renn mir doch nicht die Beine in den Bauch, um hier vor der Tür Däumchen zu drehen.

Napoleon tätschelt ihm im Wechsel der Lichter beschwichtigend die Wange. Frauen können furchtbar kalt sein. Manchmal besitzen sie ein Herz aus Eiskonfekt: Wer wird denn gleich? Schau einmal dort, dort drüben, kannst du es lesen: Peepshow. Oder dort, ganz groß: Peepshow. Schaut dort vorbei. Hinterher können wir vergleichen, wer besser gewählt hat.

Ihr Gesicht wird rot, dann weiß, dann blau. Krie schaut sich nach deiner Unterstützung um, steckt, als du keine Anstalten machst, dich auf seine Seite zu schlagen, launig die Hände in die Hosentaschen, kickt fluchend in die Luft. Ist auch wirklich zu dämlich, dir hinge das Spektakel nicht minder zum Hals heraus, befändest du dich in der Stimmung, nackte Mädchen in Stöckelschuhen zu sehen. Doch momentan tust du weitaus klüger, die Offenbarungen, die im Kaufhaus bei der Damenwäsche ebenso wie die am Dach des achtzehnstöckigen Hochhauses, von der Einfalt gewerbsmäßiger Enthüllungskunst fernzuhalten. Selbst Lila ist dir vor den gewichtigen Mienen Lus und Napoleons gegenwärtig, ihre weißen aus dem Louvre gestohlenen Brüste, ihr Angebot, das deine Erregungen verkehrte. Du hast alles plastisch vor Augen, und die gewichtigen Mienen der Mädchen scheinen dir lächerlich gewichtlos.

Du gibst den Mädchen Geld, Krie will keines herausrükken, in dem Laden geht ihr so und so frei, das ist wie mit Kleinkindern im Museum, das schafft familiäre Atmosphäre. Und weiter, als die Mädchen zum Eingang hopsen: Das eine sag ich dir, Ute, die nächsten zwei Wochen trägst du den Müll hinunter.

Du winkst Napoleon zu, ehe sie in dem geknickten Gang verschwindet, atmest durch: Napoleon ist weder gut noch böse, sie ist eine schnürGestiefelte Katze.

– Du redest vielleicht Quatsch. Das kann sogar mir auf die Nerven gehen. Verdammt, wenn wir Glück haben, Philipp, stell dir vor, dann behalten sie die Schnitten.

Ihr werft Münzen an eine halbwegs beleuchtete Wand. Das helle Klirren und Klimpern der Groschen heitert dich auf und lockt allerlei Nachtfalter an, die sich an deiner Niederlage wärmen, Freier, die dir Ratschläge erteilen, Nutten, die untätig herumlungern und sich nebenbei, mit Gesten des leichten Sinns, Kaugummi kauend, Bonbons lutschend, die Nägel feilen, in einem Schminkspiegel, mit Gesten derselben Qualität, die Lippen nachziehen oder sich in gekonnt unmißverständliche Posen werfen, um die Blicke von Passanten zu fangen.

– Wer Glück im Spiel hat, hat Geld für die Liebe.

– Einen Mann wie dich, der sein Geld ziellos um sich wirft, wünsche ich mir.

Das tötet dir vielleicht den Nerv. Nicht nur, daß du in einer Tour verlierst, das könntest du verkraften. Doch was dir um so heftiger zusetzt, ist, daß du in Ansehung all der langen, nackten, bestrumpften und weiß der Himmel noch für Beine, der ledernen Miniröcke und bläulich schwarzen Mähnen fortwährend an Napoleon denken mußt. Du vermißt ihre Stimme, daß sie dich Stinkstiefel heißt, den Geruch ihres Haares. Du denkst an den Nachmittag, an den Mokkalikör, die Patience, daran, daß Napoleon weder Interesse für deinen Bauchnabel noch für deine verschiedenfarbigen Augen gezeigt hat, du mußt lächeln, und der Groschen, den du in dem Augenblick vom Finger schnipst, fällt um einiges zu kurz, sogar kürzer als alle anderen zuvor.

Nichts zu machen. Du stehst in jeder Hinsicht auf verlorenem Posten. Ein enfant perdu. Und weil dich deine letzten zwei Groschen auch nicht retten würden, versenkst du sie aus innerstem Bedürfnis, etwas zu tun, das sich bezahlt macht, im

Dekolleté einer auf Kleopatra getrimmten Blauschwarzen, die an einer rosarot lackierten Laterne lehnt. Sie lächelt, die Nutte, nicht minder die Laterne, die in gewogener Tonlage ihre Rede an die Pariser hält, und beide, Laterne und Nutte, geben dir das Gefühl, bei dem Spiel gewonnen zu haben. Die Plinkervorhänge des Mädchens rascheln, als hättest du die Mechanik mit den Groschen in Betrieb gesetzt, sie legt den Kopf zur Seite, dann stolziert sie gemütlich, aber zielstrebig die Straße hinunter.

Wenig später, Krie verhandelt gerade mit einem großspurig kaugummikauenden Mädchen, das gewillt ist, deine Niederlage zu rächen, über die Konditionen der Herausforderung, löst ein Polizist die ›verbotene Ansammlung‹ auf. Die Mädchen zerstreuen sich rasch mit Ahs und Ohs in sämtliche von der biblischen Gestik des Ordnungshüters angewiesene Himmelsrichtungen, von Krie und dir in einträchtiger Andacht beschaut. Und wieder etwas später, weil sich der Zeitpunkt der Rückkehr von Lu und Napoleon nicht abschätzen läßt, stemmst du dich auf die mannshohe Mauer, an der zuvor das Spiel verloren ging, und machst es dir dort oben bequem. Die durchgestreckten Arme an der Mauerkante aufgestützt, links und rechts von Nachtclubs flankiert, während Krie Zigaretten raucht und in der Hosentasche mit den Münzen klimpert, die er dir abgenommen hat, erklärst du ihm:

Warum die Beziehung (welch unmögliches Wort!) zwischen Lolly und dir auf lange Sicht nicht halten konnte.

Warum Lolly nach einem handgreiflichen Streit um die Frage, ob für eine Reise nach Neuseeland Anzug und Krawatte unerläßlich seien, die erfolgreiche Dummheit beging, aus dem Fenster des vierten Stocks zu klettern.

Wie ihr dieses Kunststück gelingen konnte, ohne sich eines hexischen Besens zu bedienen.

Warum die Vorstellung, Neuseeland und förmlich, mit deiner Überzeugung unvereinbar sei und Lollys Ansicht, auf

jedem Fleck dieser Erde sei hie und da etwas Dunkles angebracht, mehr als gewagt.

Ferner und letztens, weshalb Lollys Behauptung, du gehör-
test zu der Sorte Mann, die sich seinen Lebtag nicht verän-
dere, als ausgemachte Beleidigung aufgefaßt werden mußte.

O=Ton Lolly: Nicht im Kopf, i woher, die Statur habe ich
selbstredend gemeint. Verleihung der Doktorwürde, Hochzeit
und Begräbnis, das und noch mehr steht dir womöglich bevor. Du mußt in größeren Zeiträumen denken.

O=Ton Worovsky: Aber damit ist sie bei mir an den Falschen geraten. Ich habe ihr klipp und klar gesagt, daß ich die
anfängliche Tendenz, sie heiraten zu wollen, eindeutig ver-
worfen und ihre Absicht, mich auf diese Tour herumzukrie-
gen, sehr wohl durchschaut hätte. Anschließend, sowie diese
Unterstellung bei ihr deponiert war, blieb in unmittelbarer
Konsequenz als einzige Möglichkeit, sie vor sich und mich vor
ihr zu bewahren, die Tür von außen zu verriegeln.

Und Krie: Aber hübsch war sie schon, und daß ich gewonnen hätte, wäre der Polizist in seiner Wachstube geblieben,
steht hoffentlich außer Zweifel.

Als die Mädchen endlich antanzen, händchenhaltend und be-
ster Laune, sie winken euch von weitem zu und küssen sich,
tritt Krie gerade seine vierte oder fünfte Zigarette aus. Vier
Wochen Müll, murmelt er, und genau so kommt es dir vor,
weshalb du auf jeden weiteren Kommentar verzichtest und
dich, auf dem Hintern rutschend, in die andere Richtung
kehrst, von wo du in einen finstern Hof blickst, der alle Voraussetzungen mitbringt, der Arsch der Welt zu sein.

– He, erzähl mal, was gibt es da oben? will Napoleon wissen.

– Ich stecke gerade den Kopf aus der Welt.

– Wo liegt das Problem?

– Ich will wissen, ob sie rund ist.

– Und?

– Ist zu dunkel hier, zappenduster. Sieht so aus, als ob ich warten müßte, bis es hell wird.

– Dann vergiß es. Es wird niemals hell.

Ihr macht euch auf den Weg in den REVOLVER. Das erste, was die Mädchen dort anstellen, ist, daß sie gemeinsam pinkeln gehen und sich die Nasen frisch pudern. Hinterher reden sie pausenlos von der Peepshow und dieser Nordafrikanerin, die nach Lus Schilderung auf einer von Lichtschnüren begrenzten Drehbühne getanzt und mit glasigen Augen ausdruckslos gelächelt habe.

Mit diesem tragischen Produkt einer abscheulichen Männerwelt ziehen sie euch, Krie und dich, während des ganzen Abends auf, grad so, als ob ihr die blöden Buden erfunden, als ob ihr sie aus dem Dreck gestampft hättet. Aber den Mädchen das verständlich zu machen, ist schlechterdings unmöglich. Also trinkst und rauchst du, nickst fleißig, ja natürlich, pfui Deibel, wir sind der letzte Abschaum, und Krie, ebenfalls lakonisch, aber eher aus Langeweile, schaukelt Lu proportional zu seinen rasch aufeinanderfolgenden Bestellungen auf zehn Jahre Mülldienst hoch.

Lu lacht bloß. Napoleon rennt zur Jukebox und drückt leichtsinnig irgendwelche Knöpfe. Du brauchst pausenlos Münzen, weil sie ganz versessen ist, die Knöpfe abzuklappern, egal, was dabei herauskommt. Den größten Mist müßt ihr euch anhören, ohne daß ihr Gewissen sie darüber beunruhigte.

Andererseits beweist sie gelegentlich eine glückliche Hand.

– Wie wär's mit E4? fragt sie, dabei hat sie nicht den geringsten Schimmer, was sich hinter diesem Code verbirgt.

– Okay, sagst du und läßt wechseln. Solange sie bei Laune bleibt, ist der Aufwand lächerlich, bleibt sie es nicht, dann ohnehin. Sie legt ihre Hand auf meine, ich lege meinen Arm um

ihre Taille, und irgendwann, als die Nacht bereits einen An-
strich von Bitterkeit angenommen hat, scheint sie etwas zu
lieben, das auch ich sein könnte, und billigt mir einen Kuß zu,
tatsächlich, ich darf sie küssen, einfach nur so, und anschließend, was nicht minder schmeichelhaft ist, beißt sie mich ins
Ohr. Auch das weckt gute Gefühle in mir.

E 4 ist HOTEL CALIFORNIA, some dance to remember,
some dance to forget.

Das Leben ist eine Rutschbahn.
(Frank Wedekind)

Inseln fern

Als ihr gegen halb zwei in einem Taxi sitzt, Krie auf dem Beifahrersitz, er hält den Kopf zum Fenster raus, seid ihr allesamt
ganz schön geschafft, die Mädchen beschickert. Niemand redet mehr. Napoleon raucht, steckt dir von Zeit zu Zeit die Zigarette für einen Zug zwischen die Lippen. Du bist froh, bald
neben ihr einschlafen zu dürfen, gefallen würde dir auch, das
Taxi für den Rest der Nacht zu mieten, die Augen zu schließen
und an Napoleon angelehnt, den Kopf an ihrer Schulter, auf
das Schnurren des Motors zu lauschen. Aber irgendwann findest du dich ohne Erinnerung, ausgestiegen zu sein, am Straßenrand vor der Hofeinfahrt wieder, wo du, ehe das Taxi mit
Lu und Krie weiterschaukelt, auf den Knien ELUISE singst
und dein hoch= und heiliges Versprechen gibst, nie eine andere als Ute zu lieben, nie mit einer andern ins Wasser zu gehen.

Aber Lu bleibt unbeeindruckt: Mir tut jedes Mädchen leid,
das auf dein Gequatsche hereinfällt.

Krie wirft dir die Schlüssel für den Käfer, den er im Hof ge-
parkt hat, vor die Füße und trägt dir auf, am Nachmittag mitsamt Napoleon vorzufahren.

Napoleon zieht dich am Hemdzipfel die dunkle Treppe hoch.
Zuvor, in völliger Finsternis, sind ihre Bemühungen auf der
Suche nach einem Lichtschalter erfolglos geblieben, obwohl
du ihr mit Warm=kalt=Hinweisen hilfreich zur Seite standst.
Jetzt kramt sie, während du teilnahmslos und schlaff die
Hände zur Decke streckst, in deinen Hosentaschen nach dem

Wohnungsschlüssel und öffnet, als sie ihn gefunden hat, die Tür.

Du hättest nie geglaubt, daß eine Wohnung dermaßen traurig sein kann, wenn man zu später Nachtzeit mit einer Schleuder im Kopf über die Dinge eines goldglänzenden Nachmittags stolpert, die mittlerweile, in der Gülle von Licht aus 60 Watt=Birnen, am Boden verenden. Grauenhaft. Du kickst das Plastikbein unter den Küchentisch, es kreiselt um ein Stuhlbein. Aber noch ehe es wieder zu liegen kommt, bist du schon weiter im Wohnzimmer, wo du dich im Halbdunkel auf das Bett wirfst, das zitronengelbe Bett, das für den Rest der Nacht ein von sanften Wellen bewegter Kahn sein wird. Benommen steckst du den Kopf unter das Kissen, hältst dir mit den hinteren Zipfeln die Ohren zu. Du bist nichts als ein schummriges Schwindelgefühl, das wie die Rauchfäden einer vergessenen Davidoff im Hinterzimmer der großen Spielhölle Welt zur Decke steigt. Bestimmt zehn Minuten (oder kommt dir die Zeit nur so lange vor?) beobachtest du derart den Schlaf, wie er groß und weiß und schwabbelig einigermaßen Ordnung in deinen Kopf zu bringen versucht, der Reihe nach die Stühle hochstellt, Sägemehl ausstreut, zusammenkehrt.

Kurz bevor das ärgste Durcheinander behoben ist und das Licht abgedreht werden kann, dringt von fern eine Stimme zu dir, eine Schattenstimme, versoffen, verraucht, legitimes Kind eines verfehlten Lebens und dir gänzlich unbekannt.

Lediglich aus dem Inhalt des Gesagten vermutest du, daß sie Napoleon gehört.

– Ich will noch was kaputtmachen.

Passe auf, Josephine, ich rate dir tunlichst, dich gut zu verwahren. Denn in einer der nächsten Nächte wirst du gewaltigen Lärm hören. Ich trete die Türen ein und bin bei dir.

Du murrst, ᴀʜʜ! und Napoleon zieht dich kräftig am rechten Bein, worauf du dich träge herumdrehst.

– He, es ist zwei vorbei. Hier ist das Schlachtfeld. Hier im Bett kriegst du dein Waterloo. Hier bin ich Marschall Vorwärts.

Sie schiebt das Kinn vor, ach, bemerkt sie im Ton abfallend.

– Du willst dich doch nicht drücken?

Sie erwidert nichts, steht nur vor dir herum wie eine Ölgötze, die Hände in den Hüften. Besser, du schaust an ihr vorbei und beobachtest durch das halbspiegelnde Fenster seitlich vom Bett das Dach von gegenüber, den Himmel, den gespiegelten Ausschnitt des Zimmers mit dem Schreibtisch und dem Bücherregal.

Lieber Gott, wenn ich dich stören darf, du mußt bei ihr etwas falsch gemacht haben. Dieses Mädchen wird und wird nicht müde. Um zwei Uhr und zwei Minuten, zu einer Zeit, da anständige Menschen schlafen oder mutlos sind, verspürt sie Anwandlungen, über die Schnur zu schlagen. Es ist zum Verrücktwerden. Lieber Gott, sag mir, warum sie es auf die Spitze treiben will. Warum sie für mich sein muß, was der Vesuv für Neapel ist.

Den Kopf wieder unterm Kissen, überlegst du einmal mehr, was es mit Napoleon auf sich hat. Einmal mehr mit demselben Erfolg, daß du dir eine befriedigende Erklärung schuldig bleibst – was aber weniger deinem mangelhaften Verstand zuzuschreiben ist als Napoleon und dem nicht faßbaren Zusammenhang zwischen ihr und jeglicher Logik.

– Es gibt nichts zu verstehen, weil ich unmöglich sein will.

Gesagt, zerrt sie dir das Kissen weg und schlägt es dir zweimal kräftig um die Ohren, daß mehrere von den soeben in deinem Kopf hochgestellten Stühlen wieder von den Tischen purzeln.

Die Frage, ob ein Stuhl, der liegt, immer noch ein Stuhl ist, betrifft dich in den nächsten Minuten direkt und existentiell.

Ein erstes Beispiel – du sagst: Ich liebe dich.

Das ist alles, was dir dazu einfällt. Ich liebe dich. Du findest es angebracht, etwas in der Art verlauten zu lassen, denn daß sie dich schlägt, ändert an deinen Gefühlen kein Jota. Deine Zuneigung zu ihr ist unerschütterlich, nur dein linkes Ohr ist für Sekunden halb taub, ein Rauschen ist im Gehörgang, darüber das dumpfe Pochen des Herzschlags. Aber dein linkes Ohr steht mit Liebe glücklicherweise in keinem Zusammenhang.

Ist ein Stuhl, der liegt, ein Stuhl oder nicht. Ist er womöglich nur dekorativ?

Dazu ein Kommentar: Du bist vielleicht bescheuert, ich kenn das, Liebe! Sprich mir nicht davon!

Napoleon schaut dich komisch an, ein harter, befremdlicher Zug setzt sich in ihren Augenwinkeln fest. Du denkst dir, vielleicht ist das die Zeit der Werwölfe, vielleicht ist sie gar nicht das Ungeheuer von Loch Ness, vielleicht habe ich mich geirrt, vielleicht hat mir meine Fantasie einen Streich gespielt.

Dir wird ganz dreierlei. Die bloße Vorstellung, daß ihr im nächsten Moment Zähne aus den Mundwinkeln schießen, verschafft dir Gänsehaut. Napoleon ein Kind der Nacht. Konsterniert, verführt vom Stechen in ihren Augen, ziehst du die Knie unters Kinn und allen Ernstes in Erwägung, die Sache zu überdenken (ein Stuhl, der liegt, kann demnach kein Stuhl sein, völlig unmöglich).

– Jaja, mach du dich nur lustig über mich. Napooooleon! Weeeeerwolf!

Sie entsinnt sich des Polsterzipfels, den sie in der Hand hält, und setzt die Katzbalgerei mit dem seltenen Mut um Viertel nach zwei erbarmungslos fort.

Kann ein Stuhl, der zertrümmert ist, ein Stuhl sein, wenn nicht einmal ein Stuhl, der liegt, ein Stuhl ist?

Nein. Kann er nicht.

Und Napoleon, die ohne Mäßigung ist (doch wer nicht

Maß halten kann, verliert das Gleichgewicht und fällt), klopft dich durch, daß in deinem Kopf kein Stuhl auf dem andern bleibt.

Beim vielleicht achten Angriff windest du ihr das Polster aus der Hand, gehst zum sofortigen Gegenangriff über, bei dem du nicht rücksichtsvoller verfährst. Mit einem einzigen wohlbedachten Schlag, der sich durch den Effekt der Überraschung auszeichnet, streckst du sie zu Boden. Dann klemmst du dir das Polster in den Rücken, erkämpfst auf die Art etwas Haltung, von Napoleon ungerührt, die mehrmals mit der flachen Hand zornig aufs Parkett schlägt, ehe sie sich hochrappelt.

Sie steht wieder, ein wenig wackelig zwar, aber sie steht. Und du weißt das sehr wohl zu deuten.

Deshalb richtest du einen halbwegs intakt gebliebenen Stuhl zurecht, einen Stuhl, von dem sich zeigen wird, daß dieses ›halbwegs‹ relativ zu verstehen ist und nicht darüber hinwegzutäuschen vermag, daß dem Stuhl:

a) ein Bein fehlt

daß b) die Lehne leiert

und daß er c) beschwipst ist, wie ein Stuhl zärtlicher beschwipst nicht sein kann.

Du vertraust dennoch auf ihn und sagst folgendes: Am Nachmittag war ich überzeugt, daß der Postminister von Neuseeland schon demnächst Interesse an meinem Charakterkopf bekunden wird. Neuseeland gibt nämlich nur ausnehmend hübsche Briefmarken heraus. Aber langsam verstehe ich, daß es so leicht nicht ist, Wellington zu sein, und schwerer noch, James Cook. Sie werden deshalb auch keine Sackgasse nach mir benennen.

Napoleon enthält sich jeden Kommentars, vermutlich hausiert sie nicht mit denselben Begriffen wie du. Sie dreht dir den Rücken zu, tappt fipperig, etwas schief im Schritt, mit über dem Kopf gefalteten Händen durch den Raum. Während sie das tut, wird dir ein wenig schwül, und von diesem auch geistig zu ortenden Unbehagen incommodiert, kriechst du aus dem Bett und reißt alle Fenster auf, damit es ordentlich durchzieht und die frische Luft dir hilft, deine letzten Reserven zu mobilisieren. Der Nachtwind trocknet den Schweiß auf deiner Stirn, du denkst über Neuseeland nach, über James Cook, über dich und die Zusammenhänge, die zwischen ihm und dir bestehen: denn die einen lassen sich auf eine Weltumsegelung ein und weihen ihr Leben der Frage nach der wahren Gestalt der Erde, andere wiederum, die nicht weniger mutig sind, versuchen sich an Napoleon, einem nie kartographierten, in tückischen Gewässern gelegenen Archipel von Launen und Stimmungen, deren Bevölkerung wunderliche Gedanken sind, die niemand versteht.

– Komm schon, lassen wir es für heute, morgen ist schließlich auch noch ein Tag. Komm zu mir, hierher, schau, das tolle Bett, ich umarme dich wie ein Weltumsegler und dann schlafen wir als Helden. Wir hatten eine schöne Zeit, stimmt doch? Sag, daß es so war.

Napoleons Schweigen ändert sich, aber in dem veränderten Schweigen, das weniger zornig als nachdenklich ist, liegt dennoch keine Antwort. Erst als du erwähnst, daß der Morgen klüger ist als der Abend, steigt sie von ihrer wortlosen Herrlichkeit herab.

– Das mag schon sein. Mein letztmöglicher Zug geht um Viertel vor sechs.

Mehr hat sie nicht zu sagen, nicht wohin, nicht die Richtung und auch nicht weshalb. Nur, unabänderlich, unaufschiebbar: VIERTEL VOR SECHS. Du weißt nicht, wie dir geschieht, du fällst aus allen Wolken, du fällst vom achtzehnten Stock wie eine Laufmasche von Neuseeland zu Boden, mißt statt der Höhe die ganze Tiefe aus, und der Himmel stürzt hinterher, mit all seinen Geigen.

Napoleon legt eine alte Stones=Platte auf, die beginnend mit TIME IS ON MY SIDE in einer der Nachtzeit angepaßten Lautstärke aus den Boxen wispert. Sie tanzt, dreht sich, wiegt sich in den Hüften. Du schlüpfst hinter die Schreibmaschine, machst die Tischlampe an und klopfst, unglücklich, um die stillen Versprechungen der Nacht betrogen zu sein, aber doch im Bewußtsein, daß auch das UnGlück seinen Heroismus und Ruhm hat, an das äußere Tor deines Spukschlosses, d-f-o-9-e-r-t-y-z-m-v-a-s-4-r-f. Klack-klack-klack, tönt es in eine aus schweren, grob behauenen Steinen gefügte Stille hinein. Klack-klack, tönt die tröstliche Hoffnung, jemand werde so nett sein, dir die Zugbrücke herunterzulassen. Aber die Gespenster lassen dich warten, obwohl die Maschine, kurz bevor der Typenkopf den Anschlag erreicht, sogar ein Klingeln von sich gibt. Du schlägst den Hebel herum und wirfst gelangweilt Kiesel zu den Krokodilen im Wassergraben: l-k-l-h-2-3-o-p-u-c-k-d-i-t-u.

Nach einer kurzen Pause, während der das Geschrei von Katzen anhebt, um sich gleichzeitig nach den benachbarten Höfen zu verlieren, gähnst du, ohne die Hand vorzuhalten. Der Alkohol kitzelt dich in den Lippen, summt in den Nerven der vorderen Zähne. Andauernd verschwimmt dir der Blick, als wäre alles in Nebel getaucht, als säßest du auf einer Kiste mit Trockeneis. So kommt dir das vor: dampfendes Eis. Es ist ein endloses Schneefeld vor Moskau oder die Syrische Wüste, auf alle Fälle eine gottverlassene Gegend. Du hast Mühe, die Augen offen zu halten, du kommst vom Hundertsten ins Tausendste, bewegst dich fern in einem Delirium unermeßlicher Verlorenheit; ein armer Irrer, der von einer Ecke der Welt in die andere hechelt, der ohne Aussicht auf Erfolg alle Hebel in Bewegung setzt, um die Glücklichen Inseln zu finden.

Schemenhaft siehst du Napoleon sich bewegen, sie dreht sich um die eigene Achse, wie in Zeitlupe, verlangsamt, ähnlich monoton wie dein zweifingriges Tippen, fast lautlos. Du legst den Kopf zurück, und weil dir die Gespenster nicht auftun, bietest du deine Stirn der Muse an, vielleicht hat sie Lust, dich zu küssen. Aber nein, würde dich auch wundern, wenn die Kleine zu dieser nachtschlafenden Stunde nichts Besseres zu tun hätte, als bei dir herumzuhängen. Und wenn sie trotzdem zum Fenster reingeflattert käme, wüßtest du ihr den guten Rat, ungesäumt die Flügel zu falten und das zitronengelbe Bett auszuprobieren, das so bequem ist. Aber sie kommt nicht, die Muse, vernünftiges Ding, sie wirft dir nicht einmal von weitem eine Kußhand zu. Du nimmst dein Tippen trotzdem wieder auf, begnügst dich aber, einen einzigen Finger denken zu lassen: e-o-c-n-v-b-l-d-1-6-4-8-3-c-m-o-k ... f-k-e-o-f-m-w-e-l-l-l-l-l ... m ... n ...

So gegen fünf setzt ihr euch in Trab. Napoleon trägt noch immer Hannas Klamotten und zusätzlich einen Pullover von dir, den du ihr wegen der Morgenkälte neben die Tasche gelegt hast. Zum Teufel damit. Du denkst dir, was tut's, ihre Strümpfe im Küchenschrank werden ihr noch abgehen, desgleichen ihr Mokkalikör. Und was Hanna anlangt, die wird sich über den Verlust hinwegtrösten, sowie sie den Gutschein der Chanel=Boutique in Händen hält.

Napoleon hat im Austausch zum Pullover eines der Gummibärchen aus Plastik auf den Tisch gelegt, genauer gesagt, das hellgrüne. Auch wenn sich daraus kein großer Trost gewinnen läßt, findest du doch, bei dem Tausch gut abgeschnitten zu haben.

Sie löst keine Fahrkarte. Schwarzfahren, denkst du, aufspringen, abspringen, aus der Reihe tanzen. Du willst wissen, wohin sie fährt, aber sie gibt keine Antwort, na egal. Für einen Moment hast du die Illusion, alles hänge an einem seidenen Faden und lasse sich schaukeln, wenn man nur die richtigen Kniffe anwendet. Für denselben kurzen, aber lichten Moment

hast du auch die flüchtige, selbst in ihrer Flüchtigkeit über-
wältigende Ahnung von dem, was sein könnte, gelänge es dir,
Napoleon zum Bleiben zu veranlassen.

– Macht nichts, ich fahre ohnedies mit.

– Ich werde abgeholt, sagt sie.

Es ist wie in Romanen oder Filmen mit schlechtem Ausgang. Denn soviel kriegst du mit, abgeholt, das bedeutet: Vergiß es! Du hoffst bloß, daß ihr Zug keine Verspätung hat, das
fehlte noch. Es gibt wenig Schlimmeres, als auf ein absehbares
Ende warten zu müssen. Ihr seid viel zu früh dran.

– O Napoleon . . . Du hüpfst in den Gleiskanal, stemmst die
Hände in die Seiten: He, Napoleon, wohin fährst du? Wohin
fährt der Zug, der mich überrollt? Na sag schon!

Sie schaut nach der Uhr, setzt sich auf eine Bank, wo sie die
Arme verschränkt und in den Morgenhimmel pfeift. Sie trillert
eines dieser Stoneslieder. In Gedanken folgst du ihr einige
Takte, dann legst du eine Münze auf die innere Schiene und
fragst dich, warum es in deinem Leben diese unverbrüchliche
Ordnung gibt, warum das immer dir passieren muß, daß du
ein Mädchen triffst, ein tolles Mädchen, das am nächsten
Morgen, kaum daß ihr einen Blick voneinander hattet, wieder
verschwindet, untertaucht wie das Ungeheuer von Loch Ness
am Ende jeden Sommers. Du kletterst auf den Bahnsteig zurück. Am Nebengleis rattert ein Güterzug durch, langsam tru-
deln Leute ein, vorwiegend Ausländer, die sich in ihren Spra-
chen unterhalten, mit eingerollten Morgenzeitungen an die
Knie klopfen oder die Sportergebnisse vom Vorabend studie-
ren.

Noch ein Güterzug fährt durch, diesmal in anderer Richtung und wieder nicht auf dem Gleis, auf dem die Münze
liegt, die du inzwischen nachdenklich fixierst. Napoleon
schaut fortwährend nach der Uhr. Ihr wartet. Napoleon auf
ihren Zug, du auf das Ende, darauf, daß der Zug eine Schleife
mit dem Aufdruck FIN hinter sich wegzieht. Nichts und nie-

mand kehrt zurück, niemand, sagst du dir und weißt, daß selbst jedes Gefühl, das dir durch den Bauch fährt, nur ein Ticket in eine Richtung gelöst hat.

– So, da hätten wir's, die ist bedient, sagst du, als der Zug endlich über deine Münze fährt und die Bremsen kreischen. Du schaust auf die an der Seite des Zugs angebrachte Tafel, die Auskunft über die Abfolge der wichtigsten Stationen und den Endbahnhof gibt, schaust traurig, weil die Fahrt womöglich lange dauert, auf Napoleons Stiefel. Deine Gestiefelte Katze.

– Mach's gut, sagt sie.

Du schweigst – wie die Comtes, denen nichts eingefallen ist. Die nichts sagen WOLLTEN. Napoleon berührt im Weggehen deine Schulter, du blickst von ihren Stiefeln auf, ihre Hand gleitet wieder ab.

– Ich liebe dich, sagt sie, aber das ist Quatsch. Sie klettert auf das Trittbrett und verschwindet im Innern eines Waggons zweiter Klasse, ohne sich umzudrehen. Du findest es besser so, schickst dem Zug, der im morgendlichen Dunst verschwimmt, eine wegwerfende Kußhand hinterher und kümmerst dich, als auch das letzte Rattern im Geschnarre eines wirr über der Christoph Kolumbus=Allee auffliegenden Schwarms Krähen erstirbt, um die Münze, die du mit dem ersten Blick entdeckst.

Naja, was soll man sagen, die Münze sieht aus, wie eine Münze aussieht, über die soeben ein Zug gedonnert ist, ziemlich platt, mit eigenwilligem Gepräge. Aber sie ist warm. Und du kapierst den Wink, daß alles auf die eine oder andere Art einen Sinn hat. Geschenkt, sagst du und wirfst sie über die nächsten drei Bahnsteige. Die Münze wirbelt herum, fängt den ersten Sonnenstrahl, der daran zerschellt, und du, du denkst, besser kann eine letzte Einstellung nicht gelingen, denkst du dir. Und machst dich auf den Weg zu Hannas Wohnung. Du merkst gerade, wie abgrundtief du Bahnhöfe haßt,

Fahrpläne, automatisch schließende Türen, Pfeifsignale, diese unerfreulichen Requisiten der Trennung.

Um diese Zeit wird wenigstens nicht gewinkt.

Vorbei an den Schildern ÜBERQUEREN DER GLEISE VERBOTEN trottest du über die Bahnsteige, durch die Halle mit den diversen Kiosks, die teils noch geschlossen sind. Du läßt dir Zeit, du hast keine Eile, wenigstens kann dir jetzt, da Napoleon endgültig gegangen ist, nichts mehr davonlaufen. Für den Augenblick heißt das, daß du dich mit Muße der für solche Fälle geeigneten Zerstreuung hingeben kannst, einen Stein die Straße entlang zu kicken, ihm zu folgen, wohin er springt.

Als du auch die Hände in den Hosentaschen vergräbst, um das Bild vom Habenichts zu vervollständigen, kommt dir Napoleons Lippenstift zwischen die Finger, der herzschlagrote, den du fest umklammerst in Gedanken, daß sich jetzt alles abrundet. Später, nachdem du den Stein an einen vergitterten Kellerschacht eingebüßt hast, drehst du den Lippenstift aus (von der Körperwärme ist er weich und pampig), tupfst dir probehalber auf den Handrücken, malst einen Kreis vom Umfang eines Fußballs in das Schaufenster eines Reisebüros, füllst den Kreis mit Großbuchstaben, die Spitzen und Enden an die Umrandung angelegt. Soll die Welt ihren Gang gehen, wir gehen den unsern. Du trottest weiter, hältst trotzig den Kopf ins Grau, hältst dabei vergeblich Ausschau nach dem Mond. Die Stadt, die noch in ihrem zwielichtigen Morgenmantel steckt, der ihr langsam von den Schultern gleitet, fluspert flach vor sich hin. Die Sonne geht gerade über den Mietshäusern auf. Du taumelst durch die Straßen, trittst auf einen mit Senf beschmierten Pappteller, den du einen Schrittweit mitschleifst. Für einen Moment dreht sich dir das Herz im Magen.

Einen schönen Morgen hast du da erwischt, um dir über das Leben Gedanken zu machen. Trotzdem kann er dir mitsamt der glitzernden Sonne, den strahlenden Dächern und der vollendeten Stimmung eines Tages, der sich wie ein Küken scheu aus dem Ei pellt, sich torkelnd anschickt, die klebrigen Augen aufzukriegen, gestohlen bleiben. Weiß der Teufel, was für ein Pfau daraus werden, welche Räder er bis zum Abend schlagen wird, du bleibst davon unbeeindruckt und wünschst dir Regen.

Ein Jogger trabt an dir vorbei. Wenn irgendwo ein Auto fährt, dann eins um das andere mit weit überhöhter Geschwindigkeit. Vor einem Café fegt eine Frau mit aufgedunsenem Gesicht, murmelnd und ohne deinen höflichen Gruß zu erwidern, den Gehsteig, sie paßt dir noch am ehesten in das Bild, das du dir von diesem Morgen machst: alt und grau und schlecht geschminkt.

An der Haustür angelangt, klopfst du sämtliche Taschen ab, findest den Lippenstift, das hellgrüne Gummibärchen, Münzen, etwas Papiergeld und sogar Schlüssel, aber nicht die richtigen, nur die für den Käfer, weshalb du dich stöhnend auf die Schwelle setzt, für einen Moment das Gesicht zwischen den Knien vergräbst, um dann, an der Tür angelehnt, den Kopf zurückzulegen für einen langen, unbestimmten Blick in den Himmel. Undeutlich hörst du Hannas Wecker. Napoleon hat ihn in der Absicht gestellt, zwei Stunden unbekümmert schlafen zu können, er ist pünktlich um zehn vor fünf abgegangen, und Napoleon hat ihn rasch zum Schweigen gebracht, vermutlich durch bloßes Verändern der Zeit. Jetzt kräht er wieder, unaufhörlich, und in seinem blechernen, ungeübten Stolz einem jungen Hahn ähnlich, der einen Hundeschiß zu seinem Misthaufen erkoren hat.

Du würdest gerne rauchen, aber Zigaretten trägst du ebenfalls keine bei dir, vermutlich, damit es dir leichter fällt, die ganze Bitterkeit dieses Morgens auszukosten. Es ist eine auf ihre Art fast zärtliche Bitterkeit, von der du weißt, daß sie auf

Dauer berechnet ist und bleiben wird, wie der Geschmack von Mokkalikör, der Geschmack von Oliven. Wie der von Punschglasur und Sahne: Eine Torte im Gesicht ist schließlich besser als der bloße Dreck unter den Nägeln. Und von diesem Standpunkt aus betrachtet, ist es ungerecht, mehr zu verlangen als den Teil, den du abbekommen hast. Aber so läuft das einmal, man kann die Dinge nicht immer so nehmen, wie sie sind. Du fühlst dich alleine zurückgelassen zwischen dem Gestern und dem Heute, auf einem Karussell, das quietscht, dessen Cymbalmaschine leiert. Die bunten Glühbirnen sind durchgebrannt. Die roten und die gelben, die blauen und die grünen. Lila. Die fröhlichen Farben sind abgeblättert.

Aber das alte Klapperding fährt. Es fährt. Es fährt.

Es ist Samstag, Samstag irgendwann gegen Viertel nach sechs. Deine Müdigkeit ist inzwischen verflogen und statt dessen in eine angenehme Traurigkeit umgeschlagen, die sehr entspannt ist und etwas von Plüsch hat. Der Wecker kräht, kräht ohne Unterlaß, kräht bis zum Überdruß und desto vernehmlicher, um so mehr Aufmerksamkeit du ihm entgegenbringst. Du wartest sehnsüchtig, daß er sein erbärmlich georgeltes Kikeriki abstellt, daß irgendwer das Haus betritt oder verläßt, denn vom Flurfenster, das um die Ecke von Hannas Wohnung liegt (Punkt 12: Küchenfenster nicht offenstehen lassen), sollte es ein Leichtes sein, in die Wohnung zu gelangen.

Doch niemand kommt, niemand geht. Das Haus schläft oder sitzt im Pyjama beim Frühstück. Du bläst besinnlich in deine hohlen Hände und machst dir Gedanken darüber, daß Lolly irgendwo herumliegen muß. Dann stellst du dir vor, wie sie im Wind Kapriolen schlägt, längst von einer günstigen Brise weit weggetragen. Du gönnst ihr diese Reise von Herzen, aber du wünschst sie dir nicht zurück. Diese Zeiten sind vorbei.

Du denkst an Napoleon und Waterloo (dort hätte ich sterben sollen), an die grünen Strümpfe bei den Keksformen, und daran, daß kommenden Dienstag Napoleons Geburtstag ansteht, an dem es nichts zu feiern gibt, sieht man davon ab, daß Mariä Himmelfahrt ist. Andererseits hat sich für Mittwoch diese Mondfinsternis angekündigt, und die Voraussetzungen, daß das Kunststück gelingen wird, der Hälfte der Welt eine tüchtige Genickstarre zu verschaffen, stehen nach den längerfristigen Wetterprognosen gut.

Diese Aussicht stimmt dich zuversichtlich. Zumindest der Kosmos ist um Gerechtigkeit bemüht und vermittelt dir das Gefühl, mit einem schiefen Lächeln davonzukommen. Die Sohlen deiner Schuhe sind zwar ausgetreten, haben aber gewiß keine Löcher, die Schnürsenkel sind ebenfalls okay, auch deine Zähne sind so weit in Ordnung, daß du auf sie beißen kannst wie andere auf Freunde zählen. Sich diesem Test zu unterziehen, sei jedem geraten, der an dem Gedanken krankliegt, dumme Streiche mit sich anzustellen. Es könnte sich lohnen.

Du für deine Person, weil du nicht abschätzen kannst, wann die dem Wecker zugestandene Zeit abgelaufen sein wird, rappelst dich auf die Beine und stößt ein lautes Kikeriki=i aus. Du fühlst dich wohl, setzt dich in den Käfer und startest ihn für eine Fahrt aufs Land. Ist es nicht eine Freude, verdammt, wenn einem alles zum Hals heraushängt und man trotzdem die Kraft aufbringt, versuchsweise mit den Ohren zu wackeln? Ist das nicht eine Freude? Sollte man Leute wie mich nicht unter Artenschutz stellen?

Aber UnKraut vergeht so und so nicht, denkst du, als du dich wenig später für eine Mütze Schlaf unter einen Apfelbaum legst.

Mit Napoleons

ENDE

ward es mit der Welt, als wäre sie ein
ausgelesenes Buch, und wir ständen,
aus ihr hinausgeworfen, als die Leser
davor.

(Christian Dietrich Grabbe)

Neben den im Text namentlich genannten Personen trugen zum Gelingen des Buches zahlreiche, zumeist modifizierte Zitate bei. Untenstehende Damen und Herren bitte ich um Nachsicht, und Dir, lieber Leser, liebe Leserin, gebe ich zu bedenken, daß Du mitunter nicht mich triffst, wenn Du an der einen oder anderen Passage etwas auszusetzen hast, sondern:

Abbé Du Bos, womöglich Aischylos oder Antonin Artaud, David Bowie, Jossif Brodskij, Georg Büchner, Gottfried August Bürger, Jakob Burckhardt, Joachim Heinrich Campe, André Chenier, Vincent Cronin, Camille Desmoulin, Jacques Louis David, Philippe Égalité, Georg Forster, Allen Ginsberg, Franz Grillparzer, Friedrich Hebbel, Heinrich Heine, Friedrich Hölderlin, Karl Immermann, Joseph II., Heinrich von Kleist, Friedrich Gottlieb Klopstock, Desző Kosztolányi, Lautréamont, Joseph de Maistre, Mirabeau, Johann Carl August Musäus, Kim Novak, Aristoteles Onassis, Georges Perec, Protagoras, Manuel José Quintana, Mme. de Rémusat, Maximilien Robespierre, Johann Friedrich Reichardt, Louis Saint=Just, Peter Sarstedt, Friedrich Schiller, Bruno Seiser, George Bernard Shaw, Viktor Šklovskij, Barbara Stanwyck, Jean Starobinski, Hippolyte Taine, Giuseppe UnGaretti, Abbé Matthieu=Jacques de Vermond, Pierre=Victurien Vergniaud, Ludwig Wittgenstein, Xenophon, Arthur Young und Stefan Zweig. Nicht Stefan Zweig.

Um besondere Nachsicht bitte ich all jene, die nur wegen ihres schönen Namens angeführt sind.

Inhalt

John von Düffel im <u>dtv</u>

Vom Wasser
Roman
ISBN 978-3-423-**12799**-8

Die Geschichte einer Papier-
fabrikantendynastie, erzählt
von einem, der wie magisch
angezogen immer wieder zum
Wasser zurückkehrt. »Von
Düffel ist mit diesem Roman
ein großer Wurf gelungen.«
(Hubert Spiegel in der ›FAZ‹)

Zeit des Verschwindens
Roman
ISBN 978-3-423-**12939**-8

Es gibt über jeden Menschen
einen Satz, der ihn zerstört.
Niemand darf ihn ausspre-
chen ... »Ein atmosphärisch
dichter Roman, ein spannen-
des Buch, das es schafft, ohne
Wertung in die Abgründe
einer Seele zu sehen.« (Lydia
Hebbelmann im ›Hamburger
Abendblatt‹)

Schwimmen
ISBN 978-3-423-**13205**-3

Das Schwimmen: eine Passion.
Immer wieder verbinden sich
im Wasser Sehnsucht und
Angst, Schönheit, Gefahr und
Triumph.

EGO
Roman
ISBN 978-3-423-**13111**-7

Ein Turbo-Egoist im Fitness-
und Karrierewahn: eine irr-
witzige Psychostudie. Rasant,
komisch, scharfsinnig.

Houwelandt
Roman
ISBN 978-3-423-**13465**-1

Der achtzigste Geburtstag des
Patriarchen soll drei Genera-
tionen der Familie Houwe-
landt nach langer Zeit wieder
zusammenbringen. »Wir denken immer, die großen Fami-
lienromane können nur die
Amerikaner oder Thomas
Mann schreiben – falsch:
Von Düffel kann es auch!«
(Elke Heidenreich in ›Lesen‹)

Hotel Angst
ISBN 978-3-423-**13571**-9

Die Geschichte eines magischen Ortes – Bordighera um
die Jahrhundertwende der
Belle Epoque.

Bitte besuchen Sie uns im Internet: www.dtv.de

Julia Franck im dtv

»Julia Francks Erzählen besitzt eine sinnliche Wahr-
nehmungskraft mit zuweilen apokalyptischen Ausmaßen.«
Sophia Willems in der ›Westdeutschen Zeitung‹

Bauchlandung
Geschichten zum Anfassen
ISBN 978-3-423-12972-5

Es klingelt. »Das wird Paul sein. Vielleicht ist ihm eingefallen, dass
er meine Lippen vermisst und meine Hände.« Doch vor der Tür
steht Emily, die beste Freundin und ... die Freundin von Paul. –
Wunderbare Geschichten voll Sinnlichkeit und Erotik, weiblicher
Gefühle und Lust, geschrieben mit einem ungeniert voyeuristi-
schen Blick, der eiskalt wirkt und gleichzeitig erhitzt.

Lagerfeuer
Roman
ISBN 978-3-423-13303-6

»Du hast vielleicht den Osten verlassen, aber wo bist du gelandet?
Du meinst, hier drinnen, im Innern der Mauer, ist der goldene
Westen, die große Freiheit?« Notaufnahmelager Marienfelde,
Nadelöhr zwischen den beiden deutschen Staaten und zwischen den
Blöcken des Kalten Krieges: Vier Menschen an einem Ort der
Ungewissheit und des Übergangs, dort, wo sich Lebensgeschichten
entscheiden. »›Lagerfeuer‹ ist spannend wie ein Thriller, vor allem
aber: ein Sprachkunstwerk.« (Neue Zürcher Zeitung)

Bitte besuchen Sie uns im Internet: www.dtv.de

Wilhelm Genazino im dtv

»So entschlossen unentschlossen, so gezielt absichtslos,
so dauerhaft dem Provisorischen zugeneigt, so hartnäckig dem
Beiläufigen verbunden wie Wilhelm Genazino ist
kein anderer deutscher Autor.«
Hubert Spiegel in der ›Frankfurter Allgemeinen Zeitung‹

Abschaffel
Roman-Trilogie
ISBN 978-3-423-13028-8

Abschaffel, Flaneur und
»Workaholic des Nichtstuns«,
streift durch eine Metropole der
verwalteten Welt und kompen-
siert mit innerer Fantasietätig-
keit die äußere Ereignisöde seines Angestelltendaseins.

**Ein Regenschirm für
diesen Tag**
Roman
ISBN 978-3-423-13072-1

Geld verdienen kann man mit
den unterschiedlichsten Tätigkeiten. Zum Beispiel, indem
einer seinem Bedürfnis nach
distanzierter Betrachtung der
Welt folgt; als Probeläufer für
Luxushalbschuhe.

**Eine Frau, eine Wohnung,
ein Roman**
Roman
ISBN 978-3-423-13311-1

Weigand will endlich erwachsen
werden und die drei Dinge
haben, die es dazu braucht: eine
Frau, eine Wohnung und einen
selbst geschriebenen Roman.

Fremde Kämpfe
Roman
ISBN 978-3-423-13314-2

Da die Aufträge ausbleiben,
versucht sich der Werbegrafi-
ker Peschek auf fremdem
Terrain: Er lässt sich auf kri-
minelle Geschäfte ein …

Die Ausschweifung
Roman
ISBN 978-3-423-13313-5

›Szenen einer Ehe‹ vom minu-
tiösesten Beobachter deutscher Alltagswirklichkeit.

**Die Obdachlosigkeit
der Fische**
ISBN 978-3-423-13315-9

»Auf der Berliner Straße
kommt mir der einzige Mann
entgegen, der mich je auf
Händen getragen hat. Es war
vor zwanzig oder einund-
zwanzig Jahren, und der
Mann heißt entweder Arnulf,
Arnold oder Albrecht.«
Eine Lehrerin an der Schwelle
des Alterns vergewissert sich
einer fatal gescheiterten
Jugendliebe inmitten einer
brisanten Phase ihres Lebens.

Bitte besuchen Sie uns im Internet: www.dtv.de

Wilhelm Genazino im dtv

»Wilhelm Genazino beschreibt die deutsche
Wirklichkeit zum Fürchten gut.«
Iris Radisch in der ›Zeit‹

Achtung Baustelle
ISBN 978-3-423-13408-8
Kluge, ironisch-hintersinnige
Gedanken über Lesefrüchte
aller Art.

Die Liebesblödigkeit
Roman
ISBN 978-3-423-13540-5
und dtv großdruck
ISBN 978-3-423-25284-3
Ein äußerst heiterer und tief-
sinniger Roman über das
Altern und den Versuch, die
Liebe zu verstehen.

Der gedehnte Blick
ISBN 978-3-423-13608-2
Ein Buch über das Beobachten
und Lesen, über Schreibaben-
teuer und Lebensgeschichten,
über Fotografen und über das
Lachen.

Mittelmäßiges Heimweh
Roman
ISBN 978-3-423-13724-9
Schwebend leichter Roman
über einen unscheinbaren An-
gestellten, der erst ein Ohr und
dann noch viel mehr verliert.

Uwe Timm im <u>dtv</u>

Alex Capus im dtv

»Alex Capus ist ein wunderbarer Erzähler, für den alles eine Geschichte hat, für den die Welt lesbar ist.«
Süddeutsche Zeitung

Etwas sehr, sehr Schönes
ISBN 978-3-423-08224-2

Vier Erzählungen, mal wehmütig, mal bissig-ironisch, von den kleinen Dingen des Alltags, die plötzlich folgenreiche Veränderungen auslösen können.

Eigermönchundjungfrau
ISBN 978-3-423-13227-5

»Erzählungen, in denen die Schweizer Kleinstadt Olten zum Schauplatz einer brillant erzählten Comédie humaine wird. Große Literatur in der Tradition Tschechows.« (Daniel Kehlmann)

Munzinger Pascha
Roman
ISBN 978-3-423-13076-9

Die kunstvoll gewobene Geschichte zweier Reisen – die eine führt nach Kairo, die andere in das Innere eines gescheiterten Menschen.

Mein Studium ferner Welten
ISBN 978-3-423-13065-3

»Alex Capus sieht im Nichts der uninteressanten Stadt ein Biotop kleiner, halbwegs geglückter oder verunglückter Lebensgeschichten, und wir wollen sofort nach Olten ...« (Elke Heidenreich)

Fast ein bißchen Frühling
Roman
ISBN 978-3-423-13167-4

Fernweh und Heimweh zugleich – die Geschichte zweier Bankräuber, die 1933 aus Wuppertal nach Indien fliehen wollten, der Liebe wegen aber nur bis Basel kamen.

Glaubst du, daß es Liebe war?
Roman
ISBN 978-3-423-13295-4

Die komische Geschichte eines geläuterten Sünders – des Betrügers und Kleinstadt-Casanovas Harry Widmer junior, der sein vom Vater geerbtes Fahrradgeschäft aufgibt und vor seinen Gläubigern nach Mexiko flieht.

13 wahre Geschichten
ISBN 978-3-423-13470-5

Augenzwinkernd und ausgesprochen witzig erzählt Capus von skurrilen Helden und abenteuerlichen Wechselfällen eidgenössischer Geschichte.

Bitte besuchen Sie uns im Internet: www.dtv.de

Anna Mitgutsch im dtv

»Hier ist eine Autorin am Werk, die in puncto psychologischer
Kompetenz nicht so leicht ihresgleichen hat.«
Dietmar Grieser in der ›Welt‹

Die Züchtigung
Roman
ISBN 978-3-423-10798-3

Eine Mutter, die als Kind
geschlagen wurde, kann ihre
eigene Tochter nur durch
Schläge zu dem erziehen, was
sie für ein »besseres Leben«
hält. Ein literarisches Debüt,
das fassungslos macht. »Dieses
Buch muß gelesen werden …,
weil es eines der wenigen
Bücher ist, die in ihren Le-
ser/innen etwas bewirken, vielleicht auch etwas verändern.«
(Ingrid Strobl in ›Emma‹)

Ausgrenzung
Roman
ISBN 978-3-423-12435-5

Die Geschichte einer Mutter
und ihres autistischen Sohnes.
Eine starke Frau und ein zartes
Kind erschaffen sich selbst eine
Welt, weil sie in der der ande-
ren nicht zugelassen werden.

In fremden Städten
Roman
ISBN 978-3-423-12588-8

Eine Amerikanerin in Europa –
zwischen zwei Welten und keiner ganz zugehörig. Sie verlässt
ihre Familie in Österreich und
kehrt zurück nach Massachu-
setts. Doch ihre Erwartungen
wollen sich nicht erfüllen …

Haus der Kindheit
Roman
ISBN 978-3-423-12952-7

Heimat, die es nur in der
Erinnerung gibt: eine ein-
dringliche Geschichte vom
Fremdsein.

Abschied von Jerusalem
Roman
ISBN 978-3-423-13388-3

Eine gefährliche Liebe in
Jerusalem, Stadt der vielen
Wirklichkeiten, Schmelztiegel
der Kulturen und Religionen.

Das andere Gesicht
Roman
ISBN 978-3-423-13688-4

Zwei Frauen und die
Geschichte ihrer Freundschaft:
ein kompliziertes Geflecht von
Anziehung und Abstoßung,
von Ängsten und Sehnsüchten.

Brigitte Kronauer im dtv

»Brigitte Kronauer ist die beste
Prosa schreibende Frau der Republik.«
Marcel Reich-Ranicki

Die gemusterte Nacht
Erzählungen
ISBN 978-3-423-11037-2

Berittener Bogenschütze
Roman
ISBN 978-3-423-11291-8

Ein Junggeselle, Literatur-
wissenschaftler, auf der Suche
nach dem »schönen Quentchen
Verheißung«. »Voller Leben,
Gegenwart, direkt, komisch,
sinnlich.« (Frankfurter Allgemeine Zeitung)

Rita Münster
Roman
ISBN 978-3-423-11430-1

Die Frau in den Kissen
Roman
ISBN 978-3-423-12206-1

Frau Mühlenbeck im Gehäus
Roman
ISBN 978-3-423-12732-5 und
ISBN 978-3-423-19113-5

Die Lebensgeschichten zweier Frauen, kunstvoll und
spannend erzählt. »Zwei
Möglichkeiten, Wirklichkeit
zu erleben.« (Salzburger
Nachrichten)

Das Taschentuch
Roman
ISBN 978-3-423-12888-9

Die Geschichte eines Apothe-
kers. »Die Galerie kunstvoll-
lebensnah erzählter Porträts
aus der bürgerlich-mittelstän-
dischen westdeutschen Gesellschaft ist um ein packendes
Beispiel reicher.« (Süddeutsche
Zeitung)

Schnurrer
Geschichten
ISBN 978-3-423-12976-3

Teufelsbrück
Roman
ISBN 978-3-423-13037-0

»Ein großer poetischer Roman
über die Elbe, die Liebe und
die Romantik in unromanti-
scher Zeit.« (Die Zeit)

**Verlangen nach Musik
und Gebirge**
Roman
ISBN 978-3-423-13511-5

»Ein Buch über die Macht
der Verführung, im Leben
wie in der Kunst – und eine
Herzklopfen verursachende
Lektüre.« (Focus)

Bitte besuchen Sie uns im Internet: www.dtv.de